Gaby Hauptmann
Ticket ins Paradies

Zu diesem Buch

Für immer auf Mallorca bleiben – damit geht für Clara ein Traum in Erfüllung. Ihre kleine Tochter Katie fühlt sich schon jetzt wie eine Mallorquinerin, und auch Clara hat mit Andrés das große Los gezogen. Gemeinsam wollen sie dem »Amici miei« zu neuem Glanz verhelfen. Mit Feuereifer macht sie sich daran, dem Restaurant einen frischen Auftritt zu verpassen, Farben müssen ausgesucht, Möbel sollen bestellt werden. In der Küche übernimmt die attraktive Maria José die Regie. Dass sie dabei auch noch Andrés um ihren schlanken Finger wickelt, war nicht geplant – und verletzt Clara mehr, als ihr lieb ist. Wutentbrannt nimmt sie den nächsten Flieger nach Köln und sucht Trost bei ihren Freundinnen Lizzy, Kitty und Tina – die in einer sehr delikaten Angelegenheit dringend Claras Hilfe brauchen. Als Clara endlich über sich und Andrés nachdenken kann, weiß sie gar nicht mehr, ob sie ihn überhaupt noch will. Vielleicht ist Maria José ja doch die Richtige für ihn. Und Tom der Richtige für sie …

Gaby Hauptmann, geboren 1957 in Trossingen, lebt als freie Journalistin und Autorin in Allensbach am Bodensee. Ihre Romane »Suche impotenten Mann fürs Leben«, »Nur ein toter Mann ist ein guter Mann«, »Die Lüge im Bett«, »Eine Handvoll Männlichkeit«, »Die Meute der Erben«, »Ein Liebhaber zuviel ist noch zuwenig«, »Fünf-Sterne-Kerle inklusive«, »Hengstparade«, »Yachtfieber«, »Ran an den Mann«, »Nicht schon wieder al dente« und »Rückflug zu verschenken« sind Bestseller und wurden erfolgreich verfilmt. Außerdem erschienen die Erzählungsbände »Frauenhand auf Männerpo« und »Das Glück mit den Männern«, ihr ganz persönliches Buch »Mehr davon. Vom Leben und der Lust am Leben« sowie die »Kaya«-Reiterbücher. Zuletzt erschien »Ticket ins Paradies«.
Weiteres zur Autorin: www.gaby-hauptmann.de

Gaby Hauptmann

Ticket ins Paradies

Roman

Piper München Zürich

Mehr über unsere Autoren und Bücher:
www.piper.de

Von Gaby Hauptmann liegen bei Piper vor:
Suche impotenten Mann fürs Leben
Nur ein toter Mann ist ein guter Mann
Eine Handvoll Männlichkeit
Die Meute der Erben
Fünf-Sterne-Kerle inklusive
Ein Liebhaber zuviel ist noch zuwenig
Hengstparade
Frauenhand auf Männerpo
Yachtfieber
Ran an den Mann
Liebesspiel
Nicht schon wieder al dente
Rückflug zu verschenken
Das Glück mit den Männern
Ticket ins Paradies

Originalausgabe
April 2010

Umschlaggestaltung: Cornelia Niere, München
Umschlagabbildung: Photo Division / beyond / Corbis (Sonnenhut), Peter Frank / Corbis (Sandherz) und Getty Images (Koffer, Palme, Strand)
Satz: Uwe Steffen, München
Papier: Munken Print von Arctic Paper Munkedals AB, Schweden
Druck und Bindung: CPI – Clausen & Bosse, Leck
Printed in Germany ISBN 978-3-492-25898-2

Für Michael

Clara bohrte ihren grossen Zeh in den warmen Sand und sah den feinen Sandkörnern zu, wie sie sofort nachrieselten und sich um ihre Haut schlossen. Ihr Zeh war weg – ganz wie ihr früheres Leben. Clara hatte sich aufgesetzt, die Arme um ihre nackten Beine gelegt, und ihr Blick glitt hinüber zu Andrés' Füßen. Er hatte schöne Füße, einen ausgeprägten Spann, die Zehen gleichmäßig, Männerfüße, die man gern betrachtete. Clara zog ihren großen Zeh aus dem Sand. Ein Sandhäufchen hatte sich darauf gebildet und floss nun nach allen Seiten ab. Clara wartete, bis nur noch eine feine Schicht Körner übrig war, die ihren roten Nagel und die braune Haut mit einem leichten Schimmer bedeckten, dann schob sie ihren Fuß langsam hinüber zu Andrés. Sie sahen gut aus, nebeneinander, sie passten zusammen.

Andrés schlief. Seine Bauchdecke hob und senkte sich gleichmäßig, und Clara schob ihre gespreizten Finger durch seine lockigen Brusthaare, die sich kurz um ihre Finger schmiegten, länger wurden und sich sofort wieder einrollten, sobald sie ihre Hand wegzog. Zärtlich betrachtete sie ihn. Sein Körper war ihr vertraut, der weiche Zug um seine Lippen rief in ihr ein Gefühl der Zärtlichkeit hervor, das Clara mit Dankbarkeit erfüllte. Sie hätte nie gedacht, dass sie für einen Mann noch einmal so würde empfinden können.

Sie waren am späten Nachmittag von Puerto Portals aus hierhergefahren. Als Einheimischer kannte Andrés jeden

Winkel von Mallorca und hatte sie zu diesem einsamen Strand geführt, der, tief in eine Felsenlandschaft eingebettet, ein seltenes, vom Tourismus noch unentdecktes Kleinod war. Es waren diese wenigen Stunden, die sie sich davonstahlen, wenn der mittägliche Ansturm im Restaurant vorbei und bis zu den Abendstunden noch Zeit war. Andrés, seit Kurzem Geschäftsführer im *Amici miei*, einem der angesagtesten Restaurants der Insel, nahm seine Aufgabe ernst, und Clara unterstützte ihn. Ihren Traum, als Innenarchitektin auf Mallorca zu arbeiten, hatte sie zunächst hintangestellt.

Clara seufzte wohlig und ließ sich in den warmen Sand zurücksinken. Der Himmel über ihr war wolkenlos blau, und das Rauschen des Meeres fand sie noch immer unvergleichlich schön. Der gleichmäßige Schlag der Wellen beruhigte sie, und wenn sie zusah, wie die Gischt schäumend über den Sand züngelte, dann fühlte sie sich wie Robinson Crusoe, wie eine Pionierin der ersten Stunde, frei, ungebunden, abenteuerlich.

Ihre Hand stahl sich wieder zu Andrés. Diese Hand hatte in den letzten Wochen eine Art Eigenleben entwickelt. Noch nie hatte sie das Verlangen gespürt, einen Mann derart oft zu berühren wie Andrés. Sie fand ihn einfach zum Anbeißen schön. Sie liebte seinen Körper, die braunen Härchen an seinen Beinen und Unterarmen, die sich sonnengebleicht wie ein weicher Flaum über seine gebräunte Haut legten, sie liebte seine perfekt geformten Waden, die muskulösen Pobacken und die Adern an seinen Unterarmen, die bei körperlicher Anstrengung hervortraten, sie war verliebt in seinen leicht schiefen Vorderzahn und in seine warmen braunen Augen. Und überhaupt. Sie liebte ihn nackt, wie jetzt, oder lässig in Jeans mit T-Shirt und selbst seriös im Anzug.

Oh, Clara, dachte sie. Du, die stille Kulturmaus aus Deutschland, promovierte Kunsthistorikerin, sechsunddreißig Jahre alt, vom Ex im eigenen Bett betrogen, mit der gemeinsamen vierjährigen Tochter ausgezogen, allen Luxus hinter sich gelassen und auf dem Boden der Realität gelandet. Du glaubst nun, die Welt und die Liebe für dich entdeckt zu haben. Clara grub eine Hand in den Sand und schaute zu, wie er durch ihre Finger rieselte. So konnte auch das gewohnte Leben verrieseln, das hatte sie am eigenen Leib erfahren. Sie ballte ihre Hand zur Faust. So, jetzt blieb der Sand drin, gefangen. Sie würde ihr neues Leben festhalten. Clara spürte eine Zuversicht in sich aufsteigen, wie sie sie in ihrem vorigen Leben nicht gekannt hatte. Das war neu an ihr. Sie hatte den Absturz aus der Kölner Gesellschaft hinter sich und war jetzt mit einem sieben Jahre jüngeren Mann liiert. Sie hatte sich auf elegante Art an ihrem Exmann gerächt und sich nicht um die Folgen geschert. Sie war über sich hinausgewachsen und hatte eine neue Clara entdeckt, reifer und zugleich verspielter, bodenständiger und doch experimentierfreudiger, verantwortungsbewusster und zugleich leichtlebiger.

Ihre Hand hatte ihr Ziel erreicht. Sie spürte, wie sich sein Penis unter ihrer Berührung aufrichtete, und ein Lächeln glitt über ihr Gesicht. Sie rückte etwas näher an seinen sonnenwarmen Körper. Aus den Augenwinkeln sah sie, wie Andrés die Augen aufschlug und zu ihr hinübersah. Und dann spürte sie seinen Mund an ihrem Ohrläppchen und seine Hand auf ihrer Brust. Und in plötzlichem Verlangen setzte sie sich auf ihn und bohrte ihre Knie rittlings in den weichen Sand. Der war bereits frühlingswarm wie der ganze Tag. Achtzehn Grad. Und das im März.

Auf der Prachtstraße von Puerto Portals stauten sich die Autos wie mitten im Sommer. Das Showfahren an den Restaurants vorbei war zwar nur von kurzer Dauer, aber manche schienen das Spiel endlos zu betreiben. Wer auf den großen Jachten nicht gesehen wurde, griff gern zu diesem Mittel, um Aufmerksamkeit zu erregen. Clara hatte sich daran gewöhnt. Auch an die extremen High Heels und endlosen Mädchenbeine, die auf der Promenade vorbeispazierten. Die einen stellten sich mit ihrem Reichtum zur Schau, die anderen mit ihren körperlichen Vorzügen, es war ein bisschen wie im Zoo. Clara betrachtete es mit stillem Vergnügen – das war nicht anders als in anderen Mittelmeerorten auch. Wenn sich das Geld irgendwo ansiedelte, zog es neues Geld nach. Clara konnte das nur recht sein. Wenn das *Amici miei* lief, hatten sie eine Sorge weniger.

Andrés schlängelte sich mit seinem Motorrad an den Autos vorbei, Clara hielt sich auf dem Rücksitz an ihm fest. Es war erstaunlich, was um diese Jahreszeit bereits los war. Aber jetzt kamen alle, die keine schulpflichtigen Kinder hatten und der kalten Jahreszeit in Deutschland entfliehen wollten. Andrés fuhr durch eine schmale Gasse zur Rückseite des Restaurants und parkte seine Maschine neben den großen Müllcontainern, die schon wieder überzuquellen drohten. Clara stieg ab und öffnete den Kinnriemen ihres Jethelms. »Ich warte ja nur drauf, dass sie dir das Motorrad mal mit entsorgen …«

Andrés grinste und hängte seinen Helm über den Spiegel. »Das trauen sie sich nicht. Schließlich kenne ich die Jungs.«

Das ist sein Vorteil als Einheimischer, dachte Clara, er ist auf der Insel bekannt. Und in seinem Job als Türsteher einer Nobeldisco hatte er bewiesen, dass er nicht nur der freundliche Gruß-August war. Offensichtlich genoss er auch körperlichen Respekt.

»Magst du etwas trinken?«, fragte er freundlich und strich sich durch die Haare.

Clara nickte: »Wasser.«

»Wasser?« Andrés klang nicht überzeugt.

»Ich muss Katie noch abholen.« Clara tippte kurz auf ihre Armbanduhr.

»Bring die Kleine mit, dann bekommt sie noch einen tollen Eisbecher!«

»Ist es nicht voll heute Abend?«, wollte Clara überrascht wissen.

»Für euch beide finde ich doch immer Platz!« Andrés öffnete die Hintertür des Restaurants und ließ Clara an sich vorbei eintreten. »Und bis es richtig voll ist, ist Katie sowieso schon im Tiefschlaf.«

Das *Amici miei* war für Andrés ein Volltreffer gewesen. Vier Jahre lang hatte er in einem Restaurant in Berlin gearbeitet, war in seine Heimat nach Mallorca zurückgekehrt, hatte sich als Busfahrer und Türsteher verdingt und auf seine Chance gewartet. Die kam mit Friedrich, einem gutmütigen, aber gewitzten Geschäftsmann, der in Deutschland und auf Mallorca mehrere Hotels und Restaurants besaß und über einen Geschäftskollegen von Andrés' Qualitäten erfahren hatte: gute Arbeitsleistung in Berlin, professionell und schnell, dreisprachig und als Mallorquiner die perfekte Besetzung für sein Restaurant *Amici miei* in Puerto

Portals. Noch sammelte Andrés Erfahrung, aber er hatte sich geschworen, den Weg nach oben zu gehen, koste es, was es wolle.

Wenig später fuhr Clara nach Santa Ponça. Sie fühlte sich wie berauscht, obwohl sie nur Mineralwasser getrunken hatte. Wie konnte das Leben so schön, so verheißungsvoll sein? Im Moment schien auch alles so einfach: Katie hatte in den wenigen Monaten, die sie auf Mallorca war, schon richtig tolle Freundinnen gefunden und sprach schon besser Spanisch als sie selbst, obwohl sie sich mit diversen Sprachprogrammen eingedeckt und Andrés gebeten hatte, mehr Spanisch mit ihr zu sprechen. Clara hatte die flüchtige Urlaubslaune, sich auf Mallorca ein neues Leben einzurichten, inzwischen zementiert. Es war keine Laune mehr, es *war* ihr neues Leben.

Katie hatte am Nachmittag mit ihrer neuen Freundin Ines den Tierpark besucht. Den liebte sie heiß und innig, und Clara stellte fest, dass sie darüber ihren Zoo in Köln schon fast vergessen hatte. Wie leicht es Kindern doch fallen konnte, ihr altes Leben hinter sich zu lassen. Selbst nach Paul, ihrem leiblichen Vater, fragte sie kaum noch. Und wenn, dann klang es nicht nach Sehnsucht, sondern eher nach der Bestätigung, dass es ihm in Deutschland gut gehe. Klar, dachte Clara, während sie am Ortsschild von Santa Ponça vorbeifuhr, Paul war für sie der Zehn-Minuten-Vater gewesen, während Andrés leidenschaftlich gern mit ihr spielte, Muscheln und Steine sammelte und der fröhliche Baggerführer ihres Spielzeugbaggers war. Er hatte sie erobert, und Clara war froh darüber. Wenn Katie von Köln sprach, erzählte sie vor allem von Knuffi, einem Okapi aus dem Zoo, und von ihrer Freundin Sarah, die sie unbedingt einladen wollte.

Clara lächelte, während sie vor dem weißen Haus mit dem kleinen Vorgarten anhielt. Hier wohnte Ines mit einer echten spanischen Vollblutmutter, temperamentvoll und kurvenreich, und mit ihrem typisch englischen Vater, zurückhaltend und blasshäutig. Die Mischung war gelungen, fand Clara, Ines war zweisprachig aufgewachsen und fing an, in ihre englischen und spanischen Sätze deutsche Brocken einzustreuen.

Katie kam ihr schon an der Haustür entgegen. Sie wollte keinen Eisbecher mehr, weil sie und Ines bereits »ganz viel Eis« gegessen hätten, wie ihre Mutter Felisa lächelnd bestätigte.

Die Frauen schauten gerührt zu, wie die beiden Mädchen sich zum Abschied umarmten. Die eine blond gelockt, die andere mit dunklen Haaren bis weit über die Schultern.

»Wie aus dem Bilderbuch«, sagte Clara und drückte Felisa die Hand.

»Sí«, sagte die, als ob sie es verstanden hätte.

Clara wohnte mit Andrés und Katie in einem der vielen Apartmenthäuser von Santa Ponça direkt am Meer. Sie hatten zwei Wohnungen gemietet: In der einen hatten sie sich selbst eingerichtet, in der anderen wohnte Britta, die Clara als Freundin geschäftlich und auch sonst zur Seite stand. Britta hatte in ihrem Apartment ein Büro eingerichtet. Nachdem Claras ursprünglicher Plan, als Innenarchitektin groß ins mallorquinische Immobiliengeschäft einzusteigen, zunächst einmal vertagt worden war, hatte Britta als akkurate deutsche Buchhalterin für ihren eigenen Unterhalt andere Auftraggeber gewonnen. Ganz offensichtlich hatte sie mit ihrer deutsch-präzisen Dienstleistung eine Marktlücke erobert.

Katie sprang fröhlich über die Steinplatten durch den Garten und sauste durch die offene Terrassentür zu Britta hinein.

»Huch, hast du mich erschreckt«, hörte Clara Brittas Stimme und musste lachen. Britta war ihr in den letzten Monaten eine sehr wertvolle Freundin geworden. »Wenn deine Mutter gleich hinterherkommt, dann sag ihr doch bitte, dass ich Lust auf einen Prosecco hätte.«

Katie kam augenblicklich wieder aus dem Zimmer hinausgeschossen und winkte Clara zu: »Mami, Britta möchte gern einen Proschecko!«

Clara nickte. »Schon gehört. Ich komme!«

»Was gibt es Neues auf der Meile?«, wollte Britta wissen, kaum dass sie sich auf der Terrasse an den runden Tisch gesetzt hatten. Sie trug eine weiße Bluse und blaue Leinenhosen und sah mit ihrem gebräunten Gesicht und den dichten dunklen Haaren erheblich jünger aus als zweiundvierzig.

»Wenn ich das mal wüsste«, seufzte Clara. »Ich glaube, wir müssen mal wieder los …«

Britta lachte, und der Schalk blitzte aus ihren Augen. »So eine feste Partnerschaft hindert einen eben doch ganz schön.«

Clara nickte. »Obwohl es ja gar nicht so fest ist … die gemeinsame Wohnung hier, okay, aber es ist eine Ferienwohnung. *Nur* eine Ferienwohnung, meine ich.«

Britta hob ihr Glas und schaute sie an. »Sei doch froh, dass du so einen tollen Partner gefunden hast!«

»Eigentlich habe ich gedacht, dass ich in meinem ganzen Leben keinen Mann mehr will.« Clara stieß mit Britta an. »Offensichtlich ist mein Wille etwas schwach.«

Katie kam auf die Terrasse heraus, einen Pfirsich auf der flachen Hand balancierend. »Darf ich den essen?«, wollte sie von Britta wissen, aber in dem Moment klingelte Claras Handy, und das fand Katie wiederum spannender als ihren Pfirsich. Mit zwei Schritten war sie an Claras Handtasche und zog das Handy heraus, während der Pfirsich über die Steinfliesen davonrollte.

»Wer ist es?«, wollte sie wissen, bevor Clara es überhaupt richtig am Ohr hatte.

»Was denkst du denn?«, fragte Clara zurück.

»Andrés?«

Clara warf Britta ein Lächeln zu. Interessant, dass sie zuerst an Andrés dachte.

»Flockheimer«, meldete sie sich förmlich.

»Liebe Frau Doktor«, kam die sonore Stimme durch den kleinen Lautsprecher. »Schön, dich zu hören, hier ist ...«

»Friedrich!«, schnitt Clara ihm das Wort ab und schaltete auf »laut«. »Es ist schön, *dich* zu hören!« Britta nickte. »Bist du auf Mallorca? Vielleicht sogar in der Nähe? Wir trinken gerade einen Prosecco, magst du dazukommen?«

»Verlockend«, sagte er. »Aber ich bin erst im Anflug. Auf den Prosecco komme ich zurück – morgen Mittag im *Amici miei,* wenn dir das passt. Ich hätte etwas mit dir zu besprechen.«

Clara zwinkerte Britta zu. »Für dich doch immer«, sagte sie nur.

»Was will er besprechen?«, fragte Britta mit einer Geste und zog die Augenbrauen hoch.

Clara winkte ab. »Ich bin gespannt«, sagte sie.

»Das darfst du auch sein«, antwortete Friedrich, und Clara hörte ein kurzes hüstelndes Lachen. »Aber ich verrate nichts!«

»Gut.« Clara nickte. »Ich bin ja auch nicht neugierig – nur Britta stupst mich hier ständig ...«

»Och!«, protestierte Britta, und Friedrich lachte.

»Liebe Britta«, sagte er dann laut, »auch Sie sind herzlich eingeladen. Für Sie dürfte es auch interessant sein.«

Britta beugte sich näher zu Clara, damit er sie ebenfalls hören konnte. »Danke für die Einladung – eben sprachen Clara und ich darüber, und jetzt rufen Sie an. Ich fürchtete schon, in Santa Ponça versauern zu müssen.«

Friedrich schnaubte. »Ausgerechnet Sie als rheinische Frohnatur! Schöner Gedanke ... aber trotzdem ... das Geheimnis lüfte ich erst morgen.«

Friedrich saß entspannt lächelnd in einem der mit hellen Leinen bezogenen Stühle. Es war kurz nach Mittag, die Sonne schien angenehm warm, und die Terrasse des *Amici miei* war bis auf einen Tisch besetzt. Kellner und Kellnerinnen, die lange schwarze Schürzen umgebunden hatten, balancierten große Teller oder Tabletts voller Getränke an die Tische, waren flink, aber verbreiteten keine Hektik.

Clara blieb kurz stehen, um sich einen Überblick zu verschaffen.

»Dort, hinten in der Ecke«, flüsterte Britta. Clara nickte, sie hatte Friedrich in demselben Moment entdeckt. Friedrich hob grüßend die Hand und stemmte sich dann aus seinem Stuhl, um Clara und Britta zu begrüßen.

»Bleib doch sitzen«, bremste Clara.

Aber Friedrich lächelte nur. »Einen Teufel werde ich tun. Wenn ich zwei so hübsche Frauen begrüßen darf, werde ich doch wohl auch aufstehen können!«, sagte er und drückte beiden zwei Begrüßungsküsse auf die Wangen. »Das würde mir sonst doch glatt entgehen.«

Clara warf ihm einen kritischen Blick zu. Sein Gesicht war gebräunt – aber trotzdem, so ganz wollte ihr seine Gesichtsfarbe nicht gefallen, es kam ihr auch vor, als ob seine Wangen trotz seines Gewichts etwas eingefallen wären.

»Geht es dir gut?«, fragte sie in besorgterem Tonfall, als sie eigentlich wollte.

»Aber sicher doch«, erwiderte Friedrich und bot den beiden Frauen Platz an. »Mir geht es immer gut. Das ist mein Markenzeichen!«

Britta musste lachen. »Du bist wirklich unvergleichlich«, sagte sie.

»Ja«, er ließ sich in seinen Stuhl sinken und warf ihr dabei einen schelmischen Blick zu, »aber leider schon verheiratet ...«

Britta lachte noch immer. »Ja, da bist du konsequent.«

»Wie in allem.«

»Gut so!«, befand Clara und sah sich nach einem Kellner um. Aber wie es Friedrichs Art war, hatte er präzise zu ihrem Eintreffen geordert, und der Champagnerkühler und vier langstielige Gläser waren bereits zu ihnen unterwegs.

»Champagner am helllichten Mittag?«, fragte Britta mit hochgezogenen Augenbrauen.

»Lieber ein Pils?«, gab Friedrich aufmerksam zurück.

»Untersteh dich«, sagte Clara zu Britta.

Britta zuckte betont ergeben die Achseln. »Ich füge mich!«, erklärte sie und zwinkerte Friedrich zu.

»Schön mit euch«, fand der und beobachtete, wie der Kellner die Flasche öffnete und ihm einen Schluck zum Probieren anbot. Er testete kurz, nickte zustimmend und fuhr dann fort: »Ihr tut mir gut, und ich sollte öfter mit Menschen wie euch zusammen sein!«

»Steht nichts im Wege«, erklärte Britta. »Wir haben noch ein Zimmer frei in unserer WG!«

»Ja«, Friedrich hob sein Glas und wartete, bis Clara und Britta mit ihm anstießen, »das wäre genau das Richtige für mich. Einfach mal raus aus allem, untertauchen in der WG von Clara und Britta.«

Es sollte lustig klingen, aber Clara warf ihm trotzdem einen kurzen Blick zu. War etwas mit ihm?

»Mensch, Fridder«, tönte Britta mit rheinischem Akzent, »ich weiß nicht, wer dich nicht alles um deinen Erfolg beneidet. Du kannst dir die halbe Welt kaufen und willst dich bei uns beiden in einem kleinen Apartmenthaus auf Mallorca verstecken. Du solltest vielleicht einfach mal anfangen, dein Geld zu genießen.«

Friedrich verzog leicht sein Gesicht und sah jetzt ein bisschen wie eine junge Bulldogge aus. »Das Geld interessiert mich an meinem Job überhaupt nicht in erster Linie – Geld ist nur der Beweis für den Erfolg, und wenn der Erfolg da ist, kann das Geld weiterarbeiten, und wenn es gut arbeitet, gibt es mehr Erfolg und neue Projekte … das ist vielleicht wie eine Droge. Der Erfolg ist meine Bestätigung«, sinnierte er und schaute Britta in die Augen. »Meine Figur kann es ja nicht sein«, fügte er mit kokett-scheuem Gesichtsausdruck an.

»Das hört sich nach Dauerstress an«, erklärte Britta. »Innerem, meine ich. Damit setzt du dich doch permanent unter Druck?«

»Kann auch positiv sein.« Friedrich klopfte auf seinen Bauch, der unter dem blau-weiß gestreiften Hemd die Form eines Fußballs hatte, und nickte dazu. »Außerdem habe ich ein dickes Fell!«

Clara zwinkerte ihm zu.

»Und gute Leute«, fuhr Friedrich fort. »Auch Pablo wird nun zu uns stoßen.«

»Ach?« Das wusste Clara noch nicht. Pablo war der sehr gute Barkeeper in der Diskothek gewesen, in der Andrés gejobbt hatte.

»Und wir bekommen eine Spitzenköchin aus Madrid, ganz heißes Gerät, wird in Spanien hoch gehandelt. Hatte unglaubliche Angebote, aber wir hatten Glück. Bevor sie sich mit einem eigenen Restaurant selbstständig macht, wollte sie noch mal Meeresluft schnuppern. Auf Mallorca. Das kam mir sehr entgegen.«

»Wow! Das sind ja unglaubliche Neuigkeiten!« Clara nahm einen großen Schluck aus ihrem Glas. Dann hob sie den Blick. »Und was ist mit dem jetzigen Koch?«

»Der hat ein sehr gutes Angebot aus Berlin in der Politikermeile rund ums Kanzleramt.« Friedrich zuckte mit den Achseln und griff in den Brotkorb, der eben mit einem kleinen Teller Olivenöl auf den Tisch gestellt worden war. »Ich habe für uns drei frische Hummer bestellt«, meinte er beiläufig. »Ich hoffe, das war in eurem Sinne.«

Clara und Britta schauten sich an, sie hatten gerade erst gefrühstückt und waren nicht sonderlich hungrig. Aber Friedrich schien keine Antwort zu erwarten.

»Das Restaurant in Berlin gehört natürlich auch dir«, sagte Clara, einer plötzlichen Eingebung folgend.

Friedrich musste lachen. »Wie meine Frau. Damit hat sie

vor dreißig Jahren mein Herz erobert – sie hat mich einfach durchschaut«, sagte er und tunkte sein Brot genüsslich in das Öl.

»War nicht allzu schwer«, sagte Clara nachdenklich. »Und was bringt die Änderung?«

»Neuen Wind.« Friedrich zuckte mit den Achseln. »Und damit der Wind nicht nur lau daherkommt, sondern ordentlich bläst, braucht man zu einem neuen Geschäftsführer, einer neuen Spitzenköchin und einem neuen Barkeeper noch …«, er legte den Kopf schief und sah die beiden Frauen abwartend an, »… na, was wohl?«

»Einen neuen Auftritt«, erklärte schließlich Britta.

»Richtig!« Friedrich nahm sein Glas und hielt es hoch. »Und deshalb heute – am helllichten Mittag«, er warf Britta einen kurzen verschmitzten Blick zu, »hole ich mir zwei weitere Spitzenkräfte mit ins Boot!«

»So, wen denn?«, fragte Britta und stieß mit Friedrich an, während Clara mit keiner Wimper zuckte und ihr Glas unbeweglich hochhielt.

»Na, zunächst einmal«, das Gespräch schien Friedrich sichtbar Freude zu machen, seine hellen runden Augen glänzten, und er gluckste vor guter Laune, »brauchen wir eine Spitzenfachkraft in der Buchhaltung, denn bei unseren Abrechnungen ist es in der Vergangenheit immer wieder zu Unregelmäßigkeiten gekommen. Das heißt, die Kasse hier war ein unzuverlässiges Ding. Aber bevor ich mein Geld zur Hintertür hinauswandern sehe, zahle ich lieber jemandem, dem ich vertraue, ein ordentliches Gehalt.«

»Aha«, sagte Britta und nahm einen Schluck. »Das ist auf einer kleinen Insel wie Mallorca gar nicht so einfach. Wo soll so jemand denn herkommen?«

»Ich denke, so jemand sitzt mir gerade gegenüber«, erklärte Friedrich und grinste breit.

Britta schaute erst Clara, dann Friedrich mit offenem Mund an, bevor sie ihr Glas hart abstellte. »Ah, ja«, sagte sie nur.

»Und dann«, fuhr Friedrich fort, »brauchen wir auch noch einen neuen Auftritt, wie Britta ganz richtig bemerkt hat.« Er stieß mit Clara an, die ihr Glas noch immer in der gleichen Position hielt. »Liebe Clara«, sagte er und nahm einen Schluck. »Ich kenne Ihr Projekt in Köln – also jedoch zumindest von den Fotos«, korrigierte er sich, »und auch die Wohnungen, die Sie hier eingerichtet haben. Gut, die waren etwas wild, aber dabei folgten Sie ja auch russischem Geschmack. Ich denke, Sie haben genügend Ideen, um dem *Amici miei* einen neuen Schliff zu geben.« Er breitete die Serviette über seinem Bauch aus, weil er die Teller mit den Hummern kommen sah. »Um es kurz zu machen, es wäre mir eine Ehre und Freude, wenn Sie beide in unser Team mit einsteigen würden.« Er strahlte die Frauen an. »Wir zeigen der kulinarischen Welt, was man aus einem kleinen Restaurant an Mallorcas Küste machen kann!«

Clara hatte sich mit Britta am Strand in zwei Liegestühle gesetzt. Beide spürten den Champagner und wollten erst wieder einen klaren Kopf bekommen, deshalb hatten sie sich an der Strandbude einen Kaffee im Pappbecher geholt und saßen nun da, die nackten Füße im Sand, während es vom Meer her auffrischte und der Wind in ihren Haaren spielte.

»Für mich wäre es wie ein Traum«, sagte Britta.

Clara nickte und rollte den Becher zwischen ihren Handflächen. Irgendetwas war ihr heute Mittag in den Bauch gefahren, aber sie konnte es nicht konkretisieren. »Klar«, sagte sie. »Verstehe ich. Dein Anzeigenblatt in Köln macht sowieso dicht, und du hast hier ja auch ohne Friedrich schon die ersten kleinen Kunden gefunden. Du würdest deinen Weg von Köln nach Mallorca konsequent weitergehen!«

Britta hielt mit einer Hand ihre dunkelbraunen Locken in Schach und schaute sie aufmerksam an. »Hört sich an, als seist du dir da noch nicht so sicher, dabei hast du doch Andrés und Katie und eigentlich alles, was dir wichtig ist.«

Clara nahm einen bedächtigen Schluck aus ihrem Becher. »Weißt du, Britta, manchmal denke ich, dass ich verdammt kompliziert gestrickt bin. Ich stehe mir so oft selbst im Weg. Ich muss ständig über alles nachdenken. Wenn mein Bauch spontan Ja sagt, habe ich gleich darauf tausend Vorbehalte im Kopf.« Sie lächelte zaghaft. »Was ist richtig, was ist falsch? Ich bin sechsunddreißig Jahre alt, habe mein Studium mit großen Plänen abgeschlossen und, kaum hatte ich mich auf dem Markt etabliert, ein Kind bekommen und gedacht, das Richtige zu tun, indem ich alle beruflichen Pläne hintanstellte. Klar, ich wiegte mich in der Illusion eines liebenden Partners und wohnte in einer Villa. Mit Kind und ohne Risiko.« Sie holte tief Luft. »Und jetzt komme ich mir so entsetzlich alt vor. Und dumm, dass ich mich so hab einlullen lassen. Von der Bequemlichkeit, dem Luxus, dem Schöngeistgetue. Ich frage mich, wo ich heute wäre, wenn mich diese Schicksalsminute damals nicht mit Paul an einen Tisch geführt hätte. Vielleicht hätte ich ein gut gehendes Architekturbüro in Berlin, hätte tolle Mitarbeiter, aufregende Aufträge und weder Zeit noch Lust, um auf Mallorca Urlaub zu machen?« Clara griff in den Sand und sah zu, wie der Wind die Sandkörner von ihrer offenen Handfläche blies. »Vielleicht habe ich ja überhaupt alles falsch gemacht.«

Britta hörte zu und schwieg einen Moment.

»Wissen kann das keiner«, meinte sie schließlich. »Wissen könnte man es nur, wenn man ein Leben mehrgleisig leben und die Konsequenz jeder Entscheidung betrachten könnte.« Sie legte Clara eine Hand auf den Oberschenkel. »Meinst du, ich habe nicht auch schon oft darüber nachgedacht, warum ich damals nach meinem Austauschjahr nicht in Amerika geblieben bin, obwohl sich das angeboten hätte? Ich hätte sogar ein Stipendium bekommen, aber mich zog es nach Köln zurück. Aus irgendwelchen Gründen, die ich keinem erklären konnte. Nicht mal mir selbst. Und bis heute nicht verstehe. Ich wollte einfach zurück und habe mich für die kleine Lösung entschieden, anstatt nach den Sternen zu greifen.«

Clara warf ihr einen Blick zu. »Tut es dir heute leid?«

Britta zuckte mit den Schultern. »Ich weiß ja nicht, was in Amerika aus mir geworden wäre.« Sie zog ihre Hand zurück. »Vielleicht war es auch einfach nur Feigheit. Oder ich hatte das Gefühl, ich könnte als Einzelkind meine Eltern nicht im Stich lassen. Vielleicht war es der Gedanke an ein gemeinsames Weihnachten, keine Ahnung, frag mich nicht, ich habe nie eine Antwort darauf gefunden.«

Sie schauten beide eine Weile aufs Meer und beobachteten die Möwen und die Wellen, die immer heftiger auf den Strand schlugen.

»Und ein Mann, Familie? Hat dich das nie interessiert?«, nahm Clara das Gespräch wieder auf und schob sich den zusammengefalteten Pappbecher unter ihren Schuh, damit er nicht davonflog.

»Wenn du dich mit sechsunddreißig schon alt fühlst«, sagte Britta und lächelte ihr zu, »dann vergiss nicht, dass ich rund sechs Jahre älter bin als du. Und ganz ehrlich, ich habe den Richtigen einfach noch nicht gefunden. Es war immer mal ein Aufflammen, aber so richtig lichterloh gebrannt – ich glaube, ich kann mich gar nicht mehr verlieben. Jedenfalls nicht mehr so wie mit zwanzig, dass einem alles egal ist und nur noch dieses eine Gefühl zählt.«

Clara zog einen Haargummi aus der Tasche, hielt ihn mit den Lippen fest, bis sie ihre fülligen braunen Haare zu einem Knoten gezwirbelt hatte. »Hab ich auch gedacht«, sagte sie dann. »Ich habe ehrlich gedacht, das Thema Männer sei jetzt abgeschlossen. Aber«, sie grinste, »so ganz abgeschlossen ist es, glaube ich, nie.«

»Eher das Thema Kinder«, fügte Britta an. »Da hätte ich vielleicht nicht ganz so lange warten sollen …«

»Vielleicht bringt dein nächster Freund ja welche mit«, zwinkerte Clara ihr zu.

»Ja, zum Trübsalblasen haben wir eigentlich keinen Grund«, erklärte Britta und streckte sich. »Wir haben Friedrich –«

»– und wir haben Katie«, ergänzte Clara. Sie stießen sich an und schlugen die Hände gegeneinander.

Zum Trübsalblasen hatte sie tatsächlich keinen Grund, dachte Clara, als sie abends in ihrem kleinen Apartment war. Es war alles im Fluss, und die Richtung stimmte. Sie summte, als sie durch das kleine Wohnzimmer ging, Katies Spielsachen aufräumte und frische Kerzen in die Kerzenhalter steckte. Sie würde Andrés mit einem Liebesmahl überraschen. Dazu hatte sie Lust. Augenblicklich bekam sie gute Laune. Sie wollte etwas kochen, was er im *Amici miei* nicht bekam. Etwas aus seiner alten Zeit in Deutschland. Aber was? Was gibt es für eine Spezialität in Berlin, mit der sie ihn erfreuen könnte? Sie wusste so wenig über ihn, verdammt.

Aber sie war einfallsreich, fand sie, denn einen Augenblick später hatte sie bereits Friedrich am Handy, und der verriet ihr die Adresse des Restaurants, in dem Andrés damals gearbeitet hatte. Kurz darauf wusste sie es: Currywurst. Currywurst?

Augenblicklich sah sie ihr Liebesmahl schwinden, Currywurst war doch wirklich zu profan. Aber dann überlegte sie es sich anders. Wenn Currywurst sein deutsches Lieblingsessen ist, dann muss sie nun eben die beste Currywurst der Welt auf den Tisch bringen. Sie ging rüber in Brittas Apartment. Die saß vor dem PC und plauderte über Facebook mit ihren Freundinnen.

»Currywurst?« Britta grinste. »Currywurst als Liebesmahl? Ist das etwa ein Aphrodisiakum?«

Clara musste lachen. »Ich glaube, das hat er nicht nötig. Es geht eher um seine Geschmacksnerven …« Sie schüttelte den Kopf. »Du bist gut! Aber wenn du sowieso gerade mit unseren Mädels online bist, dann frag sie doch mal, wie ich die Sauce machen soll. Sie muss schon besonders raffiniert sein. Nicht so eine Industriepampe!«

»Zu Befehl!« Britta nickte. »Das passt gut zum Diätprogramm – Kitty hat mir eben geschrieben, dass sie wieder eifrig bei den Weight Watchers ist, um Platz für die Ostereier zu schaffen.«

»Dann schreib ihr, dass sie mir gern zwei Kilo rüberschicken kann, ich krieg im Moment nichts auf die Rippen!«

»Wohl wahr.« Britta streifte Claras Figur mit einem schnellen Blick. »Aber das werde ich nicht tun, sonst ist sie nur frustriert! Und du isst heute Abend einfach ein Würstchen mehr.«

Clara schaute zweifelnd an sich hinab. »Ich glaube, da wächst nichts hin. Bei mir nirgendwo. Das war ja schon das Problem meines Exfreundes.« Sie grinste schief. »Aber ich kann's ja noch mal versuchen – wenn ich das Rezept habe.«

»Ja, ist ja schon gut.« Britta wandte sich ihrer Tastatur zu. »Und wenn du dann einkaufen gehst, kannst du gleich Katie abholen –«

»Das hatte ich sowieso vor«, unterbrach Clara sie.

»– und zu mir rüberbringen«, fuhr Britta ungerührt fort, »denn die schläft dann heute Nacht natürlich bei mir. Liebesnacht und Kind, das verträgt sich nicht.«

»Danke!«, sagte Clara. »Ich werde mich revanchieren.«

»Dazu fehlt mir erstens der Kerl und zweitens das Kind«, sagte Britta. »Aber man soll ja nie *nie* sagen!«

Das Apartment war nicht groß, eben ein typisches Ferienapartment, das sie für die Übergangszeit, die Ungewissheit einer echten Umsiedelung mit allen Konsequenzen, gemietet hatte. Andrés war zu ihr gezogen, nachdem er seine winzige Wohnung in Arenal aufgegeben hatte, und Britta hatte das Nachbarapartment bezogen.

Clara ging nun in dem kleinen Wohnzimmer hin und her und versuchte, mit ein paar Handgriffen ein bisschen Atmosphäre in die eher nüchterne Einrichtung zu bringen. Als es klopfte und Britta hereinkam, stand sie gerade mit einer plumpen Blumenvase in der Hand da und wusste nicht, wohin damit.

»Für eine Innenarchitektin siehst du ziemlich ratlos aus«, stellte Britta fest und hob drei Blätter in die Höhe. »Hier, meine Liebe, das ultimative Rezept. Du kannst es nun als Currywurst à la *Bier's Kudamm 195, Konnopke's Imbiss* am Prenzlauer Berg oder *Curry 36* in Kreuzberg laufen lassen, es dürfte deinem Süßen jedenfalls schmecken. Musst nur schauen, dass du die geeigneten Würste bekommst!«

Clara stellte die Blumenvase mitten auf den Tisch. »Es ist wirklich entsetzlich«, sagte sie und machte eine knappe Handbewegung durch den Raum. »Ich komme mir vor wie der Schuster, dessen Familie mit abgelaufenen Absätzen herumläuft, oder wie der Zahnarzt, dessen Kinder schwarze Zähne haben. Die Wohnung hier ist zwar nett, solide und praktisch – aber eben ganz ohne Charme!«

Britta legte die drei Seiten auf den blanken Holztisch. »Dann investierst du zur Feier des Tages eben noch in eine Tischdecke, Stoffservietten und zwei schöne Champagnergläser.«

Clara schaute sie zweifelnd an. »Zur Currywurst? Da passen doch besser ein Tresen, zwei Pappteller, zwei Plastikstäbchen und zwei Plastikbecher.«

Britta tippte auf die Seiten. »Auf dem Ku'damm im *Bier's* trinkt man sehr wohl Champagner zur Currywurst, also stell dich nicht so an. Kitty lässt grüßen, und sie sei doch etwas neidisch. Nicht nur auf den Verzehr der Currywurst, sondern auf die ganze Nacht!« Sie zeigte auf die Vase. »Und da lässt sich vielleicht auch noch ein etwas ansehnlicherer Ersatz auftreiben, mit den entsprechenden Rosen ...«

»Wenn ich dich nicht hätte.« Clara schaute auf die Uhr und griff nach den bedruckten Seiten. »Dann lass mal die Rezepte sehen.« Sie warf einen Blick darauf. »Hmm, das sind ja zwei verschiedene. Für ein und dasselbe Gericht?«

»Einmal Berliner Currysoße für Currywurst wie früher und einmal in der Art vom Ku'damm – wenn's stimmt. Einmal mit Apfelsaft und einmal mit Zwiebeln. Dürfte beides gut schmecken. Aber die entsprechende Currywurst ist weiß, ohne Darm und weder gepökelt noch geräuchert. Also nicht wie im Ruhrgebiet, wo einfach Bratwürste verwendet werden.«

»Ach du je.« Clara verzog den Mund. »Ich dachte immer, das sei einfach eine Bockwurst.«

»Ja, das gibt es auch, das sind dann Brühwürste mit Darm, gepökelt und leicht geräuchert. Die ähneln der Bockwurst. Wenn du es aber richtig berlinerisch machen willst, dann schau, dass du weiße Würste bekommst.«

»Was tut man nicht alles aus Liebe«, erklärte Clara und legte die Blätter wieder auf den Tisch. »Ich checke einfach mal, was ich bekomme, und zaubere dann das Beste daraus!« Sie drehte sich zu Britta um. »Trinken wir noch einen Kaffee zusammen, und du erzählst mir, was unsere Kölner Mädels treiben?«

Sie ging zur Kaffeemaschine in die Küche, und während sie Wasser und Kaffee nachfüllte und den Satzbehälter leerte, sah sie wieder die Bilder ihrer ersten Urlaubstage auf Mallorca vor sich.

Als sie am ersten Tag am Strand zufälligerweise auf Britta und deren Freundinnen Kitty, Lizzy und Tina gestoßen war, hatte sie erst gedacht, dass sie diesen grellen Kölner Frauen in Zukunft am besten aus dem Weg ginge, denn sie passten so ganz und gar nicht zu ihr. Seit ihrem Studium hatte sich Clara in einer völlig anderen Welt bewegt, hatte

Wert auf ihre Kultur und Bildung gelegt und sich entsprechend gekleidet und benommen. Alles an ihr war dezent und stilvoll gewesen. Nun brachen diese vier Frauen wie ein Naturereignis über sie herein, laut, herzlich, unkompliziert und zupackend. Aber vor allem waren sie eines: ansteckend. Und obwohl die vier es in ihrem Alltag nicht leicht hatten, hatten sie Clara mit ihrer unbändigen Lebenslust neuen Mut gegeben und schubsten sie, die nach ihrer Trennung wie gelähmt war, in kürzester Zeit in eine neue Richtung. Sie halfen, ihr den ersten Termin bei einem angesagten Immobilienmakler zu verschaffen, und mieteten gemeinsam einen Leihwagen, damit Clara ihre Termine wahrnehmen konnte. Und sie reisten nach einer Woche wieder ab, während Clara ihren Mallorcaurlaub verlängerte, nicht nur weil sie tatsächlich einen Auftrag zu Gestaltung einer Villa ergattert hatte, sondern auch weil sie sich in Andrés verliebt hatte.

Clara nahm zwei Tassen und ging in das kleine Wohnzimmer zurück. Dort war Britta gerade dabei, die Vase in einen Schrank zu verbannen. »Okay, Britta«, sagte sie. »Nimm mein Leben in die Hand, ich bin es ja gewohnt.«

Britta lachte. »Nur wegen einer neuen Vase?«

Clara stellte die Tassen ab und nahm sie in den Arm. »Nein, weil du die Beste bist. Wie du hier angekommen bist, um mir unter die Arme zu greifen, das werde ich nie vergessen!«

»Ach, komm!« Britta war sichtlich verlegen. »Im Vergleich zu dir bin ich halt wie eine Dampfwalze, die nur eine breite Spur legt!«

»Ja, das ist wunderbar!« Clara drückte ihr einen Kuss auf die Wange. »Deine breite Spur erleichtert mir das Durchkommen jedenfalls ungemein!« Sie lächelte. »Magst du eine Praline zum trockenen Kaffee?«

Andrés hatte sich für zehn Uhr angekündigt, und Clara hatte ihm nur gesimst, dass er etwas Hunger mitbringen solle. Es gebe noch eine Kleinigkeit.

Du bist doch keine Kleinigkeit ☺, hatte er zurückgeschrieben, und sie konterte mit: *Ganz recht. Deshalb darfst du auch gespannt sein.*

Als er kam, klopfte er sachte, öffnete dann die Tür einen Spaltbreit und streckte zuerst nur vorsichtig den Kopf herein.

Clara hatte überall in der Wohnung Kerzen verteilt und in die Mitte des gedeckten Tisches einen gewaltigen Berliner Bären gestellt, den sie in einem Ramschladen aufgetrieben hatte. Als Andrés die Tür ganz aufmachte, drückte sie auf das Startzeichen auf ihrem Laptop, und Conny Froboess sang mit hoher Kinderstimme: *Pack die Badehose ein, nimm dein kleines Schwesterlein.*

Andrés blieb einen kurzen Moment stehen, um sich an das Kerzenlicht zu gewöhnen, dann erkannte er Clara, die mit zwei gefüllten Sektgläsern auf ihn zukam.

»Hast du eine Badehose an?«, wollte er wissen und schloss die Tür leise hinter sich.

»Nein, ich habe keine gefunden. Blau-weiß geringelte Badeanzüge sind leider auch ausgegangen.«

Er blieb stehen.

»Und du hast auch sonst nichts zum Anziehen gefunden?«

»Du weißt doch«, sagte Clara mit dunkler Stimme, »das ist ein weibliches Problem.«

Er verharrte noch immer an derselben Stelle, während Clara nun vor ihm stand und ihm eines der beiden Gläser anbot. Andrés nahm stattdessen ihr Gesicht in seine Hände, küsste ihre Augen, ihren Mund und glitt dann langsam tiefer über ihre nackten Brüste bis zu ihrem Bauchnabel. Clara stand mit geschlossenen Augen, balancierte die beiden Gläser in ihren Händen und wiegte sich sacht unter der Berührung seiner Zungenspitze, die gerade die Tiefe ihres Bauchnabels auslotete. Dann spürte sie seine Zunge zwischen ihren Beinen, bog ihren Körper nach hinten und ließ den Sekt als perlendes Rinnsal zwischen ihren Brüsten hinunterlaufen.

Sie spürte Andrés' feste Hände auf ihren Pobacken und seine Zunge, die ihre Klitoris umkreiste und immer schneller wurde, und als er sich festbiss, sah sie nur noch rote Spiralen vor ihren Augen, hörte ihr eigenes Stöhnen, und ihr Körper machte sich selbstständig, zuckte, und als eines der Sektgläser auf dem Fußboden zerschellte, hob er Clara auf und trug sie auf den einzigen Sessel, wo sie die Beine auf die Armlehnen legte, er sich vor sie hinkniete und sich langsam auszog, während er sie weiter mit seiner Zunge reizte. Clara war im Taumel, und als er schließlich hart in sie eindrang, steigerte sich ihre Lust zur Raserei, und irgendwann fanden sie sich auf dem Fußboden wieder.

Eine Weile blieben sie ineinander verschlungen liegen, bis Andrés schließlich sagte: »Ich glaube, ich liege auf einer Scherbe.«

Clara musste lachen. »Eigentlich sollte der Sekt der Auftakt sein«, erklärte sie.

»War er doch auch«, sagte er und schob sie ein bisschen von sich weg, damit er mit der Hand an seinen Rücken kam.

»Lass mal sehen«, sagte Clara und richtete sich auf.

»Ist nichts, nur ein paar Splitter.« Andrés zog seine Hand hervor und betrachtete die blutigen Fingerspitzen. »Und außerdem siehst du bei dem Licht ja sowieso nichts.«

»So war es ja auch geplant!« Sie grinste.

»Ich habe dich aber doch gesehen.« Andrés stippte seinen blutigen Finger auf ihre Brust. »Fingerabdruck. Jetzt gehörst du mir!«

»Du bist doch verletzt und überhaupt nicht gebrauchsfähig.« Clara schob sich etwas von ihm weg. »Und außerdem gibt es noch eine Überraschung.«

»Erlebe ich die noch?«

»Ja, bestimmt. Und es ist genau das Richtige für verletzte, müde Männer!«

»Müde bin ich nicht …« Er stand schnell auf und streckte Clara die Hand zum Aufstehen hin. »Aber neugierig.«

Im hellen Licht des Badezimmers zeigte sich, dass er mehrere blutige Striemen auf dem Rücken hatte, aber keine Glasscherbe mehr in der Haut steckte. »Die habe ich alle schön klein geraspelt«, sagte er und nickte Clara zu. »Kannst dein Vergrößerungsglas wieder aus der Hand legen, trotzdem müssen wir den Boden gut wischen, wegen Katie.«

»Jetzt gibt es erst mal einen Sekt«, sagte Clara und drückte Andrés einen Kuss auf die Schulter.

»Ich hatte schon einen«, erklärte er und zog leicht an ihrer Brustwarze.

Sie schüttelte den Kopf. »Spielkind«, sagte sie.

»Ist das was Schlechtes?«, wollte er wissen.

Sie schaute ihn an, wie er vor ihr stand. Etwas größer als sie, gebräunt und breitschultrig, seine dunklen Haare leicht feucht, weil er sich eben mit nassen Händen durch die Locken gefahren war, seine braunen Augen, der kecke Mund mit dem schiefen Zahn. Er war wirklich ein Spielkind. Etwas, was sie schon beim Anblick erfreute.

»Nein, das ist wunderbar!«, sagte sie. »Und jetzt könntest du mal nach den brennenden Kerzen und den Glasscherben schauen, und ich zaubere meine heutige Liebesgabe auf den Tisch.«

»Schon wieder?« Andrés schaute zweifelnd an sich hinunter, und Clara musste lachen.

»Nein«, sagte sie, »das gibt's erst zum Dessert!«

Andrés war gerührt. Und begeistert. »Von diesen Berliner Currywürsten träume ich sogar manchmal«, gestand er, nachdem er drei Stück hintereinander gegessen hatte. »Und überhaupt, Berlin ist für mich die tollste deutsche Stadt. Dort pulsiert das Leben, die jungen Leute sind originell und frech gekleidet, alles ist in Bewegung. Ich kenne keine Stadt, in der Flip-Flops und High Heels so selbstverständlich nebeneinander hergehen wie in Berlin. Selters und Champagner. Heute so, morgen so, immer anders, immer überraschend. Man mag mitleben, Tag und Nacht.«

»Bereust du, dass du weggegangen bist?«, wollte Clara wissen, die sich über seinen Heißhunger und das Lob freute. Aber sie musste ihm recht geben, ihr schmeckten die Würste auch, und dass sie tatsächlich weiße gefunden hatte, machte die ganze Sache perfekt.

»Ich bin neunundzwanzig«, sagte er. »Vielleicht gründen wir mal eine Filiale in Berlin? Ein *Amici miei* am Gendarmenmarkt?«

»Da wirst du dich schwertun«, sagte Clara. »Da dürfte schon jedes Fleckchen besetzt sein.«

»Warten wir ein paar Jahre ab, Wechsel gibt es immer. Und mit Friedrich haben wir den perfekten Freund. Er hat gern gute Leute um sich herum und betrachtet sie dann als seine Familie, das hat mir mein Exchef aus Berlin erzählt – und ich finde, er hat recht. Friedrich ist tatsächlich ein besonderer Mensch!«

Clara nickte. »Ja, ein seltenes Exemplar. Hoffentlich passt er auf sich auf.«

Andrés holte sich ein Bier aus dem Kühlschrank. »Magst du auch eines?«, fragte er.

Clara nickte. Ein kühles Pils tat wirklich gut, und das fand sie immer noch passender zur Currywurst als Sekt oder Champagner, selbst wenn das irgendwelche Schickimickis am Ku'damm zelebrierten.

»Und was sagst du zu seiner Idee, Britta und mich ins Boot zu holen?«

Andrés füllte die beiden Biertulpen und schaute Clara leise lächelnd an. »Was soll ich dazu sagen?«, fragte er leise. »Ich hoffe, ihr beide fangt bald an. Mit Britta wollte ich eigentlich heute Abend einen Termin machen, aber ...«, er grinste und deutete auf seinen nackten Körper, »mein Aufzug ist vielleicht nicht ganz comme-il-faut.«

Clara legte die Hand auf seinen Unterarm. »Aber wirft er da nicht nur Geld zum Fenster raus, ich meine, Buchhaltung, ja klar, das wird ihm helfen. Aber ein neuer Auftritt – macht er das vielleicht nur mir zuliebe? Das Restaurant ist doch eigentlich noch in Ordnung. Ich möchte nämlich kein schlechtes Gewissen haben müssen.«

Andrés küsste sie auf die Stirn. »Friedrich ist Geschäftsmann, und das in erster Linie. Er weiß, was er tut. Er möchte ein neues Outfit für sein Restaurant, also hat er dafür auch einen Grund. Am besten kommst du morgen früh mal mit und schaust dir alles im ungeschminkten Morgenlicht und ohne Gäste an. Dann kannst du dir ein Bild machen.«

Der Blick über das Meer war unvergleichlich. Noch lag es wie ein silbernes Band da, bedeckt von einem leichten Dunst, der den Horizont verschleierte und den ersten warmen Sonnenstrahlen trotzte. Alles atmete die klare Frische des jungen Tages, und auch die Pflanzen wirkten durch die Feuchtigkeit der Nacht erfrischt. Clara war in eine dünne Wolljacke gehüllt und hatte die Arme über der Brust verschränkt. Auf dem Auto lag Tau, und sie strich mit den Fingerspitzen leicht über den Lack. Der Frühling kam, und sie hatte ihren ersten Winter auf Mallorca überstanden. Sie musste an Frédéric Chopin und George Sand denken, die den Winter 1838 in Valldemossa verbracht hatten, und daran, dass es in der Kartause sicher kalt und zugig gewesen war. Sie stellte sich vor, wie schwer es gewesen sein muss, unter diesen Umständen kreativ zu sein und täglich an einem Klavier zu komponieren oder am Schreibtisch zu arbeiten. Der eine am Klavier, hustend, weil seine Lunge angegriffen war, die andere schreibend und von den Einheimischen nicht nur wegen ihrer männlichen Kleidung beäugt. *Ein Winter auf Mallorca.* Clara hatte das Buch schon einmal gelesen, aber das war lang her, und sie würde es sich noch einmal kaufen.

Andrés war nach einem schnellen Espresso schon vorausgefahren, und Clara ließ sich Zeit.

Sie ließ die vergangene Nacht noch einmal an sich vorbeigleiten und spürte den Nachhall, ein leichtes Prickeln auf der Haut. Dann stieg sie in ihren kleinen Leihwagen und fuhr los. Geliehenes Glück, dachte sie dabei urplötzlich. Geliehene Wohnung, geliehenes Auto, hoffentlich ist nicht auch der Mann nur geliehen. Aber der Gedanke entlockte ihr nur ein leichtes Lächeln. Komisch, wie sicher man sich fühlen konnte, wenn man einen liebenden Mann an seiner Seite spürte.

Obwohl, war es überhaupt Liebe?

Sie fädelte sich in den Verkehr in Richtung Palma ein. Wie vertraut ihr in der kurzen Zeit auf Mallorca alles geworden war. Die Gegend, die Vegetation, und sie begann auch schon, sich über die langsame Fahrweise der Touristen zu ärgern. Bei jedem Wegweiser bremsen, Gas geben, bremsen, Gas geben – hinter solchen Kandidaten musste man höllisch aufpassen. Nach der Auffahrt auf die Schnellstraße wurde es ruhiger, und sie atmete durch. Komisch, sie war kein bisschen aufgeregt, dabei musste sie sich doch heute über ein neues Restaurantdesign Gedanken machen. Und das war immerhin eine Premiere für sie.

Der frühe Morgen bescherte ihr einen Parkplatz direkt vor dem Restaurant. Ein gutes Zeichen. Clara stieg beschwingt aus dem Wagen. Sie strich ihr helles Leinenkleid glatt und zog dann ihre Jacke aus. Es war inzwischen so warm geworden, dass sie überflüssig war. Trotzdem packte sie sie vorsichtshalber in ihre große Tasche zu dem Zeichenblock und ihrem Laptop. Dann ging sie zielstrebig ins Restaurant.

Es war noch wie ausgestorben. Die Stühle hingen kopfüber an den Tischen, und ein einziger Kellner, noch in kurzen Hosen und überweitem Kapuzensweatshirt, stellte eben die Kaffeemaschine an. Er drehte sich erstaunt nach ihr um.

»Keine Aufregung«, beschwichtigte Clara ihn, »ich brauche nichts. Ich möchte mir nur einen Eindruck verschaffen, denn ich bin Innenarchitektin.«

Er nickte ihr zu. Offensichtlich war es ihm völlig egal, was sie hier zu treiben oder nicht zu treiben hatte. Sie hätte auch der Metzger sein können, dachte sie und fragte sich, warum sie so eilfertig mit ihren Erläuterungen war. Im Grunde ging es ihn doch gar nichts an.

Clara stellte sich an eine Ecke des Restaurants und ließ alles auf sich wirken. Es sah ein bisschen aus wie das *Spindler&Klatt* in Kreuzberg, fand sie. Edel in klaren Linien, viel Weiß und sehr puristisch. Das hatte ihr schon in Berlin gut gefallen, und sie fragte sich, was Friedrich an diesem Konzept nun nicht mehr gefiel. So lang war die Weiß-in-Weiß-Euphorie doch noch nicht her, und sie mochte wetten, dass das *Amici miei* noch vor nicht allzu langer Zeit genau auf diesen Stil getrimmt worden war. Zudem war für viele Weiß noch immer die Infarbe, warum also wechseln?

Sollte sie hier nun die Trendsetterin spielen?

Sie schaute zu dem Kellner, der seinen Espresso mit hinaus auf die Terrasse nahm und anfing, die Tische und Stühle nach seinem Reservierungsplan aufzustellen. Jetzt hätte sie auch gern einen Kaffee gehabt, aber sie traute sich nicht mehr, ihn zu fragen. Wo war denn Andrés? Sie kannte sein Büro und wunderte sich, dass der Kellner mit keinem Blick schaute, was sie da eigentlich trieb. Theoretisch hätte sie sich die Tasche mit den Flaschen aus der Bar vollstopfen können. Oder jetzt, da sie durch die automatische Tür in die Küche ging, den Chef mit einem Küchenmesser killen.

Sie blieb kurz stehen. Auch hier waren schon die ersten Männer bei der Arbeit und prüften die Waren, die vom

Großmarkt oder von anderen Händlern gekommen waren. Aber auch hier interessierte sich niemand für sie. Sie sagte »Buenos dias« und ging zurück auf den Gang. Und von dort in den ersten Stock. An Andrés' Tür klopfte sie kurz an und ging nach seiner Aufforderung »Entre!« hinein.

Er saß am großen gläsernen Schreibtisch vor seinem Laptop, hatte den Kopf auf seine Hand gestützt und den Telefonhörer am Ohr. Bei ihrem Eintreten sah er nur schnell auf und deutete auf einen Stuhl ihm gegenüber. Die Situation war ihr neu.

Jetzt wirkte er tatsächlich wie der große Boss und nicht mehr wie der Andrés, den sie kannte. Sein Spanisch klang ruppig und wie aus dem Maschinengewehr. Sie verstand nichts von dem, was er sagte, aber offensichtlich war er zornig. Schließlich knallte er den Hörer auf. »Jetzt hat sich schon wieder ein Delfin in einem der Fischernetze verfangen«, sagte er und schaute sie mit gerunzelter Stirn an. »Meeresschildkröten sterben an verschluckten Angelhaken, Zackenbarsche werden harpuniert, bevor sie sich überhaupt fortpflanzen können, die lauten Schiffsmotoren verjagen die Pottwale, und viele Gründe sind bereits leer gefischt.« Er verzog bitter den Mund. »Sag mir mal, wozu wir Menschen eigentlich gut sind!«

Clara schwieg.

»Und das hier«, er zeigte mit beiden Händen nach oben, »trägt dazu bei!«

Clara nickte. »Ja«, sagte sie. »Aber willst du deshalb kündigen?«

Er holte tief Luft. »Ja, manchmal denke ich schon, dass mein Platz eher auf einem Greenpeace-Schiff wäre als vor einer Disco als Türsteher, als Busfahrer oder jetzt als Geschäftsführer. Und das hier ist fast noch schlimmer. Ich will nämlich auch keine Stopfleber auf dem Speiseplan, weil es mir widerstrebt, dass Menschen sich an gequälten Tieren erfreuen!«

Clara nickte noch einmal. »Ja, da kann ich dich gut verstehen. Ich könnte auch keinen Hummer ins kochende Wasser werfen. Ich habe schon mal gesehen, als einer wieder hinauskrabbeln wollte – das hat mir gereicht. Aber trotzdem habe ich gestern einen gegessen. Wer denkt darüber nach, was er auf dem Teller hat? Ich doch auch nicht. Sonst müsste ich beim Lammkotelett ja auch das Lämmchen sehen. Ein Baby, wenn man es genau nimmt. Nur geboren, um zu sterben.«

Andrés kratzte sich am Kopf. »Bah!!!«, sagte er. »Du hast recht.« Er überlegte kurz. »Aber vielleicht kann ich hier ja auch etwas bewirken.«

»Du hast es hier mit Luxusmenschen zu tun, die wollen das volle Programm!«

»Das widerstrebt mir!« Er schaute sie an und bekam plötzlich weiche, fast kindliche Züge. »Ich will nicht Mainstream leben, nur weil es alle hip finden. Ich will ein Zeichen setzen. Es muss doch auch hip sein können, wenn man mehr sieht als den Thunfisch auf dem Teller – der übrigens auch auf der Roten Liste steht.«

»Ich weiß.« Clara schaute ihn an. »Besprich das doch mit Friedrich. Vielleicht lässt sich auch der Speiseplan eines Luxusrestaurants mit solchen Gedanken vereinbaren? Vielleicht gehen Leute sogar lieber essen, wenn sie dabei ein ökologisch gutes Gefühl haben können?«

Andrés schaute sie an. »Du tust mir gut«, sagte er dann.

»Du mir auch!«

Mit einem Becher frisch aufgebrühtem Kaffee wanderte sie herum, von der einen zur anderen Seite des Restaurants und zur Terrasse. Clara versuchte eine Linie zu finden. Es war nicht leicht, denn eigentlich war alles perfekt. Weiß halt. Wie die Autos, die derzeit die Szene bestimmten. Aber auch deren Schicksal war nach Ablauf des Leasingvertrags wahrscheinlich der Hof beim Händler. Offensichtlich sah Friedrich einen kommenden Weißüberdruss voraus und wollte dem zuvorkommen.

Aber was könnte die nächste Trendfarbe sein?

Es gab nichts, was nicht schon da gewesen wäre. Mokka fand Clara eine wunderschöne Farbe. Kombiniert mit dem Tiefseeblau der Quallen oder dem Violett der heimischen Orchideen. Oder überhaupt in die Farben der Meereswelt eintauchen? Da sie selbst nicht tauchte, sollte sie vielleicht einmal ins Palma-Aquarium gehen, um sich inspirieren zu lassen.

Das Gespräch mit Andrés ging ihr nach. Sicherlich gab es auch auf Mallorca genügend Leute, die sich um das Ökosystem der Insel Gedanken machten, dachte Clara. Man durfte da nicht vorschnell urteilen. Nur weil Puerto Portals in Luxus schwelgte, hieß das noch lange nicht, dass sich die Leute keine Gedanken machten. Sie selbst war vor ihrer Trennung ja auch eine Luxusfrau gewesen und trotzdem noch klar im Kopf.

Sie ging noch einmal zu Andrés hinauf in den ersten Stock. Er hing wieder am Telefon und lächelte ihr beim Eintreten zu. »Friedrich«, bedeutete er ihr leise, und sie flüsterte: »Sag ihm einen Gruß.«

Als er auflegte, war er sehr viel entspannter als noch vor einer halben Stunde.

»Friedrich findet die Idee, andere Wege zu gehen, phantastisch. Ich kann meine Händler alle noch einmal überprüfen, und ich werde gleich mal damit anfangen und mir unsere Bezugsquellen persönlich anschauen. Übrigens scheint auch unsere neue Chefköchin in diese Richtung zu denken – das würde das Ganze natürlich vereinfachen!«

Clara ging um den Tisch herum und drückte ihm einen Kuss auf die Stirn. »Wunderbar! Und ich überlege in der Zwischenzeit, wie wir auch im Design Trendsetter werden können.«

Den Nachmittag verbrachten Clara, Britta, Katie und deren Freundin Ines am Strand. Sie hatten sich einige Liegestühle zusammengestellt, und während Katie mit ihrer Freundin Muscheln suchte und bei jeder Welle, die über ihre Knie schlug, laut quiekte, berieten die beiden Frauen eine neue Richtung für das *Amici miei*.

»Ich möchte die Farben des Meeres aufgreifen«, sagte Clara. »Was hältst du davon?«

Britta verzog das Gesicht. »Tut das nicht sowieso jeder Italiener in Deutschland? Siehe Capri mit aufgepinselten Riesenmuscheln auf lichtblau getünchter Wand?«

Clara musste lachen. »Klar, ich sehe vor mir, was du meinst. Und zu den Malereien von Napoli und Capri kleine Resopaltische mit eckigen braunen Stühlchen.« Sie lachten beide. Clara schüttelte den Kopf. »Nein, aber die Farbschattierungen des Meeres hätte ich schon gern in irgendeiner Form an den Wänden. Und die Farben der Meeresbewohner in den Räumen.«

Sie hatten beide ihre Schuhe ausgezogen, und Clara bohrte wieder ihren großen Zeh in den Sand. Dabei fiel ihr der Liebesnachmittag mit Andrés in der einsamen Bucht ein. Sand war einfach eine wunderbare Materie, dachte sie. Weich und sinnlich, und die fein geraspelten Körnchen erzählten eine unendliche Geschichte von Kraft und Beständigkeit. Da fand ein ständiges Mahlwerk statt, seit Millionen von Jahren, und trotzdem war er noch da. Clara bückte sich, nahm eine Handvoll auf und ließ sich den Sand durch die Finger rieseln. »Kalk, Steine, Knochen, Muscheln … irgendwann ist alles vereint«, sagte sie dabei.

»Willst du Sand in das Restaurant schütten, oder woran denkst du?«

»Ich habe gerade meine philosophischen zwei Minuten«, erklärte Clara und betrachtete den feinen Staub auf ihrer Handfläche. »Ich habe mir überlegt, was sich hier drin alles finden ließe.«

»Oligozäne Seekuhknochen und Haifischzähne«, sagte Britta.

»Wie?«, fragte Clara erstaunt.

»Irgendwie vor vierzig Millionen Jahren halt …« Britta wischte Clara kurz über die Handfläche. »Aber Haifischzähne kannst du auch schlecht aufhängen … das haben schon andere vor dir gemacht. Sankt Pauli ist da ein perfektes Vorbild.«

»Hm.« Clara lachte und lehnte sich in ihrem Liegestuhl zurück. Sie hatte nach dem Nachhausekommen ihr ärmelloses Leinenkleid gegen einen schwarzen Jogginganzug getauscht und die Haare zu einem Pferdeschwanz zusammengebunden. Es war herrlich, so im Freizeitlook und ohne jeglichen Zeitdruck am Strand zu liegen.

»Weißt du, was uns fehlt?«, sagte sie plötzlich und richtete sich auf.

Britta, die weiße Segeltuchhosen und einen weiten blauen Wollpullover trug, schaute sie fragend an. »Wenn du mich so fragst, meine ich fast, dass ich es vor mir sehen kann …«

»Genau!«, sagte Clara. »Genau das meine ich!« Sie schaute sich um. »Nur dumm, dass hier noch so vieles geschlossen hat. Die Hotels, Restaurants – und die kleine Strandbude …?« Sie stand auf und reckte sich auf die Zehenspitzen. »Sieht so aus, als ob dort jemand zugange ist.«

Britta zog eine Augenbraue hoch. »Warm ist es ja schon, aber im Gegensatz zu Puerto Portals sind hier die Touristen später dran«, gab sie zu bedenken. »Da wird sich niemand die Mühe machen …«

»Ich schau mal!« Clara schnappte sich ihren Geldbeutel und lief los. Es war herrlich, den eigenen Körper zu spüren, die Leichtigkeit, mit der ihre Beine sie vorwärtstrugen, ohne dass ihr Puls nach oben ging. Sie war noch gut in Form, obwohl sie lange nichts getan hatte. In Köln hatte sie viel mehr auf ihre Fitness geachtet als hier, obwohl sie hier der Natur viel näher war. Das musste sich ändern, dachte sie.

Tatsächlich, obwohl alle Rollläden an der Bude heruntergelassen waren, stand die seitliche Tür offen.

»Hola«, rief sie vorsichtshalber, um nicht einfach so hineinzuplatzen. Es tat sich nichts, und sie ging näher heran. »Hola«, wiederholte sie, »ist da jemand?« Clara blieb stehen, als sie es in der Hütte rumpeln hörte. Ein angegrauter Lockenkopf schaute heraus, und im ersten Moment war sich Clara nicht sicher, ob er zu einer Frau oder zu einem Mann gehörte. »Entschuldigung«, sagte sie und verfluchte wieder einmal, dass sie ihrem festen Vorsatz, möglichst bald

Spanisch zu können, in der Praxis noch immer hinterherhinkte. »Sprechen Sie Deutsch? Or English?«

»Beides«, kam die Antwort, und jetzt war auch zu erkennen, dass das braune, zerknitterte Gesicht zu einem männlichen Körper gehörte. Der Mann kam mit einem großen schwarzen Sack zur Tür heraus.

»Abfall«, sagte er dabei und lächelte entschuldigend, »wenn die Saison vorbei ist, klappt mein Sohn den Laden zu und lässt alles stehen und liegen.« Er zuckte mit den Achseln. »Was soll man machen? Jetzt ist es zu spät.«

Clara lächelte zurück.

»Ja, die Kinder«, sagte sie. »Aber sicherlich hat er den Sommer über gut verdient!«

»Ja, er ist ein guter Sohn!«

»Dann prima!« Clara überlegte. »Eigentlich wollte ich bei Ihnen zwei Piña Colada bestellen – aber das wird ja jetzt wohl nicht gehen.«

Der Alte stellte seinen Sack ab und rieb sich die Hände an seinen grauen Hosenbeinen sauber. »Piña Colada«, sagte er und schaute sie zweifelnd an.

»Ja, ist schon gut, macht ja nichts«, beeilte sich Clara zu sagen.

»Was ist denn da drin?«, wollte der Mann wissen, und seine Augen glitzerten unternehmungslustig.

Clara überlegte kurz. Es war das Lieblingsgetränk der wilden Ladys aus Köln gewesen, wann immer die Gelegenheit bestanden hatte, hatten Kitty, Lizzy, Tina und Britta fünf Piña Colada bestellt. Irgendwie war es fast zur Tradition geworden.

»Auf alle Fälle Rum, Ananassaft und Coconut Cream.« Clara zog die Stirn kraus. »Und Sahne. Ein bisschen.«

»Tja, dann.« Der Mann nickte ihr zu. »Ich bin Jorge.« Er trat in die Hütte. »Gut, dann kommen Sie!«

Clara zögerte kurz. Irgendwie grauste es ihr, hinter ihm in die Strandbude zu gehen, aber dann kam sie sich albern vor und folgte ihm. Ihre Furcht war unbegründet. Im kalten Licht der Neonlampe, die schaukelnd an der Decke hing, glitzerten Gläser, die offensichtlich eben frisch gewaschen worden waren. Sie standen ordentlich nebeneinander auf karierten Geschirrtüchern und bedeckten den ganzen Tresen vor den heruntergelassenen Rollläden. Auf der Rückseite der Bude hatte er die Wandregale abgeräumt und die Flaschen in große Drahtkörbe gepackt. Sie standen auf einem breiten Sideboard und auf dem Kühlschrank.

»So«, sagte er, »dann wollen wir mal sehen. Rum habe ich heute schon in den Fingern gehabt.«

Er fing an, die Flaschen einzeln herauszunehmen, und Clara dachte schon daran, ihn zu unterbrechen. Das würde ja Lichtjahre dauern, blöde Idee. Aber dann verkniff sie sich einen Kommentar und beschloss, ihm zu helfen. Warum auch nicht, die Zeit lief ihr heute ja nicht davon.

Mit einem triumphierenden: »Da ist es!« zog er schließlich eine Flasche Rum hervor. Und im selben Moment hatte Clara eine Flasche Coconut Cream entdeckt.

Jorge lachte fröhlich, griff nach einem Shaker und hielt dann inne. »Die Eismaschine hat er im Herbst mitgenommen. Aber ich habe noch nicht in den Kühlschrank geschaut«, sagte er und grinste. »Vielleicht ist da ja noch was im Eisfach.«

Wir werden uns vergiften, dachte Clara, sagte aber nichts. Jorge fand einige Becher Sahne, deren Haltbarkeitsdatum aber längst abgelaufen war, ein paar offene Tüten

Saft, die Jorge wieder zurückstellte, und oben im Eisfach noch einen verschweißten Plastikbeutel mit Eiswürfeln.

»Hier!«, sagte er, und Clara fand, dass sie das keinem Menschen erzählen konnte. Stand mit einem alten Spanier, den sie nicht kannte, in einer klapprigen Strandbude und panschte sich und Britta einen Cocktail zusammen. Sie sah ihm zu, wie er die Eiswürfel aus dem Plastik herauspresste und dann mutig Rum und Coconut Cream dazugoss.

»Ananassaft«, sagte er und deutete auf eine dunkle Ecke im hinteren Teil der Bude. Tatsächlich, Clara fand einige Kisten mit Saft. Darunter auch Ananassaft mit beruhigendem Haltbarkeitsdatum. Jorge füllte den Mixer auf, schüttelte ihn kräftig und füllte dann drei Gläser. Das hatte sie sich gedacht, so schnell bekam sie Jorge nun nicht mehr los. Clever. Sie sah in sein faltiges Gesicht und musste lachen.

»Was ist so lustig?«, fragte er und wischte sich seine Hände erneut an der Hose ab.

»Jetzt fehlt nur noch das silberne Tablett«, erklärte Clara.

Wenig später stapften sie durch den Sand. Jorge balancierte die drei Drinks auf einem bunten Plastiktablett, und Clara lief fröhlich nebenher.

Britta sah ihnen entgegen und stand auf. »Ich habe mir schon Sorgen gemacht«, sagte sie.

Jorge lachte herzhaft, und sein braunes Gesicht legte sich in unzählige Falten. »Die Damen wollten einen Drink, also gibt es einen Drink!«

»Ananas und Kirschen haben wir allerdings weggelassen«, erklärte Clara und reichte Britta eines von den hohen Gläsern. »Aber es sieht auch so ganz gut aus!«

Sie setzten sich auf die beiden Liegestühle und stießen miteinander an.

»Wow! Gehaltvoll«, sagte Britta und warf Clara einen schrägen Blick zu. »Da werden wir bald Sternchen sehen.«

Jorge nickte anerkennend. »Gut«, lobte er nach einem tiefen Schluck, »dieses Rezept werde ich mir merken!«

»Sein Sohn bewirtschaftet die Strandbude im Sommer«, erklärte Clara. »Aber den Aufräumdienst hat er seinem Vater überlassen.«

»Geschickt«, fand Britta. »Und was hat Ihr Sohn über den Winter gemacht?«

Jorge zuckte die Achseln. »Nichts«, sagte er.

»Ist er Ihr einziges Kind?«, wollte Britta wissen, und Clara sagte: »Apropos?« Doch Britta zeigte nur mit dem Daumen hinter ihre Schulter, wo Katie und Ines hinter einer großen Sandburg kaum noch zu sehen waren.

Jorge schüttelte den Kopf. »Nein, ich habe noch drei Mädchen, zwei sind verheiratet, eine arbeitet als Journalistin.«

»Als Journalistin?« Clara warf ihm einen fragenden Blick zu. »Das ist ja interessant!«

»Interessant?« Jorge schaute sie an und verzog das Gesicht. »Anstrengend. Immer weiß sie alles besser!«

Britta musste lachen. »Und wo arbeitet sie?«

»Für alle möglichen Magazine und Zeitungen. Warum?«

»Oh, weil sie sich auf der Insel doch sicherlich gut auskennt«, sagte Britta. »Alle angesagten Restaurants und Bars kennt, den Trend, den Zeitgeist ...«

Jorge zuckte erneut mit den Achseln. »Ja«, sagte er. »Sie ist ständig unterwegs. Völlig unbegreiflich. Ihre Mutter sagt es auch immer.«

»Wie heißt sie denn?«, fragte Britta und nahm noch einen Schluck, nach dem sie sich prompt schüttelte.

»Elena Louisa. Warum? Wollen Sie sie kennenlernen?« Er schaute die beiden Frauen aufmerksam an. »Warum?«

»Weil ich das *Amici miei* neu gestalten soll und meine Inspiration gern überprüfen lassen würde. Von einem Insider. Von einer Frau.«

Jorge nickte. »Ja«, sagte er nachdenklich. »Das sagt meine Frau auch immer. Und irgendwann verdienen die Frauen das Geld, und die Männer haben nichts mehr zu sagen.«

»So schlimm wird's nicht werden«, sagte Clara lachend und hielt ihr Glas hoch. »Prost, Jorge!«

Elena war eine hübsche junge Frau, die ihre schwarzen Haare zu einem Pferdeschwanz hochgebunden trug und auf ihren hohen Absätzen beschwingt über den Platz getrabt kam.

Sie hatten sich in einem Café am Passeig del Born in Palma verabredet, und Clara nickte Britta zu: Da kam die gebündelte Energie auf sie zu.

»Ich bin gespannt«, sagte Britta leise.

Clara stand auf, um die junge Frau zu begrüßen, und mit kräftigem Händedruck sagte Elena: »Da bin ich – und ich bin gespannt!«

Clara musste lachen. »Es ist wirklich spannend, denn es ist ein Experiment. Aber vielleicht haben Sie ja Lust …«

Elena begrüßte Britta, setzte sich schwungvoll und legte die Hände auf den Tisch. »So, jetzt bin ich hier«, sagte sie. »Dann mal los!«

»Vielleicht was zu trinken?«, fragte Britta, weil eben der Kellner auf sie zusteuerte.

»Espresso«, sagte Elena, ohne aufzuschauen. »Einen doppelten.«

Britta bestellte, und Clara stellte kurz Britta und dann sich selbst vor.

»So viel weiß ich schon von meinem Vater«, sagte Elena. Ein liebevoll-spöttisches Lächeln flog über ihr Gesicht. »Obwohl mein Vater bei Frauen mehr auf Beine als auf Berufe achtet.« Ihre dunklen Augen blitzten vergnügt, und Clara fielen ihre unglaublich langen Wimpern auf. Waren die echt?

»Nun«, begann Clara, »ich soll das *Amici miei* neu einrichten.«

»Oh!« Das Erstaunen war Elena anzumerken. »Und damit wollen Sie in die Presse? Das ist alles?«

»Ganz sicher nicht«, fuhr Clara unbeirrt fort. »Ich brauche Sie in anderer Hinsicht. Es geht um Formen und Farben.« Sie stockte kurz und schaute Elena in die Augen. »Ich möchte etwas Neues kreieren, etwas anderes als das, was es schon gibt.«

»Aha.« Elena hob eine Augenbraue, und Britta war sich nicht mehr sicher, ob das Ganze eine gute Idee war. »Das *Amici miei* ist doch sehr modern«, überlegte Elena. »Ganz hell gehalten, Ton in Ton, edel und kühl.«

»Ja, eben«, bestätigte Clara. »Aber da alle auf diesen White Style aufgesprungen sind, möchte der Besitzer des Restaurants etwas Neues, etwas, das aus der kühlen, weißen Welle heraussticht.«

Elena nahm ihren Espresso in Empfang, süßte ihn und hielt die Tasse vor den Mund.

»Einen neuen Trend?«, fragte sie. »Geht es darum?«

Vielleicht war Elena doch eine gute Idee, dachte Britta.

»Exakt«, bejahte Clara. »Ich möchte einen neuen Stil schaffen, den es auf der Insel noch nicht gibt. Etwas, das die Leute fasziniert.«

»Also kein kühles Weiß«, schloss Elena lächelnd.

»Kein Weiß«, versicherte Clara.

»Bien.« Elena trank einen Schluck und lehnte sich zurück.

Britta beobachtete sie. Elena war sich ihres toughen Erscheinungsbilds bewusst, das war deutlich zu sehen. Ihr schwarzes T-Shirt schmiegte sich an eine gut zur Geltung gebrachte Oberweite, die für die schmale Taille und kleine Jeansgröße fast zu groß wirkte. Ein Feger, dachte Britta. Aber vielleicht hilft uns das ja.

»Gut.« Elena setzte die Tasse ab. »Und was kann ich dabei tun?«

Clara beugte sich vor. »Ich gehe davon aus, dass Sie sich als Journalistin bei den angesagten Restaurants und Bars auf Mallorca gut auskennen. Wenn ich Ihnen nun sage, was ich vorhabe, könnten Sie mir wahrscheinlich gleich sagen, ob es so etwas schon gibt. Und wenn ja, wo. Dann wäre der Plan eigentlich schon gestorben.«

Elena grinste. »Und wenn ich Ihre Idee klaue und weiterverkaufe?«, scherzte sie kokett.

»Das ist unser Risiko«, warf Britta ein.

»Und was sieht dieser Deal für mich vor?«, wollte Elena wissen und schaute dabei Britta an.

»Vielleicht könnten Sie bei der Eröffnung dann auch eine gewisse PR-Arbeit für uns übernehmen – nicht nur für die Insel, sondern auch für Deutschland. Große Eröffnungseinladung, die entsprechenden Promis, Musik und Show.«

»Musik und Show soll ich Ihnen organisieren? Ich bin Journalistin, keine Eventmanagerin!«

»Wir brauchen nur die Ideen und die Kontakte«, erklärte Britta. »Den Rest erledigen wir schon selbst. Aber die Story sollte in möglichst vielen Blättern erscheinen. Rundfunk und Fernsehen natürlich auch.«

»Und wie wollen Sie das bezahlen?«

Clara und Britta schauten sich an. Das war der heikle Punkt an der Geschichte. Was war eine solche Arbeit wert?

»Wenn Sie Ihre Geschichten normalerweise an Ihre Blätter verkaufen, werden Sie ja auch bezahlt.«

»Aber nicht, wenn ich wie eine PR-Agentin auftrete. Das spannt ja jeder Redakteur.«

»Zehntausend Euro, wenn alles rund läuft«, sagte Clara.

»Und wer beurteilt, ob's rund läuft?«, wollte Elena wissen.

»Wir wissen ja gar nicht, ob Sie das können«, warf Britta ein.

»Risiko!«, sagte Elena und lachte. »Und außerdem reden wir hier über ungelegte Eier. Vielleicht ist Ihre Idee ja auch nichts wert, dann können wir den Kaffeeklatsch gleich wieder beenden.«

Clara nahm einen Schluck Mineralwasser, warf Britta dabei einen Blick zu, und als die nickte, zog sie einige Seiten aus ihrer Aktentasche, die sie neben sich abgestellt hatte.

»Okay«, begann sie, »wovon ich wegwill, ist Farblosigkeit. Ich möchte die Farben der Insel zeigen, das Türkis des Meeres, das Blau des Himmels, die schillernden Farben der Fische und Meerestiere, vom hellen Beige bis ins grelle Pink. Ich möchte Farbinseln schaffen, mit einer Art Malerei hinter Glas experimentieren und insgesamt einen Hauch Exotik und Schwerelosigkeit vermitteln.«

»Aha.« Elena schien wenig beeindruckt. »Gab es so was nicht schon mal und hieß Arielle, die Meerjungfrau?«

Clara stutzte, dann musste sie lachen. »Okay, ja, Walt Disney. Bei uns kann es solche Kuschelecken schon auch geben, aber ich möchte vor allem viel mit dem Effekt Glas über Farbe und entsprechenden Lichtquellen arbeiten. Wie in einem Korallenriff. Licht und farbintensive Eindrücke.«

»Eine Farbexplosion!«, nickte Elena. »Aber in jedem noch so schönen Korallenriff kommt dann auch mal eine Muräne aus der Höhle und schaut einen giftig an – habt ihr die auch?«

»Ja, klar«, gab Clara zur Antwort, »das ist die Rechnung nach dem Menü!«

Elena hatte sich Bedenkzeit erbeten, sie wollte sich zunächst mal in den Redaktionen der Zeitungen, für die sie arbeitete, umhören und die Chancen für ein solches Projekt ermitteln. Nach zwei Tagen rief sie an und sagte zu. Kurz darauf erreichte Clara auch den Maler, den sie von einem früheren Auftrag kannte, und fragte ihn nach seiner Meinung. Er müsse sich das anschauen, ließ Sebastián wissen, und am besten käme er gleich, denn er habe sowieso Hunger.

Clara setzte sich sofort ins Auto und kam kurz vor Sebastián im *Amici miei* an. Sein Overall war farbverschmiert, und seine strähnigen langen Haare hatte er zu einem Zopf zusammengebunden. Ganz offensichtlich kam er gerade von der Arbeit. Genau so hatte Clara ihn zwischen seinen Farbtöpfen in Erinnerung; hier, zwischen den ausgehfeinen Restaurantgästen, erregte er einige Aufmerksamkeit, die er gekonnt ignorierte.

Clara hatte Andrés schon vor ihrem Eintreffen angerufen und informiert. Nun begrüßte Andrés ihn, als ob Juan Carlos persönlich hereingeschritten wäre. Clara überlegte lächelnd, welche Rolle Sebastián in den Gesprächen rundherum wohl spielte.

»Schön, Sie zu sehen«, lächelte er sie an und führte ihre Hand leicht an seine Lippen.

»Ich freue mich auch«, sagte Clara und spürte eine leichte Aufregung. Was würde er wohl zu ihrer Idee sagen? Was, wenn er ihr Projekt nicht gut fände?

Andrés bot Clara und Sebastián einen kleinen Vierertisch im hinteren Bereich an. »Hier könnt ihr euch gut unterhalten«, sagte er und rückte Clara den Stuhl zurecht. »Ich komme dann nachher dazu. Darf ich schon mal einen Aperitif servieren lassen?«

Sebastián bat um ein frisch gezapftes Pils und Clara um ein Glas Wasser. »Für meine Nerven«, fügte sie augenzwinkernd hinzu.

»Haben Sie mich gerufen, weil Sie sich nun endlich von mir malen lassen wollen?«, fragte Sebastián, als sie alleine am Tisch waren. Seine Augen hielten sie fest.

»Ich erinnere mich«, sagte Clara und strich sich unbewusst über ihre Haare. »Im frühen Morgenlicht ...«

Sebastiáns schmales Gesicht hatte eigentümlich kräftige Jochbeinknochen, und für die eingefallenen Wangen war sein Kinn zu breit. Es war eine Mischung aus brutal und höchst sensibel.

»Nackt in der Natur, habe ich damals gesagt«, zitierte er. »Zwischen hohen, schlanken Stämmen im frühen Morgenlicht. Leichtfüßig wie ein Reh und trotzdem Jägerin. Die Bewegungen müssen die einer Amazone sein. Kraftvoll. Der Blick auch. Nur die Gestalt ist zart, zerbrechlich, schlank bis in die Fesseln.«

Clara starrte ihn an. Sie wusste, dass sie das schon einmal getan hatte – ihn einfach angestarrt. »Haben Sie das auswendig gelernt?«

Er schüttelte den Kopf. »Es passt zu Ihnen. Nur zu Ihnen!« Er beugte seinen Oberkörper vor, und sein Gesicht kam dem ihren immer näher. »Jedes Wort trifft auf Sie zu.«

Clara schaute sich schnell nach Andrés um. Vielleicht war Sebastián doch zu abgefahren. Der Maler lachte kurz und trocken auf und lehnte sich in seinem Stuhl zurück, allerdings noch immer, ohne sie aus den Augen zu lassen.

»Gut«, sagte er. »Erzählen Sie mir von Ihrer Idee.«

Zur Vorspeise setzte sich Andrés mit an den Tisch. Sebastián war inzwischen nachdenklich durch die Räume gewandert und hatte sich Notizen gemacht.

»Und?«, fragte er Sebastián direkt. »Was halten Sie von Claras Vorstellungen?«

Sebastián hob beide Hände und bewegte sie abwägend hin und her. »Eine Gratwanderung«, sagte er. »Zwischen Kitsch und Kunst.« Er runzelte theatralisch die Stirn. »Das geht nur abstrakt, sonst sind wir in *Alice im Wunderland*.«

»Können Sie das?«, fragte Andrés ohne Umschweife.

»Ich denke schon«, sagte Sebastián. »Ich müsste es ausprobieren …«

»Und wo?«, wollte Clara wissen.

»In meinem Atelier arbeitet gerade ein argentinischer Kollege«, sagte Sebastián. »Falls Sie noch ein paar Wände frei haben – bei Ihnen zu Hause.«

»Gute Idee«, fand Andrés und stand auf.

Sebastián zog mit unzähligen Farbtöpfen ein, und Britta wollte ihn direkt wieder hinauskomplimentieren. »Das ist doch der reine Wahn«, sagte sie. »Wenn unser Vermieter das spitzkriegt, fliegen wir hochkant raus und haben eine Schadensersatzklage am Hals!«

»Lass das bloß Sebastián nicht hören«, beschwor Clara sie. »Er will sich künstlerisch austoben, was soll's also, wir rücken ein paar Möbel von der Wand, dann hat er eine freie Projektionsfläche.«

»Projektionsfläche«, sagte Britta und schüttelte den Kopf. »Spielfläche würde es besser treffen.«

Sie saßen beim morgendlichen Kaffee, und Britta schaute sich in Claras Wohnzimmer um. »Wenn du die Möbel alle in die Mitte rücken willst, hast du in der Mitte keinen Platz mehr!«

Clara musste lachen. Es waren sowieso nicht ihre eigenen Möbel, und diese Möbel hier waren aus schlicht gehaltenem hellen Kiefernholz. »So viele sind es ja nicht«, sagte sie.

»Dafür umso mehr Farbkübel.«

Das stimmte. Im Gang türmten sich neben etlichen Farbkübeln Plastikplanen und Decken.

»Ist doch gut, wenn er alles abdecken will.«

»Ist doch gut, wenn er so nah an dir dran sein kann.« Britta brach sich ungerührt ein Stück von ihrem Croissant ab und biss hinein. »Den Zauber hier braucht er doch gar nicht – wenn er ein so großer Künstler ist«, erklärte sie. »Und außerdem hat jeder große Künstler für seine Experimente ein eigenes Atelier.«

Clara nahm einen Schluck Kaffee. »Stimmt«, sagte sie dann. »Er behauptet, sein Atelier einem Freund überlassen zu haben. Aber wie auch immer, dass er gut ist, habe ich an seinen früheren Projekten gesehen. Und große Experimente mit anderen Malern kann ich mir jetzt nicht leisten.«

Britta nickte. »Ich bin ja bei dir«, sagte sie schließlich und lächelte. »Nur ein Apartment weiter … für alle Fälle.«

Katie war begeistert, und Clara bewunderte mal wieder, wie spielerisch spanische Männer mit Kindern umgingen. Selbstverständlich durfte Katie mitmachen. Sie bekam einen eigenen Pinsel und eine eigene Ecke angewiesen und erhielt die Aufgabe, ihr Okapi zu malen. Das war schwierig genug, denn die kleine Giraffe stand im Kölner Zoo, und Katie hatte sie seit einigen Monaten nicht mehr gesehen. Aber sie hatte sowieso ihre eigenen Vorstellungen von Knuffi, und mit der gleichen Ernsthaftigkeit, mit der Sebastián seine Farben mixte und verschiedene Stilrichtungen ausprobierte, war auch Katie dabei.

Clara fand es spannend, und selbst Britta musste widerwillig zugeben, dass Sebastián etwas von seinem Fach verstand. Vier Wände hatte er sich freigeräumt und mit der direkt neben der Tür angefangen. Nun zeigte sich dort die Tiefe des Meeres bedrohlich, denn was sich da mit wenigen Strichen zwischen den breiten türkis-dunkelblauen Pinselstrichen auf der Wand andeutete, war der längliche Kopf eines Barrakudas, silbern mit starren Augen.

»Gänsehaut«, sagte Andrés, als er spätabends nach Hause kam und vor der frisch bemalten Wand stand. »Da lauert etwas!«

»Findest du das gut?«, wollte Clara wissen, die Sebastián den Nachmittag über zugeschaut hatte.

»Es spricht mich an, ja«, sagte Andrés. »Es dreht die Geschichte um. Nun bin ich der kleine Fisch und nicht das Raubtier Mensch.«

»Also gefällt es dir?«, hakte Clara nach.

Andrés schaute noch einmal hin. »Zumindest lässt es einen nicht los. Man möchte wissen, was es ist. Das Dahinter ergründen. Wie bei einem guten Krimi.«

»Dann bin ich froh«, sagte Clara und seufzte zufrieden. »Mir geht es auch so!«

Im Laufe der nächsten Tage kam eine furiose Farbkomposition aus Orange, Ocker und Blutrot dazu, was allerdings nur aus der Entfernung als das fleischige Innere einer aufgeklappten Muschel zu erkennen war.

»Wie eine Liebesinsel«, kommentierte Andrés. »Man weiß nicht so sicher, liegt da in der Mitte eine Perle oder eine Frau … sehr voyeuristisch!«

Clara war zufrieden. Umso mehr, als auch Britta ihr anfängliches Misstrauen Sebastián gegenüber aufgab.

»Also gut, okay«, sagte sie, nachdem die dritte Wand aus der Sicht einer fliegenden Möwe gestaltet war – neben ihr andere Möwen, unter ihr das gleißende Band des Meeres und der endlose Horizont. »Das hier gefällt mir am besten«, und sie stapfte mit einem Kuchenblech über die Plastikplanen, die mittlerweile den gesamten Fußboden bedeckten, und rief Clara, die am Computer saß, zu: »Kaffeepause!«

»Mh, das duftet!« Clara schaute auf und nickte Sebastián zu. »Frischer Apfelkuchen! Wie daheim! Da steh ich drauf!«

Sebastián säuberte seine Pinsel, fuhr sich mit allen zehn Fingern durch die Haare und setzte sich an den Tisch.

»Danke«, sagte er zu Britta, und seine Mundwinkel bekamen diesen seltsam spöttischen Ausdruck, den Clara schon an ihm kannte. »Bin ich jetzt akzeptiert?«

Britta lächelte ihm verhalten zu. »Jedenfalls gefällt mir, was Sie tun«, sagte sie und lud ihm ein großes Stück auf seinen Teller.

»Und jetzt experimentieren wir noch ein bisschen mit Glas und verschiedenen Lichtquellen, und dann kann es losgehen«, wandte sich Sebastián an Clara, die eben mit drei Cappuccini auf einem Tablett aus der Küche kam.

»Phantastisch«, sagte sie. »Ich werde Friedrich gleich eine Mail schicken!«

»Aber erst *nach* dem Apfelkuchen«, protestierte Britta.

»Selbstverständlich *nach* dem Apfelkuchen«, betonte Clara, und alle drei mussten lachen.

Elena konnte telefonisch vermelden, dass es auf Mallorca bislang nichts Ähnliches gebe, deshalb könne man jetzt durchstarten. Sie kam am nächsten Abend, um ihre Kontaktadressen für die entsprechenden Einladungen mit Claras Unterlagen zu vergleichen. Clara hatte den Esstisch für ihre gemeinsame Arbeit freigeräumt, und Elena etablierte sich gleich mit ihrem Laptop, nachdem sie aufmerksam von Wand zu Wand geschritten war.

»Scharf!«, sagte sie.

Clara musste ihr zustimmen. Was bisher nur vage in ihrer Phantasie existiert hatte, hatte Sebastián meisterlich umgesetzt. Und die eine Wand, an der er eine Glasplatte befestigt und provisorisch Licht gesetzt hatte, war wirklich gespenstisch gut. Es wirkte, als verfolgte einen der räuberische Blick des Barrakudas durch den ganzen Raum.

»Super gemacht, aber auch ganz schön chaotisch«, erklärte Elena und stemmte ihre Hände in die Hüften, während sie sich langsam um sich selbst drehte. Das stimmte. Vor lauter Möbeln, Plastikplanen und Farbeimern in der Mitte des Zimmers gab es kaum noch ein Durchkommen. »Kann man so denn überhaupt noch hier wohnen?«, wollte sie wissen.

Clara goss zwei Gläser Mineralwasser ein. »Andrés ist derzeit fast nur nachts hier, und meine kleine Tochter findet es natürlich toll!« Sie zeigte auf das Kunstwerk, das von Katie stammte, und Elena lächelte.

»Übrigens keine schlechte Idee«, sagte sie. »Vielleicht sollten wir eine Wand in einem Nebenraum für gelangweilte Kinder freigeben.«

Clara zog die Stirn kraus. »Na, das Geschrei der Eltern möchte ich hören, wenn dann ein Farbspritzer auf dem teuren Kleidchen ist. Dann haben wir gleich den ersten Rechtsstreit am Hals.«

»Die Kinder kriegen Overalls.« Elena zuckte mit den Achseln. »Und einmal in der Woche wird alles wieder weiß überstrichen.«

Clara überlegte. »Keine so schlechte Idee!«

»Denk einfach drüber nach«, sagte Elena, setzte sich hin und fuhr ihren Laptop hoch. »So. Und heute bekommt das *Amici miei* die neue Köchin.«

»Ja, ich weiß«, erwiderte Clara und setzte sich mit ihrem Laptop neben Elena. »Andrés ist sehr gespannt, sie soll in Madrid ja richtig Furore gemacht haben!«

»Ja, vor allem durch ihre Männergeschichten.« Elena grinste sie schräg an. »Aber sie soll auch richtig gut kochen können!«

»Männergeschichten?« Clara warf ihr einen Blick zu. »Davon weiß ich gar nichts.«

»Hast du sie schon gesehen?«, wollte Elena wissen.

Clara zuckte mit den Achseln. »Nein«, sagte sie. »Wie auch, sie fängt ja erst heute an.«

»Ja, wir haben dazu eine Meldung in der Zeitung, und für die kommenden Tage habe ich ein Interview mit ihr und Andrés vorgesehen.«

»Gute Idee.« Clara nickte und öffnete das Adressenver

zeichnis in ihrem PC. »Dann lass uns mal eine richtig gute Gästeliste zusammenstellen!«

Eigentlich wollte Clara Elena zum Abendessen in ein Restaurant einladen, aber Elena hatte noch einen Termin. Das war Clara gar nicht unlieb, denn so konnte sie sich um Katie kümmern. Sie holte Katie bei Ines ab, dann zogen sie sich Windjacken an und machten einen Spaziergang am Meer. Katie wurde nie müde, die Tiere zu beobachten und Muscheln zu sammeln, und Clara tat es einfach gut, sich eine frische Brise um die Nase wehen zu lassen, mit Katie zu spielen und ihre Gedanken zu ordnen.

»Hast du Omi schon erzählt, dass ich den Knuffi gemalt habe?«, wollte Katie wissen.

»Ja, natürlich, schon längst! Ich habe ihr sogar schon ein Foto gemailt.«

»Aber ich habe dem Knuffi gestern noch Hörner gemalt. Weißt du, es ist mir eingefallen, dass Giraffen Hörner haben. Hast du die der Omi auch schon geschickt?«

»Die Hörner noch nicht. Aber das können wir ja nachher noch tun!«

Wie schön dieses Gefühl war, die kleine Hand zu halten und die Zuversicht des eigenen Kindes zu spüren! Gab es überhaupt etwas Schöneres, als so einem kleinen Wesen einen sicheren Lebensweg zu bereiten? Clara versank in Gedanken, und Katie sang neben ihr laut ein spanisches Kinderlied.

»Ist ja klasse«, sagte Clara. »Hast du das von Ines gelernt?«

»Ja, ich durfte doch heute mit ihr in den Kindergarten.«

Stimmt. Wie schändlich. Das hatte sie vor lauter Elena total vergessen.

»Und wie war es? Magst du da jetzt immer hin?« Sie war sich gar nicht sicher, ob ein deutsches Kind, dessen Mutter nicht einmal auf Mallorca gemeldet war, überhaupt in einen mallorquinischen Kindergarten gehen durfte.

»Nicht jeden Tag«, plauderte Katie und zog an ihren langen blonden Locken. »Weißt du, dass da die meisten Kinder dunkle Haare haben? Ich bin die Einzige mit so hellen Haaren. Du, Mama, können wir die braun anstreichen, sonst ziehen die anderen Kinder immer dran.«

Clara musste lachen, beherrschte sich aber. »Denkst du, dass Sebastián einfach mit dem Pinsel drüberfährt?«

»Ja, dann sehe ich aus wie die anderen.«

»Aber deine Haare sind doch sehr hübsch, die passen so zu dir, wie sie sind. Du bist nun eben mal ein blondes Mädchen mit blauen Augen.«

»Was hat der Papa für Augen?«

Clara schwieg. Das war das erste Mal seit längerer Zeit, dass Katie von ihrem leiblichen Vater sprach. »Paul hat auch schöne Augen«, sagte sie dann widerwillig. »Er hat ganz dunkelgrüne Augen, eigentlich fast braun.«

»So wie Andrés?«

»So ähnlich.«

»Und würde Papa den Andrés mögen, wenn er ihn kennen würde? Laden wir Papa mal ein?«

Oh Gott, wie sollte sie ihr nun klarmachen, dass ihr Vater gar nicht kommen würde? Dass er mit seiner jüngeren Freundin in ein neues Leben ohne eine Tochter aus der Vergangenheit gestartet war?

»Wir können ihm ja gemeinsam einen Brief schreiben«, sagte sie langsam. »Du sagst, was ich schreiben soll, und dann malst du ihm noch ein Bild.«

»Au ja«, freute sich Katie, und Clara dachte, dass sie Katie auf jeden Fall eine gute Erinnerung an Paul bewahren musste. Was er dann daraus machte, war seine Sache.

Als Andrés in dieser Nacht nach Hause kam, schlief Clara schon. Doch obwohl er leise und ohne Licht zu machen in ihr Schlafzimmer kam, wachte sie auf und beobachtete ihn durch halb geschlossene Lider, wie er sich in der fahlen Dunkelheit auszog und schließlich vorsichtig zu ihr ins Bett schlüpfte.

Gegen seine Gewohnheit blieb er auf seiner Seite liegen, und Clara überlegte, ob sie ihn ansprechen sollte. Dann kam es ihr seltsam vor, dass sie überhaupt darüber nachdachte. Schließlich musste sie ihm ja nichts vorspielen. Sie war aufgewacht und neugierig.

Sie schob sich zu ihm hinüber und erntete einen kleinen Seufzer. Sein Arm legte sich um ihre Taille. »Bist du etwa noch wach?«, murmelte er, und sie spürte seinen Atem auf ihrer Haut.

»Nur ein bisschen«, raunte sie.

»Ein bisschen genug?«, wollte er wissen.

Sie drehte sich um und schob ihren Rücken gegen seine breite Brust. Es fühlte sich gut an. »Komm«, flüsterte sie. Als er in sie eindrang, vergaß sie, was sie eigentlich alles hatte fragen wollen.

Im Internet hatte sich Clara schon einmal orientiert, welche neuen Trends es in der Einrichtungsbranche gab, aber am liebsten wäre sie zu einer Möbelmesse gefahren, um sich alles selbst anzuschauen – nur war der Auftrag zu spät gekommen. Die Möbelmesse in Florenz war eben vorbei, die Mailänder Möbelmesse hatte bereits Ende Januar stattgefunden und die Ambiente in Frankfurt im Februar. Dort wäre sie zur Ergänzung besonders gern hin, weil diese Ausstellung alles vom Accessoire bis zum Schrank abdeckte, alle Trends beleuchtete und vor allem auch junge Designer vorstellte. Sie musste es also auf die Reihe bekommen, sich im Internet umschauen und dann eine gezielte Reise zu den Showrooms der Hersteller starten. Sie telefonierte deshalb mit Friedrich, der nur meinte, dass er volles Vertrauen in sie habe. Sobald sie den Liefertermin der neuen Möbel wisse, könne man auch mit Sebastián das Datum für das neue Wanddesign festlegen.

Clara setzte sich mit Britta zusammen, die die gesamte Buchhaltung des letzten Jahres fürs *Amici miei* aufarbeitete und Clara zwischendurch erklärte, dass eine seriöse Überwachung dringend nötig sei, denn zwischen Wareneingang und Warenausgang habe es in der Vergangenheit doch einige Differenzen gegeben. Clara grinste und erzählte ihr von ihrem Plan, einige Firmen direkt zu besuchen.

»Wie schön«, schwelgte Britta. »Ich nehme an, du gehst auch nach Italien? Brauchst du zufällig eine Begleiterin beim abendlichen Dolcefarniente?«

»Süßes Nichtstun?« Clara schüttelte leicht den Kopf. »Mal schauen, ob ich zum Nichtstun komme. Ich muss ja nun alle extra anfahren. Zanotta zum Beispiel. Das Pech ist, dass momentan keine wirklich interessanten Messen stattfinden. Alles ist vorbei oder kommt erst noch. Mitte März ist ein ziemlich ungeschickter Zeitpunkt, um etwas Neues anzufangen.«

»Aber dann ist die Sache umso spannender. Italien, Deutschland und De Sede in der Schweiz, oder?«

Clara nickte. »Ja«, sagte sie, »spannend wird das schon.«

Andrés hatte sie und Britta für den Abend ins *Amici miei* eingeladen. »Ganz unvoreingenommen«, hatte er beim morgendlichen Cappuccino gesagt. »Ihr seid meine Testesser.«

»Testesser?« Britta schaute ihn fragend an.

»Ja, schaut mal, ob ihr einen Unterschied merkt. Ob es schmeckt. Besser schmeckt, anders schmeckt – ob ihr zufrieden seid!«

Britta nickte. »Zieht man als Testesser etwas anderes an als ein normaler Gast?« Sie sah Andrés fragend an. »Das kleine Schwarze vielleicht? Oder eine Schürze mit einem entsprechenden Aufdruck?«

Er lachte und ließ dabei seinen schiefen Vorderzahn sehen, den Clara bei ihrem Kennenlernen auf Anhieb so erotisch gefunden hatte.

»Ihr bekommt meinen schönsten Tisch, und wenn Katie mitkommen will, ist sie natürlich herzlich eingeladen.«

Clara und Britta warfen sich einen Blick zu. »Ich glaube, da wird sie eine Übernachtung bei einer ihrer Freundinnen vorziehen, mal sehen«, sagte Clara.

Britta nickte. »Stundenlang auf einem Stuhl sitzen, das dürfte ihr dann doch zu langweilig sein.«

Ines hatte diesmal den Nachmittag bei Katie verbracht, und als Felisa zum Abholen kam, war es gleich klar, dass sie Katie zum Übernachten mitnehmen wollte. »Das ist doch so wunderschön«, radebrechte sie auf Englisch, »dass die beiden Mädchen sich so gut verstanden.« Sie hätte gern viele Kinder gehabt, aber es sei eben bisher bei Ines geblieben. Clara mache ihr eine große Freude, wenn sie Katie mitnehmen dürfe.

»Nur wenn ich mich revanchieren darf«, gab Clara zurück, aber Felisa wollte davon nichts wissen.

»Das ist ein Geschenk für mich, meinen Mann und die beiden Kinder«, sagte sie und packte unter den Freudentänzen der beiden Mädchen Katies Übernachtungstasche in ihren englischen Jeep.

»Gut«, sagte Clara, nachdem sie und Britta dem Wagen eifrig hinterhergewinkt hatten, »dann machen wir uns jetzt hübsch und bestellen ein Taxi. Oder möchtest du fahren?«

»Hin schon«, erklärte Britta und knuffte Clara leicht in die Seite. Mit einem Taxi war die Sache natürlich perfekt, das bedeutete: Jetzt war ein Auftritt möglich. Da fehlte nur noch der rote Teppich.

Clara grinste und angelte ihre neuen High Heels vom Regal, drehte sie kurz in den Händen und betrachtete sie liebevoll. Sie hatte die offenen Riemchenschuhe heruntergesetzt ergattert, Prachtstücke, die sie bisher nur bewundert und noch nicht getragen hatte. Clara stellte sie mitten aufs Bett. So, bis dahin war es schon mal klar. Aber jetzt? Sexy sollte es sein, damit wollte sie Andrés überraschen. Clara überlegte kurz, dann fischte sie den engen schwarzen Rock aus dem Schrank, den sie ebenfalls erst kürzlich gekauft hatte. Er reichte bis knapp über das Knie und schmiegte sich perfekt an ihre Beine und ihren Po. Clara legte ihn zu den Schuhen. So, und jetzt? Sie warf einen Blick hinaus. Den ganzen Tag über hatte es nach Regen ausgesehen, aber jetzt hatten sich die Wolken verzogen. Das war auch gut so, schließlich trug sie offene Schuhe, dachte sie, und der Frühling sollte ja auch kommen. Trotzdem konnte es oben herum schon etwas wärmer sein. Ein Pulli passte nicht dazu, ihre Jacketts waren zu maskulin, aber sie hatte da noch eine Premiere im Schrank hängen: ein dunkelviolettes, fast mehr ins Burgunderfarbene gehendes Woll-jackett mit tiefem Ausschnitt und großen Knöpfen, das knapp über der Hüfte endete. »Top«, sagte Clara zu sich selbst und ging ins Badezimmer. Sie bürstete ihre Haare, bis sie ihr weich und wellig über die Schultern fielen, und legte dann ein leichtes Make-up auf.

Donnerwetter, dachte sie, als sie wenig später angezogen und fertig geschminkt vor den großen Spiegel in ihrem Schlafzimmer trat.

Das war sie.

Sie sah gut aus.

Britta bestätigte das, auch sie hatte sich ins Zeug gelegt und trug ein neues königsblaues Kostüm mit hohen Schuhen in der gleichen Farbe.

»Das kenne ich ja noch gar nicht an dir«, sagte Clara. »Steht dir sehr gut!«

Britta hatte ihre braunen Haare rötlich tönen lassen. Der Bronzehauch passte perfekt zu der intensiven Farbe ihres Outfits.

»Vielen Dank«, antwortete Britta. »Vielleicht findet das ja auch irgendein nettes männliches Wesen.«

Clara dachte darüber nach, während sie ins Taxi stieg. Klar, wie konnte sie nur so ichbezogen sein. Britta war zweiundvierzig und eine aparte Frau. Ihre Gesichtszüge waren ebenmäßig, ihre eher rundliche Figur gut proportioniert, sie hatte alles, sie war eine Frau, die man gern anschaute. Wieso war sie nicht auf die Idee gekommen, dass Britta ebenfalls sexuelle Wünsche hatte? Komisch, sie sah in Britta ihre mütterliche Freundin und Mitarbeiterin, obwohl sie ja nur sechs Jahre älter war. Diese Einstellung musste sie dringend ändern.

Andrés begrüßte sie bereits am Eingang des *Amici miei* und sparte nicht mit Komplimenten. Und wie Clara zufrieden bemerkte, fand er nicht nur sie hinreißend schön und sehr erotisch, sondern hatte auch Komplimente für Britta auf Lager. Sein Charme war einfach unschlagbar, und mit der Art, wie er sie zu ihrem Tisch begleitete, machte er allen anderen Gästen klar, dass es sich hier um zwei besondere Frauen handelte.

»Du tust, als wären wir die größten Filmstars«, merkte Clara lächelnd an, nachdem er ihr den Stuhl zurechtgerückt hatte.

Er beugte sich zu ihr hinunter. »*Du* bist mein größter Star«, sagte er leise. »Da gibt es keine Steigerung!«

Britta warf ihr einen Blick zu.

»Zwei Gläser Champagner zum Aperitif? Rosé vielleicht?«, fragte Andrés.

Nachdem er gegangen war, seufzte Britta leise: »Du bist zu beneiden!«

»Ich?« Clara schaute sie erstaunt an.

»Ja, du. Oder glaubst du, solche Männer wie Andrés fallen dutzendweise vom Himmel?«

»Willst du ihn mir etwa ausspannen?«

Sie mussten beide lachen.

»Ausspannen nicht«, erwiderte Britta und legte den Kopf schief. »Aber vielleicht klonen? Wie wäre es damit?«

Dann brachte Andrés die Speisekarte. »Achte mal auf die Zutaten«, sagte er zu Britta. »Wir wollen uns mit biologischen Produkten hervortun und vor allem versuchen, keine bedrohten Tierarten auf der Speisekarte zu haben und nichts, wobei Tiere unnötig leiden müssen. Also beispielsweise keine Stopfleber.«

»Sehr gut!« Britta strahlte. »Dieses Konzept muss groß herausgestellt werden! Damit werden sich viele Gäste identifizieren können.«

Andrés nickte. »Ja, da sind wir dran.« Er zeigte auf eine große Kreidetafel hinter der Bar. »Aber wir haben auch noch frische Angebote des Tages, die euch der Ober aufzählen kann.« Er beugte sich noch ein bisschen tiefer. »Lasst euch vom Sommelier einen Wein empfehlen und probiert nach Herzenslust, worauf ihr Appetit habt. Je mehr, desto besser!« Er grinste. »Vergesst nicht, ihr seid meine Restauranttester!«

»Keine Sorge.« Clara griff nach Brittas Hand. »Ich glaube, wir lassen uns heute so richtig verwöhnen!«

»Aber nachher wollen wir dann deine neue Starköchin in der Küche sehen«, erklärte Britta.

»Ja«, ergänzte Clara, »da bin ich auch neugierig!«

Beim Weißwein waren sie sich nach der Empfehlung des Sommeliers schnell einig, einen Cervaro della Sala von Antinori aus Umbrien. Aber dann wurde es schon schwieriger. Die Angebote waren einfach zu verlockend, Clara konnte sich für nichts entscheiden, lediglich der Hauptgang war schon klar.

»Dann wähle ich dazu schon mal einen Rotwein aus«, überbrückte Britta die Wartezeit, und der Kellner fand für sie einen Merlot 2003 von Castello di Ama, Vigna L'Apparita.

»Was sagst du dazu?«, wollte Britta wissen.

»Den kenne ich«, erklärte Clara zu ihrer Überraschung, »Männer würden für diesen Wein töten. Zumindest hat Paul das behauptet.«

»Dann können wir das auch«, nickte Britta.

»Das glaub ich dir sofort.« Clara grinste und reckte ihren Zeigefinger. »Und überhaupt hab ich mein Menü jetzt zusammengestellt. Legen wir los!«

Nach einem kleinen Amuse-Gueule startete das Menü für Clara mit einem Carpaccio aus hauchdünn aufgeschnittenen Steinpilzen mit ein paar Tropfen Limone und fruchtigem Olivenöl. Britta hatte sich frische Gamberetti bestellt, ganz pur mit Knoblauch, Basilikum und Olivenöl, schwarzem Pfeffer und einem Hauch Zitrone.

Das war schon mal sehr lecker, und die beiden Frauen prosteten sich zu.

Dann folgte für Clara eine Fischsuppe mit Croûtons und Safran-Aioli und für Britta eine Artischockencremesuppe. Dies sei, charakterisiert durch die bittere Süße dieses herrlichen Gemüses, eine Spezialität von Maria José, wurde Britta vom Kellner aufgeklärt.

»Die ist wirklich phantastisch«, bestätigte Britta. »Du musst unbedingt kosten!«

Sie probierten gegenseitig von ihren Tellern und waren begeistert.

»Und jetzt?«, wollte Clara wissen.

»Ich habe Steinbutt mit Orangen ausgewählt«, sagte Britta und griff nach ihrem Weinglas.

»Und ich Risotto mit grünem Spargel.«

»Hört sich auch gut an«, fand Britta und betrachtete die Farbe ihres Weins, während sie ihr Glas leicht schwenkte. »Und was sagst du zu dem Chardonnay?«

»Der passt hervorragend.« Clara ließ den Schluck auf der Zunge zergehen. »Er ist unglaublich kräftig und würzig. Einfach genial!«

Vor dem Hauptgang ließen sie sich etwas Zeit und beobachteten die Leute an den anderen Tischen. Anscheinend waren alle zufrieden, sie schauten in entspannte Gesichter, die Stimmung war aufgeräumt und heiter.

Den Hauptgang hatten sie sich gemeinsam ausgesucht: zu dem vollmundigen Merlot ein zartes Kaninchen vom Biobauern, mit gebratenen Wachteln, frischen Kräutern, geschmorten Perlzwiebelchen und getrüffelter Polenta.

Britta schwebte auf Wolke sieben.

»Ich wüsste in Köln nichts Vergleichbares«, sagte sie. »Das ist einfach ... die pure Lust!«

Clara musste ihr zustimmen. »Und«, sagte sie, »ich bin zwar angenehm satt, aber nicht übervoll.«

»Das wäre ja auch noch schöner«, lachte Britta. »Hast du zum Dessert nicht eine Crespelle alla crema mit Amaretto und Mandarinen bestellt?«

»Ja, das geht noch locker, und außerdem läuft mir jetzt schon das Wasser im Mund zusammen, wenn ich es nur höre. Und was bekommst du?«

»Ein Sorbet von weißen Pfirsichen.« Britta holte tief Luft. »Ist das nicht ein Traum? Geht es uns nicht gut? Allein diese vier Wörter: Sorbet von weißen Pfirsichen. Da sieht man den romantischen Abend doch förmlich vor sich, findest du nicht?«

»Der Abend ist tatsächlich wunderbar«, stimmte Clara ihr zu. »Und das hier ist wirklich große Küche! Ganz ohne Zweifel ist Maria José ein Glücksgriff für das *Amici miei*!«

Britta nickte. »Und ich bin gespannt, wie es hier aussieht, wenn alles anders ist.«

»Ja.« Clara schaute sich um. »Ehrlich gesagt, gefällt es mir so ganz gut. Aber wenn Friedrich es anders will, werden wir den ganzen Laden eben auf den Kopf stellen.«

Zum Dessert unterhielten sie sich über den einen oder anderen Tisch, lästerten und bewunderten ein bisschen und zogen aus den einzelnen Konstellationen ihre Schlüsse.

»Jetzt wirst du es sehen«, sagte Clara und zwinkerte Britta zu. »Kennst du den Viagraeffekt, der in Brasilien die Rentenkasse killt?«

»Wie bitte?« Britta drehte ihr den Kopf zu, ohne das ungleiche Pärchen aus den Augen zu lassen. »Was soll denn das sein?«

Clara lachte. »Ja, in Brasilien geht der Trend dahin, dass die über Sechzigjährigen in zweiter Ehe immer jüngere Frauen heiraten. Das bedeutet, dass diese Frauen im Schnitt dreißig bis vierzig Jahre lang Rente beziehen – die Sozialkasse ist aber nur auf siebzehn Jahre ausgelegt ... das beschert dem Staat dicke Finanzprobleme!«

»Ja, ist doch klasse, so ein jugendliches Leben auf Kosten der Allgemeinheit«, spöttelte Britta. »Vielleicht sollte ich nach Brasilien umziehen und mich nach einem Achtzigjährigen umsehen.«

»Du kennst doch die besten Maße für einen Mann?« Clara sah sie mit einem süffisanten Lächeln an.

»Die was? Nein, ich glaube nicht. Oder doch? Von welchen Maßen sprichst du?«

»80-40-80«, erklärte Clara trocken.

»Achtzig, vierzig, achtzig? Na, der sieht aber komisch aus.«

»Achtzig Jahre alt, vierzig Grad Fieber, achtzig Millionen.«

»Ha«, lachte Britta und machte gleich darauf: »Brrr, das will doch keine wirklich!«

»Dann dreh dich mal um.«

Tatsächlich, es war nicht zu übersehen, dass die junge Frau an seiner Seite nicht die Enkelin war.

»Na gut.« Britta zuckte mit den Schultern. »Jeder muss nach seiner Fasson glücklich werden – für mich wäre es nichts.«

Andrés kam, um nachzufragen, ob alles in Ordnung sei.

»Es war sensationell«, sagte Britta. »Deine Maria José ist ein Wunder!«

»Das freut mich sehr«, bedankte sich Andrés für das Kompliment.

Clara stimmte zu. »Und«, fügte sie hinzu, »es ist unglaublich unterhaltsam bei dir. Das ist nicht nur ein Gourmettempel, sondern so eine Art Showbühne. Mach doch noch einen Laufsteg in die Mitte, ich glaube, die meisten hier würden gern ein, zwei Runden darauf drehen.«

»Keine schlechte Idee«, fand Andrés und deutete mit einer kurzen Kopfbewegung hinter sich. »Die hübsche Frau in der Ecke, dort hinten, die so gar nicht auffällt, das ist übrigens eines der bestbezahlten Topmodels dieser Welt. Sie ist froh, wenn sie hier ihre Ruhe hat.«

»Na gut, das sind ja die echten.« Clara und Britta versuchten, möglichst unauffällig zu der jungen Frau zu schauen. Sie saß in einer grauen Jacke mit übereinandergeschlagenen Beinen lässig auf ihrem Stuhl, hatte ihre hellen Haare flüchtig zusammengebunden, und ihre Füße steckten in pinkfarbenen Flip-Flops. Sie unterhielt sich angeregt mit einem jungen Mann mit Dreitagebart.

»Ja, stimmt, eine eindrucksvolle Erscheinung ist sie nicht gerade«, fand Britta, und Andrés lachte herzhaft.

»Richtig, ihr beiden seid weitaus hübscher!«, sagte er und schnippte Clara zärtlich gegen die Wange. »Noch etwas aus der Küche? Ein zweites Dessert? Oder einen Digestif? Ich schicke euch Pablo von der Bar, er hat sicher auch eine Idee.«

»Dürfen wir zuerst in die Küche?«

Maria José stieß sich gerade von dem Küchentisch ab, an dem sie rücklings gestanden hatte. Offensichtlich hatte sie noch einmal den Blick über alles schweifen lassen und war zufrieden. »Das war eine gute Arbeit heute«, sagte sie in die Runde. »Vielen Dank. So kann es weitergehen.« Zwei Männer, die auch an den Herden standen, nickten ihr zu, genau wie die Schwarzwäscher und die Frauen am Zubereitungstisch für Desserts und Salate.

»Gut, dass Sie kommen«, sagte Maria José zu Andrés, »ich wollte gerade eine rauchen gehen, vielleicht können wir uns kurz unterhalten?«

Andrés machte Maria José mit Clara und Britta bekannt, und während Britta ihre Begeisterung für das Menü in Worte zu fassen versuchte, musste Clara unwillkürlich an Elenas Worte denken. Ja, Maria José hatte etwas. Selbst in ihrer weißen Jacke, die sie jetzt öffnete, und der weißen Kochmütze, die sie nun abnahm. Sie hatte eine natürliche, sinnliche Ausstrahlung. Sie war ein Vollblutweib. Schwarzhaarig, groß, sehr weiblich mit perfektem Busen, dessen Ansatz unter dem locker geknöpften Hemd gut zu sehen war. Doch das allein war es nicht, es waren natürlich auch ihre olivfarbene Haut, das Blitzen der weißen Zähne, das Leuchten der Augen – aber noch viel stärker war ihre Präsenz. Sie füllte den Raum. Und ob Clara wollte oder nicht, sie sah sie beim Sex vor sich. Maria José, da war Clara sich sicher, nahm sich, was sie wollte.

»Kommst du mit?«, fragte Andrés, und Clara brauchte

eine Sekunde, bis sie wieder auf dem Plan war. Britta und Maria José sahen sie erwartungsvoll an, offensichtlich war eine Frage an sie gerichtet worden.

»Entschuldigt, ich war offensichtlich nicht ganz da, worum geht es?«

»Maria José geht eine rauchen und kommt mit Andrés nach. Wir gehen schon mal zu Pablo an die Bar«, erklärte Britta geduldig.

Clara nickte und sah zu, wie Andrés Maria José die Küchentür ins Freie aufhielt. Dann schaute sie Britta an.

»Was ist?«, wollte Britta wissen und deutete zur Tür. »Wollen wir nicht gehen?«

»Spürst du das auch, oder habe ich eine Halluzination?«, wollte Clara wissen und rührte sich nicht vom Fleck.

»Was soll ich spüren?« Britta machte einen Schritt auf sie zu.

»Die Frau ist ein Vulkan. Geballte Energie. Das macht mir Angst!«

»Angst? Sei doch froh, das Restaurant braucht Energie.« Britta stockte und schaute Clara direkt in die Augen. »Aber doch nicht wegen Andrés?« Sie überlegte und fügte leiser hinzu: »Doch, du hast Angst wegen Andrés. Clara, du spinnst. Die Maria José kann dir nicht das Wasser reichen. Was siehst du denn in ihr? Sie sieht doch völlig normal aus, ganz so, wie eine spanische Frau Anfang dreißig eben aussieht.«

»Dann spürst du das nicht«, sagte Clara mit leiser Stimme.

»Da gibt es nichts zu spüren«, erklärte Britta bestimmt. »Komm jetzt, bevor die beiden zurückkommen, das wäre ja ganz blöde!«

Clara ging langsam auf die Tür zu.

Britta nahm sie am Arm. »Jetzt erklär mir doch bitte, was du in dieser Frau siehst, was ich nicht sehe.«

»Sie ist leidenschaftlich, und sie nimmt sich, was sie will«, sagte Clara bestimmt. »Da bin ich mir sicher. Ich hoffe, Andrés ist stark genug.«

»Du siehst Gespenster!« Britta schüttelte sie leicht. »Hey, du bist doch eine nüchterne Frau, eine Realistin. Wie kannst du …«

Aber Clara schnitt ihr das Wort ab. »Genau das ist der Punkt, du hast es selbst erkannt. Ich bin eine nüchterne Realistin. Eine deutsche Studierte. Wie ein Pinocchio, der Salsa tanzen will – verstehst du, was ich meine? An mir ist alles antrainiert, ich bin intelligent und überlegt, ich wäge ab, rechne erst durch, sichere mich ab.« Sie schaute Britta an und wies zur Außentür. »Sie hier ist das genaue Gegenteil. Ein Instinktmensch, ein Bauchmensch. Da ist sie mir überlegen.«

Britta sah kurz in die Küche zurück, aber keiner der Köche schaute her. »Komm jetzt einfach mit«, sagte sie, »und vergiss das. Andrés will offensichtlich keinen spanischen Bauchmenschen, sonst hätte er sich ja nicht gerade in dich verliebt. Schlag dir das bloß aus dem Kopf, und fang nicht an, hinter ihm herzuschnüffeln!«

»Das will ich ja gar nicht«, empörte sich Clara. »Es ist ja nur so ein … so ein Gefühl!«

»Ich denke, du bist ein Kopfmensch und hast gar keine Gefühle«, ereiferte sich Britta und zog Clara nun endgültig aus dem Raum. »So, und jetzt komm, Frau Doktor, und lass Maria José kochen, denn das ist das, was sie erwiesenermaßen gut kann und soll.«

Es gab tatsächlich nicht einen einzigen Anhaltspunkt, dass Andrés außer ihrer beruflichen Kompetenz irgendetwas an Maria José gut finden könnte, und trotzdem spürte Clara in den folgenden Tagen eine ständige unterschwellige Spannung. Sie hatten an dem Abend an der Bar noch zusammengesessen und ein letztes Glas Champagner getrunken, und Clara hatte Maria Josés Kochkünste gelobt, was diese mit einem bescheidenen Abwinken quittiert und im Gegenzug entgegnet hatte, dass sie auf Claras Entwürfe gespannt sei.

Alles war friedlich verlaufen, und Andrés war ganz offensichtlich stolz auf seine starke Frauenriege. Sie waren zu dritt im Taxi nach Hause gefahren, da Andrés zur Feier des Tages selbst etwas getrunken hatte.

»Wie findet ihr sie?«, hatte er im Taxi gefragt und sich nach den beiden Frauen umgedreht.

»Sehr, sehr fähig«, antwortete Clara.

Und Britta warf ein: »Gratuliere, das ist ein echter Fang.«

»Und wie kommt sie mit der Männerbastion in so einer Küche zurecht?«, wollte Clara wissen.

»Sie hat sie gut im Griff«, erklärte Andrés strahlend. »Maria José kann mit Männern gut umgehen, sie akzeptieren und verehren sie sogar, hab ich das Gefühl.«

Clara sagte nichts darauf, und Britta griff auf dem Rücksitz nach ihrer Hand. »Wenn sie das nicht draufhat, kann sie ja als Chefköchin auch einpacken«, sagte sie. »Sie *muss* mit Männern umgehen können!«

»Ja«, bestätigte Andrés, »alle lieben sie.«

In den kommenden Tagen spürte Clara, dass sie anfing, bei Andrés auf Veränderungen zu achten. Küsste er sie noch so hingebungsvoll beim Abschied? Kuschelte er mit ihr, wenn er spät nach Hause kam? Zündete er Kerzen an, wenn sie alleine waren und einen gemeinsamen Abend genossen?

Er war wie immer, aber Clara ertappte sich dabei, wie sie beim *Amici miei* vorbeifuhr, nur um nachzuschauen, ob sein Wagen dastand. Clara, sagte sie sich, das ist krankhaft. Klar steht sein Wagen da. Schließlich ist auch die Köchin in dem Haus. Wenn er es auf Maria José abgesehen hat, wäre es unsinnig, irgendwo anders hinzugehen.

Er hat es nicht auf Maria José abgesehen, sagte sie sich dann wieder. Wozu auch. Sie arbeiten zusammen, sie sind auf der Insel unterwegs, um neue Lieferanten aufzustöbern, sie begutachten die heranwachsenden Kälber und Schweine auf den Weiden, sie gehen frühmorgens miteinander zum Fischmarkt, aber das ist alles beruflich, beruflich, beruflich, Clara!

Sie konnte es sich immer wieder vorsagen, aber die Spannung fiel nicht von ihr ab. Lass locker, sagte sie sich, und trotzdem hatte sie ständig das Bild vor Augen, wie sie in Köln mit Katie zu früh nach Hause gekommen war und ihren eigenen Mann im eigenen Bett mit einer fremden Frau vorgefunden hatte. Ihm hatte sie auch vertraut. Sie hätte die Hand für Paul ins Feuer gelegt. Sie konnte dieses Bild einfach nicht verdrängen.

»Bist du eigentlich jemals fremdgegangen?«, fragte sie Andrés eines Abends beiläufig, während sie den Tisch deckte und er eine Flasche Rotwein öffnete.

»Ich?« Er schaute sie verwundert an und vergaß dabei, den Korkenzieher weiterzudrehen. »Wie kommst du darauf?«

»Ach«, Clara zuckte mit den Achseln, »eigentlich nur so. Immerhin bist du fast dreißig, und ich bin nicht deine erste Beziehung. Könnte doch sein.«

Er drehte weiter, entkorkte die Flasche, schnupperte am Korken und goss sich dann einen Probierschluck in sein Burgunderglas.

Das dauert alles viel zu lange, dachte Clara, während sie die große Salatschüssel auf den Tisch stellte. Er überlegt sich die richtige Antwort.

»Ich hatte bisher nur ein einziges Mal eine richtig feste Beziehung«, antwortete er schließlich. »Als ich neunzehn war. Das habe ich dir aber schon erzählt.« Er kostete den Wein und schenkte zunächst ihr Glas, dann sein eigenes halb voll. »Warum fragst du?«

»Ach«, Clara versuchte einen möglichst beiläufigen Ton anzuschlagen, »ich habe heute so über mich nachgedacht und festgestellt, dass ich in meinem Leben noch nie fremdgegangen bin. Wahrscheinlich bin ich hoffnungslos altmodisch.« Sie lachte und spürte selbst, dass es künstlich klang.

Er stellte sein Glas ab. »Ist etwas mit dir?«

»Nein, was sollte sein?«, fragte Clara und griff nach dem Salatbesteck. »Gibst du mir deinen Teller?«

»Erst wenn ich weiß, was los ist.« Er schaute sie an. »Was ist los?«

Clara setzte sich ihm gegenüber auf ihren Stuhl. »Ich habe Angst«, sagte sie langsam und spürte, wie ihr Herz bis zum Hals schlug.

»Du hast Angst?« Er schaute sie erstaunt, fast ein bisschen alarmiert an. »Wovor hast du Angst? Schleicht jemand ums Haus? Hast du Angst, die Geschäfte könnten nicht gut gehen? Hast du vor der Zukunft Angst? Um Katie? Oder warum?«

»Um uns«, sagte sie langsam.

»Um uns?«, wiederholte er ungläubig, und jetzt sah er nur noch ratlos aus. »Weshalb denn um uns?«

»Dass eine andere Frau einbrechen könnte, alles kaputt machen, was wir uns aufbauen.« Sie schwieg kurz. »Dass sie dich mir wegnimmt!«, brach es heftig aus ihr heraus.

»Wer sollte denn so etwas tun?«, fragte er und schüttelte den Kopf. Als er keine Antwort bekam, sagte er liebevoll: »Clara, Clara« und stand auf, um sie in den Arm zu nehmen. Clara stand ebenfalls auf und fühlte sich klein und dumm, dabei war sie doch eine erwachsene, starke Frau, die dem Leben schon oft getrotzt hatte. »Da gibt es niemanden, der bei uns einbrechen könnte! Du bist die Frau, die ich liebe. Mit der ich zusammen sein will, die ich –«

Die Tür wurde aufgerissen, und Katie, die im Nebenapartment bei Britta gewesen war, stürmte herein. *»Oh, qué hay para cenar?«*, rief sie und tanzte ausgelassen um Clara und Andrés herum. »Nehmt ihr mich auch in den Arm?«, wollte sie dann wissen und blieb stehen.

»Aber ja.« Andrés bückte sich und hob sie hoch. »So, jetzt bist du bei uns!«

»Hast du geweint?« Katie sah Clara kritisch ins Gesicht.

Clara zog unwillkürlich die Nase hoch. »Nein, mein Schatz«, wehrte sie ab, »im Gegenteil, ich bin glücklich!«

»Weint man, wenn man glücklich ist?«

»Ja, man kann auch vor Glück weinen«, erklärte Andrés und küsste sie auf die Stirn. »Gut, dass du kommst, wir wollten gerade essen.«

»Was gibt es denn?«, fragte Katie noch einmal und schielte auf den Tisch.

»Salat und Steak und für dich ein paar Ravioli«, verriet Andrés verschwörerisch und setzte sie ab.

»Aber erst die Hände waschen!«, forderte Clara ihre kleine Tochter mit einem liebevollen Klaps auf.

»Bei Ines muss ich das nie«, maulte Katie und reckte ihre Hände mit gespreizten Fingern hoch. »Außerdem sind sie überhaupt nicht schmutzig!«

Nachdem sie Katie ins Bett gebracht hatte, wollte Clara das Thema nicht mehr anschneiden. Was sollte Andrés noch dazu sagen, er hatte sich ausdrücklich zu ihr bekannt, und ganz offensichtlich war ihm während ihres Gesprächs Maria José noch nicht einmal in den Sinn gekommen. Sie sah Gespenster, das war klar, Britta hatte recht.

Clara trug die Teller in die Küche und musste keine Umwege mehr laufen, denn es waren alle Möbel wieder an ihrem Platz, allerdings passten sie nun überhaupt nicht mehr zu den bunten Wänden. Da Clara sich nicht sicher war, ob Sebastián seine Vorlagen nicht noch brauchen würde, wollte sie das Wohnzimmer erst nach der Fertigstellung des Restaurants weißeln lassen. Sie ging ins Wohnzimmer zurück und sah Andrés mit den beiden Gläsern zu der kleinen Couch gehen, die hinter einem niedrigen Tisch in einer Ecke stand. Dort zündete er die Kerzen an und setzte sich hin.

»Komm zu mir«, sagte er mit einer einladenden Handbewegung, »und erzähl mir, wie du mit deiner Einrichtung vorankommst. Ich glaube wirklich, wir können einen neuen Trend entwickeln. Das hat zumindest deine PR-Frau gesagt, die heute im Restaurant war.«

»Meine PR-Frau?« Clara runzelte kurz die Stirn, dann ließ sie sich an seine Seite sinken. »Ach so, du meinst Elena. War sie heute da? Das ist gut, denn ich habe im Internet ein paar tolle Möbel ausfindig gemacht und werde sie mir demnächst anschauen. Kannst du mitkommen? Das wäre natürlich ideal!«

Andrés lachte leise und legte den Arm um sie. »Wie gern würde ich das tun! Aber leider muss ich mich zunächst mal mit voller Kraft ums Geschäft kümmern.« Er drückte sie. »Und du bist doch die Fachfrau!«

»Ja, und ich denke, dass wir mit leichten Tischen und Stühlen auf die farbigen Wände reagieren und ein paar Inseln in Leder einrichten. Ich denke da an gemütliche Sitzecken, in denen man Getränke nehmen kann und ein paar leckere Kleinigkeiten wie ausgewähltes Fingerfood. Oder für den Aperitif, falls der bestellte Tisch noch nicht frei ist. Ein bisschen wie im Meer mit dem Wechselspiel zwischen Insel und Riff. Hier stehen die bequemen Sessel, ich denke da an den ›Derby‹, den drucke ich dir morgen mal aus, und dort wieder Tische wie Riffe, Sechsertisch, Vierertisch, Zweiertisch, mit ruhigen Farben, leichtem Design und dafür beim Geschirr knallige Farben.« Sie zögerte. »Falls das die Kunst aus der Küche nicht beeinträchtigt, das müssen wir noch absprechen.«

»Schön, wenn du so sprühst«, sagte Andrés. »Ich höre dir gern zu!« Er küsste sie. »Und wann willst du los? Und wohin?«

»Italien, Deutschland, Schweiz. Das dürfte mein Spektrum abdecken.« Clara lächelte zufrieden. »Ich bin gerade dabei, bei den einzelnen Firmen Termine zu machen – nicht zu nah an Ostern. In etwa einer Woche, habe ich gedacht, das wäre perfekt.« Sie warf ihm einen schrägen Blick zu. »Ich habe mir schon überlegt, für diese Tage meine Mutter einzuladen, dann ist Katie abgelenkt und Britta entlastet.«

»Gut, aber ich bin ja auch noch hier«, warf Andrés ein und zog neckisch an einer ihrer Haarsträhnen.

»Ja, richtig!«, sagte Clara lachend und schaute zu ihm auf. »Bloß wann?«

Wie jeden Morgen richtete Clara zunächst ein Müsli und eine heiße Schokolade für Katie, bevor sie sich eine Scheibe Brot herunterschnitt und etwas Marmelade auf den Tisch stellte. Andrés war schon unterwegs.

Katie kniete mit ihrem Teddybären an der Terrassentür und zeigte ihm den Regen, der in Bahnen an dem Glas hinunterlief.

»Wenn wir da rausgehen, werden wir ganz nass«, sagte sie zu ihm. »Du hast gar keine Gummistiefel. Und die neuen schwarzen Lackschuhe darfst du nicht anziehen, wenn es so regnet, sonst sind sie gleich kaputt!«

Clara hörte ihr lächelnd zu. »Hat dein Teddy auch Hunger?«, wollte sie wissen. Katie hatte noch immer ihren geblümten Schlafanzug an, und ihre langen Haare standen völlig zerzaust in alle Richtungen ab. Das wird nachher beim Kämmen ein Geschrei geben, dachte Clara.

»Mein Teddy mag diese Vollkörner nicht«, erklärte Katie ernsthaft. »Er mag nur die mit Schokolade!«

»Da ist auch Knusperschoko drin«, lockte Clara. »Da kann dein Teddy ganz beruhigt sein!«

Katie klemmte sich ihren Bären unter den Arm und kletterte in ihren Hochstuhl, während sich Clara die Zeitung aus dem Briefkasten holte. Draußen war es nasskalt, eine unangenehme kleine Erinnerung an vergangene Wintertage. Clara zog den Reißverschluss ihrer Joggingjacke hoch und ging schnell wieder ins Haus. Nur gut, dass die Heizung so einwandfrei funktionierte. Dass das auf der Insel nicht selbstverständlich war, hatte sie schon mitbekommen.

Clara klingelte kurz bei Britta und schloss direkt danach ihre Apartmenttür auf. »Kommst du rüber?«, rief sie in den Flur. »Und magst du was essen? Habe eine wirklich feine Erdbeermarmelade ergattert.«

»Ja, danke, ich telefoniere gerade, komme gleich!«

Clara grinste und zog die Tür wieder zu. An Brittas Beispiel war zu sehen, wie hoch diese sogenannten deutschen Tugenden im Kurs standen. Überall verkündeten die Deutschen, dass sie es locker liebten und deshalb von Deutschland nach Spanien oder Italien gezogen seien, aber wenn es um ihre Buchhaltung ging, suchten sie doch lieber nach Landsleuten, die das für sie erledigten. Das war Brittas Glück; ihr Kundenkreis vergrößerte sich von Tag zu Tag. Sie war schon richtig gut im Geschäft – und ihre ursprüngliche Idee, Clara auf ihrem Weg nach oben zu unterstützen, hatte sich erledigt.

Clara war froh darüber. Sie hatte ja Andrés. Aber was wäre aus Britta geworden, wenn sie ihretwegen ihren Job in dem Kölner Anzeigenblatt hingeschmissen und hier auf Mallorca kein Auskommen gefunden hatte?

Katies Teddy hatte schon eine deutliche Müslinase, und auch Katies Mund war breit verschmiert. Clara dachte kurz darüber nach, ein Foto zu machen, ließ es dann aber. Wer sollte all die vielen Fotos, die sie schon geschossen hatte, jemals anschauen?

»Komm, noch ein Löffelchen«, munterte Katie gerade ihren Teddy auf, und Clara ließ eine Tasse frischen Kaffee aus der Espressomaschine, bevor sie sich zu ihrer Tochter an den Tisch setzte. »Und?«, fragte sie. »Was sagt dein Teddy zu dem Müsli?«

»Ihm schmeckt's«, erklärte Katie, und Clara schlug die Inselzeitung auf.

Das scheint ein wirklich gemütlicher Tag zu werden, dachte sie. Sie würde ihre Termine ordnen, ein bisschen mit Katie spielen, aufräumen und putzen und das Haus gar nicht verlassen. Ein Tag zum Einigeln. Zufrieden nahm sie einen Schluck Kaffee und las die internationalen Meldungen. Deutschland hatte kein Geld, aber die Regierung wollte die Steuern senken, das war wirklich klasse. Nun käme der Aufschwung, und es gäbe mehr Ausbildungsplätze als Bewerber, drei Meldungen weiter war zu lesen, dass immer mehr Kurzarbeiter in die Arbeitslosigkeit entlassen würden. Was war denn nun, dachte sie, wusste die linke Hand nicht, was die rechte tat?

»Du, Mami, das ist ja Andrés!«

Clara ließ die Zeitung sinken.

Katie hatte aufgehört, ihrem Bären Müsli ins Plüschmaul zu stopfen, sie zeigte mit ihrem kleinen Zeigefinger auf die Rückseite ihrer Zeitung. »Was tut er da mit dieser Frau?«

»Mit was?« Clara schaute erst ihre Tochter an, dann drehte sie das Blatt um. Tatsächlich. Ein großes Farbfoto unter der Headline »Fünfsterneköchin inklusive« zeigte Andrés, wie er Maria José fest im Arm hielt. Und der Blick, mit dem sie ihn dabei anschaute, ließ Claras Herz kurz aussetzen. Dann wurde ihr eiskalt und wieder heiß. Sie schloss die Augen.

»Mami, das ist doch Andrés, oder nicht?«

Clara ließ die Zeitung sinken, dann nahm sie sie noch einmal hoch, um das Foto genauer zu betrachten. Am liebsten hätte sie das Blatt zerknüllt und weggeworfen. Noch lieber aber hätte sie das Foto nie gesehen. Dazu war es jetzt zu spät. Hier prangte das Foto über einem halbseitigen Bericht über das *Amici miei*, geschrieben von Elena Louisa Fernández.

»Mit der neuen Köchin ist das Glück eingekehrt«, verkündete die Bildunterschrift, und Clara spürte einen Schlag in ihren Magen. *Das Glück?!*

Sie griff nach ihrem Handy.

»Elena, spinnst du?«, brach es aus ihr heraus, kaum dass sich die Spanierin mit einem kurzen »Hola« gemeldet hatte.

»Wie, was meinst du?«, kam es zurück, und Clara schnappte erst mal nach Luft.

»Was ich meine? Na, deinen Artikel mit diesem unglaublichen Foto! Was soll das werden?«

Es war kurz still. »Warum soll ich nicht darstellen, was ist? Schließlich habe ich die beiden nicht zusammengetrieben.«

»Was sagst du da?« Clara spürte selbst, dass ihr Ton hysterisch wurde, aber selbst Katies prüfender Blick konnte sie nicht bremsen.

»Sieh es doch mal so«, Elenas Stimme hatte den Tonfall einer geduldigen Krankenschwester, »es ist die tollste Werbung, die diesem Laden passieren konnte. Das treibt die Leute hin – und das wollen wir doch, oder nicht? Liebesaffären oder Mord – das sind die beiden Triebfedern für die Menschen! Dazwischen gibt es nichts!«

Clara sagte nichts, sie versuchte, ihre Gedanken zu ordnen.

»Ich will nur wissen, ob es wahr ist«, sagte sie schließlich.

Noch einmal blieb es am anderen Ende der Leitung kurz still. »Mach dir nicht so viel draus«, hörte sie schließlich Elenas tröstende Stimme. »Maria José ist ein Vulkan, sie hat auch schon andere Männer gekillt. Es ist nicht Andrés' Schuld, da kommt ein Mann nicht gegen an.«

»Nicht gegen an«, wiederholte Clara stumpf, dann klappte sie das Handy zu. »Nicht gegen an«, sagte sie noch mal langsam zu Katie, die sie die ganze Zeit über mit wachen Augen beobachtet hatte.

»Was ist los, Mami?« Katies zarte Stimme klang hohl.

»Ich glaube, ich muss mal zu Omi reisen«, antwortete Clara, ohne genau zu überlegen, was sie sagte. »Ich muss daheim was klären.«

»Zu Omi? Nach Köln?« Katie klang nicht begeistert. »Die Omi kann doch zu uns kommen.« Sie stützte ihr Kinn in ihrer kleinen Hand auf. »Die Omi soll überhaupt mal wieder kommen!«

Clara fasste über den Tisch nach ihrer Hand. »Mach dir keine Sorgen, es ist alles gut. Ich muss nur was regeln.«

»Mit Papi?«

Clara schaute sie irritiert an. »Mit Papi? Nein, nicht mit Papi.«

»Aber wenn du mit Andrés was regeln musst, der ist doch hier und nicht in Köln.«

»Es geht auch nicht um Andrés«, schwindelte Clara und kam sich schlecht vor. »Ich muss einfach noch etwas erledigen!«

Sie griff erneut nach dem Handy und wählte Andrés' Nummer. Ihr Herz schlug ihr bis zum Hals. Was sollte sie sagen, wie würde sie es sagen, was würde sie zu hören bekommen? Sicherheitshalber stand sie auf und ging langsam zum Schlafzimmer, damit Katie nicht auch noch Zeugin dieses Gesprächs werden würde.

Es klingelte einige Male, dann setzte seine Mailbox ein.

Clara legte auf. Dann rief sie direkt im Restaurant an. Er sei in einer wichtigen Besprechung, und man dürfe ihn nicht stören, bekam sie zur Auskunft. Die *wichtige Besprechung* hinter seiner Bürotür wollte sie sich nicht einmal ansatzweise vorstellen.

»Ich geh mal schnell rüber zu Britta«, sagte sie leichthin und griff nach der Zeitung. »Frühstücke du mit deinem Teddy einfach gemütlich weiter, ich bin gleich wieder da.« Ihr bemüht fröhlicher Ton war leicht zu durchschauen, das spürte sie selbst. Aber sie hatte kaum noch die Selbstdisziplin, die Fassade aufrechtzuerhalten.

Hatte sie es nicht gespürt? Hatte sie es nicht gewusst? Ihr Gefühl hatte sie nicht getrogen, nur ihr Verstand.

»Fragst du Britta, ob sie nachher *Memory* mit mir spielt?«, rief ihr Katie hinterher, und Clara bejahte. Ja, in *Memory* war Katie nicht zu schlagen.

Memory, dachte Clara und sah Paul mit Diana im Bett vor sich. Sie hasste Erinnerungen, und sie wollte Andrés nicht zu einer von ihnen machen. War es also tatsächlich wieder passiert?

Diesmal klingelte sie nicht, sondern schloss direkt bei Britta auf.

»Britta?«, rief sie nur kurz, und ihre Freundin kam ihr entgegen.

»Ich wollte gerade zu dir rüberkommen«, sagte sie freudig, dann hielt sie inne. »Was ist los?« Britta schaute Clara ins Gesicht. »Ist etwas passiert?«

Clara fühlte eine Stimmung zwischen Entsetzen und Lachen. Beides war nicht echt, aber sie konnte sich nicht richtig einordnen. Eigentlich hatte sie gar keine Stimmung mehr. Sie fühlte sich wie tot.

»Du siehst ja aus …« Britta griff nach Claras Oberarmen. »Leichenblässe trifft es wohl am besten. Ist was mit Katie?«

Clara schüttelte den Kopf und hielt ihr die Zeitung hin.

»Komm erst mal rein.« Britta zog sie hinter sich her in ihr Apartment, drückte sie auf den Sessel, der genau wie in ihrem eigenen Apartment in der Ecke stand, und setzte sich ihr gegenüber hin. »Na, dann lass mal sehen!«

Sie schaute sich das Foto gründlich an. »Das ist ja ein starkes Stück«, sagte sie schließlich und ließ die Zeitung sinken. »Und was sagt Andrés dazu?«

»Ich kann ihn nicht erreichen!«

»Ja.« Britta zuckte die Achseln. Sie sah in ihrem dunkelblauen Zopfmusterpullover und ihrer dunkelblauen Hose so bodenständig aus, dass es Clara schon wieder besser ging. »Das wird er doch wohl aufklären können!«

»Dafür habe ich Elena erreicht.«

»Und warum stellt sie so ein blödes Foto so groß heraus?«

»Weil es so ist, sagt sie, der Chef und die Köchin, ein Glücksfall für das *Amici miei*, ein ungemeiner PR-Schlag.«

»Aber wir haben sie engagiert. Und zwar nicht, damit sie uns hinauskegelt.«

Clara schüttelte langsam den Kopf. »Ich glaube nicht, dass sie uns hinauskegeln will, den Auftrag will sie schließlich ausführen. Und das *Amici miei* wird revolutioniert – das steht alles in dem Artikel. Alles neu, alles besser.« Sie schluckte. »Vielleicht ist es ja auch besser so. Damit ist wenigstens klar, was läuft!«

»Ach, da läuft doch nichts«, beschwichtigte Britta.

»Schau dir das Foto doch an«, sagte Clara. »Wie er sie fest an sich drückt, wie sie schaut. Britta!« Sie stand auf. »Ich muss weg. Eine Auszeit. Zum Nachdenken!«

»Bist du nicht ursprünglich zum Nachdenken nach Mallorca gekommen?«

»Ja.« Clara nickte mit einem bitteren Lächeln. »Clara auf der Flucht. Auf der Flucht vor sich selbst. Vor der Realität. Vor den Männern, was weiß ich. Aber ich muss weg, ich kann ihn nicht sehen. Vielleicht würde ich ihn umbringen.«

»Aber Clara!« Britta stand auf und nahm sie in den Arm. »Wollen wir das nicht anders angehen?«

»Ich … kann nicht. Ich packe Katie und mir einen kleinen Koffer und nehme den nächsten Flieger.«

»Katie?« Britta schaute sie groß an. »Auf deinem Selbstfindungstrip? Meinst du, du tust ihr damit einen Gefallen?«

»Ich frag sie.«

»Nein, ich frag sie!«

»Und redest mir das nicht aus?«

»Ich würde es anders angehen. Aber ich bin nicht du.«

Katie wollte mit Britta *Memory* spielen und hatte keine Lust, nach Köln zu fliegen. »Besuchst du meinen Knuffi im Zoo und gibst ihm einen Kuss von mir?«, wollte sie von ihrer Mutter wissen. Außerdem musste Clara ihre Freundin Sarah besuchen und alles über Mallorca erzählen. Und dass sie mal kommen sollte. Vielleicht zusammen mit Omi.

Clara hatte die Zeitung quer über Andrés' Kopfkissen gelegt und nur einen Notizzettel geschrieben. »Ich bin dann mal weg.« Mehr Erklärungen brauchte es nicht, fand sie. Beim Packen konnte sie sich nicht konzentrieren, und deshalb warf sie nur einige Pullover, zwei Blusen, ein Jackett und eine zusätzliche Jeans in eine Reisetasche. Hauptsache warm, dachte sie. Köln im März, da konnte es schneidend kalt sein. Britta hatte in kürzester Zeit einen Flug gebucht und Clara um die Mittagszeit zum Flughafen gefahren.

Katie erinnerte sie die ganze Fahrt über daran, was sie alles in Köln zu tun habe und dass sie dann auch schnell wiederkommen solle. Am besten mit Omi, ihrer Freundin und Knuffi zusammen. Am Gate drehte sich Clara zum Winken um und kämpfte mit den Tränen. Wie Britta dort stand, Katie an der Hand, die ihr zwar zuwinkte, aber vor Ungeduld schon von einem Bein aufs andere hüpfte, das trieb ihr das Wasser in die Augen.

War es richtig, jetzt zu fliegen? Sie wusste es nicht. Von Andrés hatte sie noch nichts gehört. Hatte sie sich so getäuscht? Wieder einmal?

Als sie in den Flieger stieg, war ihr übel. Und als ein Mann in der Sitzreihe vor ihr die *Mallorca News* aufschlug, hätte sie am liebsten geheult. Andrés und Clara, konnte sie dieses Kapitel abschließen? Und was kam dann?

Der Flug war böig, und Clara war froh, als sie endlich zur Landung ansetzten. Sie hatte niemandem in Köln etwas erzählt und auch Britta gebeten, keinen zu informieren. »Vielleicht quartiere ich mich irgendwo ein und will erst mal alleine sein«, hatte sie ihre Bitte begründet. »Vielleicht ertrage ich meine Mutter gleich am ersten Tag noch nicht. Es ist noch zu frisch!«

Britta hatte genickt. »Ich halte mich zurück!« Dann hatte sie leicht die Stirn gerunzelt. »Und wenn Andrés fragt?«

»Warum sollte er fragen? Er orientiert sich doch gerade neu, was soll er also wissen wollen?«

Britta hatte den Kopf geschüttelt. »Na, du haust ab. Ich hätte ihn mir geschnappt und zur Rede gestellt!«

»Ich hab das schon mal erlebt. Und Pauls blöde Sprüche will ich aus Andrés' Mund nicht hören. Das wäre zu viel. Ich muss weg!«

In Köln klatschte der Regen auf den Asphalt der Landebahn, und die Flughallengebäude wirkten durch ihr kleines Bullauge feindlich. Eigentlich hatte sie gar keine Lust zum Aussteigen. Sie hätte in die Karibik fliegen sollen, dachte sie. Wo lag die Liebesinsel für Frauen, Jamaika? Zumindest war es dort warm, und es gab guten Rum. Und fröhliche Männer mit Rastalocken.

Der Gedanke brachte sie zum Lächeln.

Na, geht doch, dachte sie, erste Stufe zur Besserung!

Bei der Gepäckausgabe fühlte sie sich wie ein verloren gegangenes Kind. Der Optimismus war so schnell verflogen, wie er gekommen war. Alle um sie herum hatten ein Ziel, sicher wurden sie von lauter lieben Menschen erwartet, die draußen in der Ankunftshalle vor Wiedersehensfreude fieberten. Nur sie würde mit ihrer kleinen Reisetasche alleine hinausgehen und nicht wissen, wohin.

Sie ließ sich von den anderen durch den Zoll hinaustreiben. Ein Fahrer stand da und hielt ein Firmenschild in die Höhe, und eine Sekunde lang überlegte Clara, ob sie sich einfach als die Gesuchte ausgeben sollte. Dann hätte sie einen Menschen, der sie irgendwo hinfahren würde. Zumindest würde sie erwartet werden, wenn sie auch die falsche Person war. Sie zögerte, schaute dem Mann mit dem Schild kurz in die Augen, aber er reagierte nicht. Sicherlich wartete er auf einen Mann. *It's a man's world* kam ihr in den Sinn, und gleich darauf spürte sie ihren Zorn darüber. Was willst du auch ständig mit Männern. So viele Frauen machen es dir vor, dass es auch anders geht. Anne Will hatte eine Partnerin, Ulrike Folkerts, Hella von Sinnen, und alle waren sie glücklich. Nur sie musste sich unbedingt Männer angeln! Und dafür auch noch ihren Beruf aufgeben. Sie war ja so blöd, dümmer, als die Polizei erlaubte. Verdammter Mist, dachte sie, du bist doch selbst schuld!

Sie setzte sich in das nächste Taxi und gab ihre alte Adresse an. Wenn es schon wehtat, dann sollte es jetzt richtig wehtun. Die alte Jugendstilvilla, die sie über fünf Jahre eingerichtet hatte, damit ihr Lebenspartner eine Visitenkarte hatte, mit der er in Köln als Immobilienmakler glänzen konnte. Und in der er nun mit Diana lebte. Das war der Hammer!

Sie lehnte sich in die kalten Kunstledersitze zurück, roch den alten Zigarettengeruch, der im Taxi hing und ihre Nase beleidigte, und aalte sich in Selbstmitleid. Ach, war es schön, sich mal so richtig mies zu fühlen. Keiner sagte: Schau doch mal, wie gut es dir geht, anderen geht es viel schlechter. Nein, sie konnte und durfte sich voll und ganz bemitleiden. Was für eine arme Sau sie doch war!

Bei ihrer alten Adresse angekommen, lehnte sie sich etwas vor. »Jetzt bitte langsam, fahren Sie ganz langsam an der Nummer 5 vorbei, nein, besser noch, halten Sie kurz an, ich muss einen Blick auf das Haus werfen.«

»Ihr Elternhaus?«, fragte der Taxifahrer teilnahmsvoll, und sie mochte ihn für diese Frage fast gut leiden. Trotz des Gestanks.

»So ähnlich«, sagte sie.

»Mein Elternhaus steht im Osten. War einmal ein Gut,

wurde enteignet, dann zur LPG, nach der Wende wollte ich es zurückhaben, aber den Prozess habe ich verloren, und heute ist es ein Fünfsternehotel. Unbezahlbar. Für dreihundertfünfzig Euro die Nacht dürfte ich da wieder schlafen.« Er hielt an, drehte sich nach ihr um und zeigte beim Lächeln eine Zahnlücke.

»Ja«, sagte Clara. »Das Leben ist ungerecht!« Dann starrte sie hinaus. Der Regen behinderte die Sicht. Weil die Scheibe leicht beschlagen war, wischte sie mit der Handfläche darüber.

»Wollen Sie aussteigen?«, fragte der Fahrer.

Clara schwankte. Wie viel Selbstmitleid wollte sie zulassen?

Der Mann reichte ihr einen Schirm nach hinten.

»Ich warte«, sagte er. »Ich habe Zeit.« Und als sie nicht gleich reagierte, fügte er hinzu: »Ich stelle das Taxameter so lange ab.« Das gab den Ausschlag, Clara stieg aus.

Das Haus lag in einem kleinen Park mit einer breiten Auffahrt und war im Sommer hinter den vielen Bäumen von der Straße aus schlecht zu sehen. Aber jetzt, im März, gaben die Zweige den Blick frei auf die Villa, in die sich Clara auf den ersten Blick verliebt hatte. Das Haus wirkte mit seinen typischen Jugendstilornamenten und der reich verzierten Fassade verspielt und doch auch majestätisch, dabei war es nicht übermäßig groß. Doch selbst im Regen und grau von der heraufziehenden Wolkenfront, wirkte es durch seine weichen Formen einladend und wohnlich. Clara seufzte, es war einfach ein wunderschönes Haus. Ihre Augen liebkosten den Rundbau, der wie ein halber Turm nach oben strebte und die Fassade beherrschte, indem er die Hausmauern rechts und links optisch zurückweichen ließ. Eine Freitreppe führte zu der zweiflügeligen Eingangstür, die Clara so geliebt hatte, weil sie ein Meisterwerk an Schnitzkunst war. Sie war bis ins Detail präzise geformt und mit Motiven aus der Natur verziert, mit Pflanzen und zierlichen Nymphen, die filigran miteinander verbunden waren und die man erst entdeckte, wenn man genau hinschaute. Katie hatte oft davorgestanden und die Figuren mit ihren kleinen Fingern nachgezeichnet. Wenn sich diese Tür öffnete, empfing einen die große Halle, die sie mit so viel Liebe und Ehrgeiz ausgestattet hatte. Was war sie dem Gemälde von Neo Rauch nachgerannt, bis sie es endlich erwerben konnte.

In diesem Augenblick ging das Licht über dem Eingang an, und Clara wich erschrocken zurück. Wie eine Diebin kam sie sich vor, wie jemand, der in fremden Taschen wühlt.

Der Taxifahrer war ausgestiegen, lehnte im Sprühregen an seinem Wagen und rauchte eine Zigarette.

»Schönes Haus«, sagte er bedächtig. »So etwas gibt man nicht gern auf.«

Am liebsten hätte sie ihn direkt in die nächste Kölner Kneipe eingeladen. Es wäre schön gewesen, mit jemandem, der den Verlust nachempfinden konnte, über Häuser zu sprechen. Die Jahre, die dort noch in den Wänden wohnten, die Erinnerungen, die Energie, die Liebe, das Lachen und das Weinen. Wie konnte man überhaupt je aus so einem Haus ausziehen? Und wie viele Geister wohnten in einem solchen Haus eigentlich, denn sie waren ja nicht die Ersten gewesen, die dort geweint und gelacht hatten.

Clara holte tief Luft. »Ja«, sagte sie inbrünstig. »Da haben Sie recht.«

Wenn er nur etwas ansehnlicher gewesen wäre, dann

hätte sie ihn wirklich eingeladen. Und warum auch nicht, schließlich war sie niemandem Rechenschaft schuldig. Aber würde sie dann nicht aussehen wie eine verzweifelte Frau auf der Suche nach dem schnellen Liebesabenteuer? Einsam und kurz vor dem Liebesaus?

Wie alt mochte er sein?

Er hielt ihr die Wagentür auf. »Und jetzt, Madame«, sagte er, »wohin?«

»Kennen Sie ein nettes, kleines, günstiges Hotel?«, fragte sie, und als sie seinen Blick sah, musste sie lachen. Da hatte sie an ein Kölsch gedacht und sich schon nicht getraut, und ganz offensichtlich dachte er in diesem Moment weiter.

Er betrachtete sie noch immer. Bis auf die Zahnlücke war er ja ganz ansprechend. Dabei musste er über sechzig sein, dachte Clara. »Irgendwo in der Altstadt«, präzisierte sie. »Ich möchte vorher in irgendeiner Kneipe noch ein gemütliches Kölsch trinken.«

»Denken Sie an etwas Bestimmtes? Wenn Sie in Köln gelebt haben, dann kennen Sie sich doch aus?«, hakte er nach.

Nicht in dieser Preiskategorie, wollte sie sagen, schluckte es aber herunter.

»Es ist leider nicht mehr so wie früher«, sagte sie stattdessen.

»Ins kleine *Stapelhäuschen*, Turmzimmer?«

Clara zuckte mit den Achseln.

»Und das Kölsch im Päffgen? Da geh ich immer hin.«

Sie nickte, als er fragend in den Rückspiegel sah. Ihr war alles recht.

Mit dem ersten Kölsch, das serviert wurde, schaltete sie ihr Handy ein und wählte Brittas Nummer.

»Wie gut, dass du endlich anrufst«, hörte sie ihre Freundin etwas atemlos. »Ich habe dir schon deine Mailbox vollgequatscht!«

»Ich habe sie noch nicht abgehört.«

»Andrés ist außer sich und –«

»– ich bin auch außer mir«, unterbrach Clara sie.

»Ja, aber er beteuert …«

»Ich fühle mich auf meinem Selbstfindungstrip ganz wohl. Ich finde, jeder müsste so was mal machen, es erweitert den Horizont!«

»So ein Quatsch, du hörst ja nicht einmal zu. Du bist auf einem Egotrip, das ist alles.«

»Gut«, sagte Clara lakonisch, »dann halt so. Von mir aus auch Egotrip. Jedenfalls drängt sich mein Ego nicht mit einem anderen Ego eng umschlungen in die Zeitung!«

»Clara!«

»Wie geht es Katie?«

»Sie spielt mit Ines. Vater und Mutter. Ich bin das Kind.«

Clara musste lachen. »Das hört sich ziemlich schräg an.«

»Es ist schräg. Willst du mit ihr sprechen?«

»Nein. Gib ihr einen Kuss!«

»Wo bist du?«

»In einer Kneipe.«

Es war kurz still. »Es ist später Nachmittag!«

»Früher Abend, und hier ist es schon fast dunkel.«

»Wo schläfst du?«

»Bei meinem Taxifahrer!« Das war trotzig und kindisch, das spürte Clara selbst. Aber auch wenn Britta überhaupt nichts dafür konnte, so stand sie doch jetzt gerade auf der anderen Seite. Auf der falschen Seite.

Pfeif drauf, sagte sich Clara und nahm noch ein Kölsch.

Am nächsten Morgen wanderte sie stundenlang durch Köln und versuchte, wie eine Touristin die Stadt neu zu entdecken. Im *Dom-Hotel*, wo sie früher ihre Gäste untergebracht und in der *Sir Peter Ustinov's Bar* kultiviert gefeiert hatten, bestellte sie sich schließlich ein Klubsandwich zum leichten Grauburgunder, und während sie auf ihre Bestellung wartete, reifte ihr Entschluss. Clara, du bist ein kölsches Mädel, dachte sie, und keine Spanierin. Also lass den Kram im Ausland, und such dir hier was. Du bist gut, du bist promovierte Kunsthistorikerin, Mensch, du hast was auf dem Kasten. Rezession hin oder her, die hat es immer gegeben. Ich brauche keinen Mann, ich brauche einen Job!

Als das Sandwich kam, dachte sie über Britta nach. Britta hatte sich in der Zwischenzeit besser etabliert als sie selbst. Vielleicht, dachte Clara, während sie sich mühte, den ersten dicken Happen in den Mund zu bekommen, stand sie Britta sogar im Weg. Britta war doch eigentlich völlig bodenständig. Sie würde einen netten Mann finden, der das Leben ebenso praktisch sah wie sie selbst, würde recht bald perfekt Spanisch sprechen und die Buchhaltungen aller erfolgreichen Deutschen im Griff haben.

Um Britta musste sie sich keine Sorgen machen.

Clara war erleichtert und gab ein gutes Trinkgeld, als sie sich aufmachte. Nun würde sie vorerst bei ihrer Mutter einziehen, sich ernsthaft einen guten Job suchen, ihre Tochter zurückholen und ihrem Leben eine neue Richtung geben.

Sie freute sich schon jetzt auf Ellens Gesicht und nahm ein Taxi, weil sie es plötzlich eilig hatte.

Ihre Mutter lebte in einer kleinen Vierzimmerwohnung in einem der typischen Mehrfamilienhäuser der Siebzigerjahre. Mit ihren siebenundsechzig Jahren pflegte Ellen noch immer die Ansichten der Achtundsechzigerjugend, war ihrem burschikosen Stil und ihrer drahtigen Figur treu geblieben und durch nichts so schnell aus der Bahn zu werfen.

Clara freute sich, als sie durch die große Hauseingangstür trat, die offen stand. Alles war, wie es immer gewesen war. Zahllose Fahrräder, Roller und Kinderwagen drängten sich chaotisch unter der gleichförmigen Reihe von Briefkästen. Und während Clara die Stockwerke nach oben ging, amüsierte sie sich über die nassen Gummistiefel, die in Orgelpfeifengrößen vor den Wohnungstüren standen. Von ganz oben schallte vielstimmiger Lärm durch das Treppenhaus, offensichtlich feierte jemand eine Party.

Sie fuhr mit der Hand über das glatte Holz des Handlaufs und dachte darüber nach, dass so ein schöner Handlauf in einem solchen Haus direkt schon ein Luxus war. Im fünften Stockwerk roch es nach Pizza, und auf den ersten Stufen zum sechsten wusste sie, dass der Lärm aus der Wohnung ihrer Mutter kam. Geburtstag hat sie nicht, dachte Clara noch, da kamen ihr zwei Männer entgegen, die einen Sessel trugen. Den kannte sie, der hatte schon in ihrer Kindheit in der Leseecke im Wohnzimmer gestanden.

Erst machte Clara den Männern Platz, dann rannte sie die letzten Stufen hoch. War ihrer Mutter etwas passiert? Aus der sperrangelweit geöffneten Wohnungstür drang ein unbeschreibliches Stimmengewirr, untermalt von Pink Floyds *Another Brick in the Wall*. Feiert sie tatsächlich eine Party?, fragte sich Clara und bekam es trotzdem mit der Angst. Ein Mann trat mit der orangefarbenen Sisallampe, die schon in ihrem Kinderzimmer gehangen hatte, auf den Flur heraus und drängte sich an ihr vorbei. Clara blieb atemlos stehen, und da sah sie es: Am Türrahmen lehnte ein großes weißes Plakat: *Haushaltsauflösung* prangte in dicker schwarzer Schrift auf weißem Karton.

Clara brauchte ein paar Sekunden, um sich zu sammeln, dann trat sie ein. Die Wohnung war schon halb ausgeräumt. Pink Floyd gellte durch die Zimmer, in denen wildfremde Menschen altbekannte Gegenstände in den Händen hielten, begutachteten, drehten und wendeten und wieder zurück an ihren Platz stellten. Claras erster Impuls war, sie alle hinauszuwerfen, auf der Stelle. Aber jetzt entdeckte sie ihre Mutter. Ellen trug ein rotes Seidentuch um den Kopf und eine indisch bestickte Tunika zur ausgeblichenen Jeans. Sie sah aus, als wollte sie zu einer ihrer geliebten Demos von damals aufbrechen.

»Mama!«, sagte sie, und ihr Ton war mehr ratlos als laut, aber trotzdem genügte es.

Ellen, die sich eben einer Frau zugewandt hatte, die mit ihrem breiten Hintern auf- und niederhüpfend gerade das Durchhaltevermögen der roten Ledercouch testete, drehte sich sofort nach ihr um. »Clara«, sagte sie und schaute sie mit so großen Augen an, dass sich Clara im ersten Augenblick nicht einmal sicher war, ob sie nicht vielleicht gekifft hatte.

»Mama«, wiederholte sie noch einmal und machte eine allumfassende Handbewegung. »Was ist hier los?«

»Clara!« Jetzt lachte ihre Mutter, kam auf sie zu und umarmte sie. »Ist das nicht wunderbar? Ich habe mit mir gehadert, Tage und Nächte lang, aber dann habe ich den Entschluss gefasst!«

»Welchen Entschluss denn?«, fragte Clara und schaute sie verständnislos an. »Wovon redest du?«

»Überraschung!«, lachte ihre Mutter. »Es ist ein bisschen wie Ostern, verstehst du? Leider bist du nun zu früh gekommen!«

»Was denn? Zu früh? Bist du wieder verliebt? Ziehst du um? Zu wem? Mit wem?«

Sie hielten sich noch immer umarmt, und die Menschen um sie herum wichen ihnen aus oder blieben mit Gegenständen in der Hand abwartend vor ihnen stehen. *Shadow on the Wall* übertönte *Another Brick in the Wall* plötzlich in ohrenbetäubender Lautstärke. Jemand hatte Roger Chapman gegen Pink Floyd getauscht und voll aufgedreht. Ellen sagte etwas, aber Clara verstand nichts. Sie schaute sich nach der Geräuschquelle um. Ein junger Kerl kniete vor dem Plattenspieler und sortierte sichtlich begeistert einige LPs durch.

»Mama!«, schrie Clara.

Eine ältere Dame ging zu dem jungen Kerl hin und tippte sich an die Stirn. Er starrte sie an, dann drehte er die Lautstärke herunter.

»Sag doch was!«, rief Clara, und als sie noch immer nichts verstand, zog ihre Mutter sie an allen Menschen vorbei hinaus ins Treppenhaus.

Ellen strahlte sie an. »Ich komme zu dir. Nach Mallorca! Ich setze einen Schlussstrich unter mein altes Leben! Ich habe die Wohnung gekündigt, ich verkaufe alles und ziehe mit euch zusammen. Mit dir, Britta, Andrés und Katie.«

»Mit mir, Britta, Andrés und Katie«, wiederholte Clara mechanisch, dann rüttelte sie ihre Mutter. »Aber ich habe Andrés verlassen und wollte eben bei dir einziehen!«

»Bei mir einziehen?« Ellen schüttelte den Kopf. »Das geht nicht mehr. Ich bin quasi schon weg!«

»Aber ich auch!«

Sie schauten sich an, und Ellen begann lauthals zu lachen, während Clara eher nach Heulen zumute war.

»Was gibt es denn da zu lachen! Wir haben ein Problem!«, schimpfte sie. »Wie konntest du so etwas denn tun?«

Ellen lachte noch immer, und jetzt war sich Clara sicher, dass sie irgendwie unter Drogen stehen musste. Ob sie für die Sachen hier überhaupt einen reellen Preis nahm? »Mutti, wir beenden das hier«, sagte sie bestimmt.

»Nix da«, erklärte Ellen unvermittelt ernsthaft. »Das hat mich mehrere Zeitungsanzeigen gekostet und eine ganze Portion Mut. Jetzt habe ich es angefangen, und ich führe es auch zu Ende. Es gibt wenige Tage, an denen man mit seiner Vergangenheit aufräumen kann. Heute ist so einer. Und den stehe ich durch!«

Clara trat einen Schritt zurück. »Okay, Mama«, sagte sie. »Dann helfe ich dir. Es ist ja schließlich auch meine Vergangenheit!«

Aber je mehr Clara in die Hände nahm, desto weniger wollte sie hergeben. Es war schon komisch. Als sie nach der Trennung von Paul vorübergehend bei ihrer Mutter eingezogen war, hätte sie am liebsten alles hinausgeworfen: Wo sie hinfasste, altes Zeug, herübergerettet aus Jahren, in denen es noch von Nutzen war.

Ein uralter Anrufbeantworter, aus der Gründerzeit, wie Clara spottete, aber noch voll funktionstüchtig, wie ihre Mutter beharrte. Oder ein uraltes Küchensieb mit abgebrochenem Griff, aber darin hatte Ellen allabendlich die Spaghetti für alle Genossen geschwenkt, und das waren in ihrer sogenannten Revoluzzerzeit sehr viele gewesen. Oder ein ganzes Sortiment von Räucherstäbchenhaltern, die die ganzen Fenstersimse einnahmen. Es gab sie in Form von Holzblättern mit verschiedenen Motiven wie Sonne, Mond, Delfine oder Yin und Yang, es gab sie als Buddha oder als Holzboot mit Elefanten, und es gab ganze Türme aus Holz, Speckstein, Kupfer und Messing mit dem Om-Zeichen oder mit schwarz-grünen Ornamenten. Auch sie erinnerten an duftintensive Diskussionen in rauchgeschwängerten Räumen, an eine apokalyptische Mischung aus selbst gedrehten Zigaretten, Shiva's Power Dance, Haschtulpe, Moschus und Weihrauch. Und ganz wichtig war die Jeans, die Ellen damals getragen hatte und mit der sie sich direkt nach dem Kauf stundenlang in salziges Badewasser gesetzt hatte, damit der raue Stoff die richtige Passform und Farbe bekam. Die hatte in der Zwischenzeit zwar Löcher bekommen, aber sie passte noch. Fast zumindest.

Und jetzt stellte Clara fest, dass ihre Mutter emotionsloser war als sie selbst. Alles konnte weg. Jetzt plötzlich. Das einzige Problem für sie war Claras Entscheidung.

»Jetzt, wo ich alles aufgebe und ein völlig neues Leben anfangen will, wirfst du alles hin, das geht nicht!«, warf sie ihr vor, als der letzte Käufer mit zwei Fleckerlteppichen abgerauscht war.

Clara antwortete nichts darauf und schloss langsam die Wohnungstür. Es herrschte ein unglaubliches Chaos. Große und kleine Möbel, Geschirr und Nippes – alles stand herum, dazwischen Kartons und zerknülltes Zeitungspapier.

»Hier sieht es aus wie in meinem Leben«, fand Clara und drehte sich einmal um die eigene Achse.

»Egal«, sagte Ellen und nahm sich das rote Tuch vom Kopf. »Das Wichtigste haben wir noch: mein Bett, die Zudecken, einen guten Rotwein, ein paar Gläser und einen Korkenzieher. Und die Heizung ist noch nicht abgestellt. Ist doch prima!«

Clara schaute sie an. »Wenn ich nur auch so optimistisch sein könnte wie du!«

»Ja, warum hast du *das* eigentlich nicht geerbt?«

»Ich erbe ja auch sonst nichts«, erwiderte Clara mit einem bittersüßen Blick auf die restliche Habe.

Ellen lachte schon wieder. »Da hast du recht«, sagte sie und klopfte sich auf den Bauch. »Wollen wir was essen gehen?«

»Hast du vielleicht noch was Verwertbares da?«, stellte Clara die Gegenfrage.

»Spaghetti, Knoblauch, Öl, Peperoni, Salami … das dürfte es dann aber wohl auch sein«, zählte Ellen an ihren Fingern auf.

»Und ist dein Sieb noch da?«

»Ja, das wollte wohl keiner mehr haben.«

»Dann koch es noch einmal, Mama!«

Vielleicht lag es an dem Barolo, der ihr dunkel und schwer durch die Kehle floss, dass Clara nach und nach die Situation einfach nur noch komisch fand. Sie hatten einige Kisten zu einem Tisch zusammengeschoben und sich mit ihren Spaghettitellern auf die Ledercouch gesetzt. Eine Kerze brannte, und ein Sandelholzräucherstäbchen glomm vor sich hin.

»Wirst du das nicht alles vermissen?«, fragte Clara. »Immerhin hast du über dreißig Jahre in der Bude gelebt.«

»Höchste Zeit, endlich mal rauszukommen!«

Clara schwieg eine Weile, dann fing sie an zu erzählen, warum sie davongelaufen war.

Ellen kannte Andrés. Sie war gemeinsam mit Britta zu Claras Unterstützung nach Mallorca gekommen und hatte Katie mitgebracht. Nachdem Clara dann einen ersten lukrativen Auftrag als Innenarchitektin an Land gezogen hatte, hatte sie, genau wie Britta, Clara in ihrer Entscheidung, dort zu bleiben, bekräftigt.

»Andrés?«, sagte sie und schüttelte den Kopf. »Bist du dir da sicher?«

»Mutter!« Clara zog die Stirn kraus. »Ein riesiges Foto in der Zeitung. Andrés hält die Köchin fest umarmt. Und wie sie ihn anschaut … Mama, das sagt alles!«

»Aber dafür kann er doch nichts«, protestierte Ellen. »Ich meine, sie schaut doch. Nicht er!«

»Aber er presst sie an sich. Und wie!«

»Und wieso hat diese Journalistin gerade dieses Foto genommen?«

»Sie sagt, weil es so ist. Und weil die Wahrheit alle interessiert. Am Abend vorher hat er mir noch sonst was erzählt. Ich glaube den Kerlen halt alles, bin total blind und bescheuert. Das war ich schon bei Paul. Da hast du mir auch nichts Gescheites vererbt!«

Ellen holte tief Luft. »Ich habe mir das bei deiner Entstehung ja auch nicht alles so genau überlegt.«

Clara nickte. »Ein bisschen denken hättest du schon können.«

»Dann wärst du jetzt nicht hier!«

Ob sie wollte oder nicht, Clara musste lachen. Sie kratzte die restliche Sauce zusammen, schleckte ihren Löffel ab und stellte den Teller neben sich auf den Fußboden. Ellen angelte nach ihrem Weinglas und prostete Clara zu.

»Alles in allem haben wir es doch gut gemeistert«, sagte sie aufmunternd.

»Ja, bis jetzt.« Auch Clara nahm ihr Glas hoch. »Bloß jetzt kommt das große Fragezeichen.« Sie schaute ihre Mutter an. »Wo willst du denn eigentlich hinziehen? Hast du auf Mallorca schon was gemietet?«

»Ein Ferienapartment in eurem Wohnbunker. Ich dachte, bis der Sommer kommt, finden wir sicherlich was Schöneres. Ein nettes altes Haus, Platz für alle, Platz für Katie zum Spielen und für Freunde, nah am Meer, gemeinsame Räume, aber auch Platz, den jede ganz für sich hat. Alles so, wie man sich eine schöne Generationenwohngemeinschaft wünscht.«

»Aha«, sagte Clara. »Und wer wünscht sich das?«

»Ich.«

»Gut.« Clara stelle ihr Glas ab und zog ihre Beine an. So hatte sie früher immer gesessen. Als Kind und Teenager, stundenlang. Die Arme um die Beine geschlungen, den Kopf auf die Knie gelegt und meistens auch noch den Pullover über die Beine gezogen. Das hatte regelmäßig ausgeleierte Pullover zur Folge gehabt. »Und wenn ich mir jetzt in Köln eine Wohnung und einen Job suche, gehst du dann trotzdem?«

»Du könntest meine Wohnung hier mieten, sie ist eben frei geworden.«

»Und du ziehst zu Andrés. Gute Idee!«

Ellen betrachtete ihre kurzen Fingernägel, die einen unübersehbaren Trauerrand trugen. »Gute Idee«, sagte sie nach einer Weile. »Warum nicht?«

»Ach, komm! Mama! Du bist keine zwanzig mehr, und Matratzenlager sind out.«

»Schade.«

»Du bist siebenundsechzig!«

»Ich fühle mich aber nicht so!«

»Das sagt jeder Mann als Legitimation, wenn er sich die Freundin seiner Tochter angelt.«

»Ist Andrés nicht auch jünger als du?«

»Mama!« Clara verstummte. Wie alt war eigentlich Maria José, schoss es ihr durch den Kopf? Sie hatte die Köchin auf Anfang dreißig geschätzt. Sie konnte aber auch Ende zwanzig sein.

»Was sagen deine Kölner Freundinnen dazu?«

Es war klar, dass Ellen nicht die Societydamen ihres vorigen Lebens an Pauls Seite meinte, sondern Brittas Freundeskreis, den Clara auf Mallorca kennengelernt hatte. Das waren patente, bodenständige Frauen, und offensichtlich setzte Ellen auf deren gesunden Menschenverstand.

»Die wissen nicht einmal, dass ich hier bin.«

»Warum nicht?«

»Ich bin abgehauen. Ich habe nicht lang überlegt und niemanden verständigt. Dich ja auch nicht.«

»Stimmt!« Ellen war dabei, mit dem schmalen, etwas längeren Fingernagel ihres kleinen Fingers den Schmutz unter den anderen Nägeln hervorzupulen.

»Mama, das ist unappetitlich!«

Ellen streckte alle zehn Finger vor sich. »Aber effektiv!«

»Ich weiß nicht einmal, wo ich sie erreichen kann.«

»Hast du ihre Nummern und Adressen nicht in deinem Handy stehen?«

»Ich mach mein Handy nicht an.«

»Ja, kann ich mir vorstellen«, sagte Ellen. »Andrés' Erklärungen willst du nicht hören.«

»Da gibt es nichts zu erklären.«

»Morgen könntest du sie bei den Weight Watchers treffen. Zeppelinstraße 98. Neunzehn Uhr.«

Clara schaute sie überrascht an. »Und woher willst du das wissen?«

»Ich habe zwischendurch mit Britta telefoniert. Mein Handy geht schließlich.«

Irgendwie fühlte sich Clara merkwürdig. Sie hatte als Studentin einmal für kurze Zeit Kochtöpfe bei privaten Präsentationen verkauft und war zu einem Treffen der Vertriebsorganisation eingeladen worden, bei dem einige besonders gute Verkäufer so enthusiastisch herausgestellt und mit Sprechchören gefeiert wurden, dass es ihr damals ganz unheimlich geworden war. Sie war sich wie mitten in einer amerikanischen Sekte vorgekommen, in der die Anhänger wortgewaltig und durch ständig wiederholte Parolen auf das Programm eingeschworen werden sollen. Damals war sie Hals über Kopf geflüchtet. Gab es bei den Weight Watchers auch solche Riten? Oder machten ihre Freundinnen bei bestimmten Atemtechnikübungen mit? Sie hatte keine Ahnung. Aber sie wollte sie überraschen, der Gedanke allein versetzte sie in Vorfreude.

Das Gebäude sah unauffällig aus, ein Bürobau mit vielen erleuchteten Fenstern, zehn Stockwerke hoch, unspektakulär zwischen anderen Häusern eingebettet. Nichts mit *Rosemaries Baby* oder *Psycho II*, dachte Clara, während ein unangenehmer Nieselregen einsetzte. Sie überquerte die breite Straße und versuchte dabei, in den Fenstern etwas zu erkennen. Tanzten sie dort irgendwo herum? Aber es sah eher aus, als würden die Putzfrauen durch die Räume ziehen, und sicher war es auch so, denn welcher Bürohengst hielt sich nach sieben noch an seinem Arbeitsplatz auf, wenn zu Hause die traute Familie wartete? Clara grinste. Sie hatte sich ihre Strategie zurechtgelegt. Sie wollte nicht in die Versammlung hineinplatzen, sondern sich lieber an die Tür stellen, wenn alle hinausströmten.

Die Klingelleiste neben der gläsernen Eingangstür war mit vielen Firmennamen versehen. Bei der Hälfte verstand sie überhaupt nicht, um welche Art von Firma es überhaupt ging. Aber ganz oben stand klar und deutlich »Weight Watchers«.

Klingeln wollte sie nicht. Probehalber drückte sie gegen die Tür, die sich sofort öffnen ließ und hinter ihr mit einem leichten »Plopp« wieder zufiel. Das war schon mal gut, jetzt war sie drin. Clara lief auf die Treppen zu, aber dann zögerte sie. Zehn Stockwerke? Bei aller Liebe nicht. Sie drehte sich um. Wo war der Lift? In dem Moment hörte Clara etwas surren und fand den Lift gleich um die Ecke. Die Tür glitt auf, und Clara wollte schon hinein, aber sie erschrak, weil jemand im Aufzug stand und hinauswollte. Aber der Mann mit dem Aktenordner unter dem Arm schien mindestens genauso erschrocken wie sie. »Um diese Uhrzeit rechnet man mit niemandem mehr«, sagte sie entschuldigend und trat zur Seite. Dann fiel ihr auf, wie blöd ihr Satz war, sie war ja schließlich auch hier. Aber der Mann war schon weitergegangen, und sie hörte die Eingangstür zufallen, während sich hinter ihr die Lifttür schloss. Auf dem Weg nach oben kontrollierte sich Clara im Spiegel. Sie trug einen eisgrauen Pullover im Polostil aus warmer Mohairwolle und eine schwarze Jeans, die ihr in den letzten Tagen zu weit geworden war. Nicht zu fassen, dachte sie und zog den Gürtel ein Loch enger. Die Kerle schlagen mir doch jedes Mal auf die Linie! Aber ihr Gesicht fand sie hübsch, ihre Haut war leicht gebräunt und betonte ihre smaragdgrünen Augen. Ihr Mund war auch ohne Lippenstift voll und weich, und ihre dichten braunen Haare hatte sie im Nacken zusammengebunden. Sie sah erstaunlich jung aus, fand sie und hoffte gleichzeitig, dass es nicht nur das gedämpfte Fahrstuhllicht war, das sie so vorteilhaft aussehen ließ.

Der Flur im zehnten Stock war wie ausgestorben, und Clara hörte keine Geräusche. Sie ging einfach mal nach links, und tatsächlich – da hing das Weight-Watchers-Schild neben der Tür. Turnten die direkt hier hinter der Tür? Das war nicht zu vermuten, trotzdem legte Clara ihr Ohr an das Holz. Als sie nichts hörte, drückte sie leise die Klinke hinunter. Wieder blickte sie in einen Flur. Einige Türen gingen ab, aber ganz am Ende des Ganges standen rechts und links einige Stühle vor einer zweiflügeligen Tür. Wieder presste Clara ihr Ohr gegen das Türblatt und hoffte nur, dass sie so niemand sehen konnte. Ganz klar erkannte sie eine Frauenstimme und gleich darauf vielstimmiges Gelächter.

Bingo. Sie setzte sich.

Gern hätte sie jetzt ihr Handy genommen und einige Nachrichten geschrieben, aber sie traute sich nicht, es einzuschalten. Sicher hatte sie unzählige Kurznachrichten und eine volle Mailbox, und nichts davon wollte sie haben. Mit Katie hatte sie am Nachmittag telefoniert, aber der war nur wichtig, dass sie zu ihrem Knuffi in den Zoo und zu ihrer Freundin Sarah ging. Beides hatte Clara heute noch nicht gemacht, sich aber für morgen vorgenommen. Clara schaute sich um und entdeckte eine Zeitschrift. *Brigitte*. Gut, mal schauen, was derzeit in Deutschland modisch angesagt war. Aha, las sie, *Brigitte* zeigt keine magersüchtigen Models mehr. Nun sollten sich die Leserinnen selbst für Mode- und Kosmetikfotos bewerben. »Es werden Frauen gezeigt, die eine Identität haben, also die achtzehnjährige Abiturientin, die Vorstandsvorsitzende, die Musikerin, die Fußballerin«, las Clara halblaut und war sofort überzeugt von der Strategie. Das war eine wirklich gute Idee. Und sicherlich auch Anreiz für die Frauen bei Weight Watchers.

Clara blätterte weiter und blieb bei einem Interview über den feministischen Porno hängen. Das war ja interessant. Laura Méritt, die Erfinderin des feministischen Pornofilmpreises. Was es nicht alles gab. Laura Méritt erklärte den Unterschied zum klassischen Porno. Dieser sei streng auf die Ejakulation des Mannes ausgerichtet, die Frau arbeite ihm nur zu. In einem feministischen Porno spiele die Lust der Frau eine große Rolle. Da konnte Clara nur zustimmen, Porno oder nicht Porno, und las gespannt weiter. Auf die Frage der Journalistin, ob die Frauen in diesen Filmen auch anders aussähen, meinte Méritt, dass die Vielfalt wichtig sei, eine Vielfalt an Kulturen, an Altersstufen und an Körpern. Vielfalt sei ein zentrales Stichwort der Frauenbewegung. Den Einwand, dass es Pornos mit dicken Frauen schon immer gegeben habe, beantwortete Méritt sehr entschieden: Aber immer nur als Fetisch. Genau wie mit älteren Frauen.

Als Fetisch? Clara überlegte kurz und suchte mit ihrem Zeigefinger gerade wieder die besagte Stelle im Text, als die Tür neben ihr aufgerissen wurde.

»Schön, dass Sie schon da sind«, sagte eine weibliche Stimme, und ehe sichs Clara versah, hatte eine gutmütig aussehende Frau um die fünfzig sie an die Hand genommen: »Herzlich willkommen, ich freue mich sehr!«

»Wie bitte?«, fragte Clara, folgte aber und stand mit einem Mal vor unzähligen Stuhlreihen, die bis auf den letzten Platz mit Frauen besetzt waren.

»Das ist nun also unser Überraschungsgast«, erklärte die Frau an ihrer Seite fröhlich, und Clara bekam Applaus, bevor sie überhaupt einen Ton sagen konnte. »Willkommen, liebe Julia Eisele, wir sind sehr gespannt auf Ihre Erfolgsgeschichte!« Sie lächelte, und Clara verzog das Gesicht. »Und dass Julia mit Weight Watchers riesigen Erfolg hatte, ist nicht zu übersehen!« Die Augen aller Anwesenden glitten an ihrem Körper hinab. Clara klemmte sich die *Brigitte* unter den Arm und wäre am liebsten im Erdboden versunken.

»Clara!«, kam ein spitzer Schrei aus der Menge. »Dat jibbet es doch niet! Wat machst denn du hier!?«

Etwas irritiert schaute die Frau Clara an, aber da kam Kitty schon nach vorn geschossen. Sie fuchtelte mit den Armen und sah in ihrer getigerten Jacke, dem Tigertuch und den zu blonden Haaren aus wie eine Raubkatze im Sprung.

»Clara!«, rief Kitty noch einmal, dann lagen sie sich in den Armen.

»Clara?«, fragte die Seminarleiterin irritiert und wich etwas zurück, weil nun auch Lizzy und Tina nach vorn gestürmt kamen. »Wieso nennen Sie Frau Eisele denn Clara?«, wollte sie von Kitty wissen. »Heißt sie denn nicht Julia?« Sie wandte sich Clara wieder zu. »Entschuldigung, dann muss ich mich wohl korrigieren. Aber trotzdem«, sie lachte den Frauen, die auf ihren Stühlen gebannt nach vorn schauten, aufmunternd zu, »ob Clara oder Julia – es ist möglich! Ohne zu hungern, ohne sich zu kasteien. Und wir alle schaffen das gemeinsam, was Clara schon geschafft hat! Hier sehen wir den Beweis! Clara Eisele zeigt uns eindrücklich, wie viele andere Frauen und Männer auch, dass nichts unmöglich ist. Wir können – mit etwas Willen – unsere Figuren selbst bestimmen!«

»Liebe Frau Laudinger«, versuchte Lizzy die Euphorie einzudämmen, »ich glaube, hier liegt ein Missverständnis vor –«

»So?« Frau Laudinger schaute Clara kritisch an. »Wieso denn das?«

»Das ist Clara Flockheimer«, erklärte Kitty, »Dr. Clara Flockheimer«, präzisierte sie. »Und Clara war schon immer ein Hungerhaken!«

»Ein was?«, fragte Clara empört, und Tina fing an zu lachen. »Sie muss ständig essen, damit sie nicht abnimmt«, erklärte sie dem Publikum. »Sie ist also das genaue Gegenteil von uns!«

Es herrschte vollkommene Stille, dann begannen die Ersten zu lachen, und schließlich lachten alle.

»Ja, tut mir leid«, versuchte Clara die Situation zu erklären, nachdem sie sich wieder gefasst hatte. »Ich wollte einfach meine drei Freundinnen überraschen. Mit so einem Auftritt habe ich nicht gerechnet!«

Ilse Laudinger schüttelte ungläubig den Kopf, aber dann lachte sie mit, um gleich darauf die Hand vor den Mund zu schlagen. »Ach du je«, sagte sie, »wo ist dann die richtige Julia Eisele?«

»Wahrscheinlich vor der Tür!«, mutmaßte Clara, was erneutes Gelächter hervorrief.

Clara begann sich etwas wohler zu fühlen. Offensichtlich waren alle gut drauf. Und tatsächlich, sie sah nur in lachende Gesichter – manche schmaler, manche voller, aber ganz sicher war, dass diese Gemeinschaft allen guttat.

»Komm, setz dich zu uns«, schlug Lizzy vor. »Und nachher gehen wir in die Kneipe, und du erzählst uns, welchem glücklichen Umstand wir dich zu verdanken haben!«

»Überfällt uns einfach im Allerheiligsten«, grinste Tina.

Kitty klopfte Clara auf die Schulter: »Hättest mit eurem neuen Restaurant und der neuen Köchin ja wenigstens mal ein bisschen zunehmen können, das ist ja eine Zumutung mit dir!«

Nach dem Meeting fuhren sie direkt in ihre Stammkneipe und freuten sich tierisch, wieder zusammen zu sein. Tina rief sofort Britta an und beschwor sie, sich in den nächsten Flieger zu setzen.

»Winter auf Mallorca, Frühling in Köln, wenn das nicht lockt?«, tönte sie.

Aber Britta wehrte ab. Zu viel Arbeit und dann Katie und Andrés, da könne sie nicht auch noch davonlaufen.

»Wie? Da kannst du nicht auch noch davonlaufen, was soll das denn bedeuten?«, wiederholte Tina irritiert und schaute Clara an. »Hat sie noch alle?«, fragte sie leise.

Clara nickte.

»Und was hat sie denn mit Andrés? Seit wann muss sie auf Andrés aufpassen?«

»Ach du je«, sagte Clara und winkte ab. »Da ist sie leider zu spät dran!«

Kitty und Lizzy schauten sie so verblüfft an, dass Clara lauthals loslachen musste. »Finde ich ja toll«, sagte sie gleich darauf, »dass ich schon wieder so lachen kann. Man sieht, ihr wirkt schon!«

»Also, Mädel«, bestimmte Lizzy und hielt vier Finger für vier frische Kölsch hoch, »jetzt erzähl mal!«

Clara versuchte, nichts auszulassen, und musterte gleichzeitig ihre drei Freundinnen. Schön, dass sie sich so treu geblieben waren. Tina trug wie auch schon im Sommer auf Mallorca konsequent Leder. Sie war die perfekte Rockerin, auch wenn sie noch nie auf einem Bike gesessen hatte. Lizzy spielte wie immer das Vollblutweibchen und hatte sich von den Schuhen bis zum Schal in Brombeer gehüllt. Ganz offensichtlich war dies ihre Frühlingsfarbe, und sie hatte ihr rosa Sommeroutfit zur Seite gelegt. Und Lizzy war der Vamp, wenn sie mit ihren Tiger- und Leopardenfummeln auch manchmal übertrieben schrill rüberkam.

»Brauchst nicht so zu schauen«, sagte sie zu Clara, als sie ihr frisches Kölsch in Empfang nahm, »ich habe drei Kilo abgenommen.«

An welcher Stelle das wohl sein könnte, fragte sich Clara, als Tina trocken einwarf: »Aber vorher vier zugenommen.«

»Petze!«, schimpfte Lizzy, während Kitty drängte: »Aber jetzt erzähl weiter. Was ist nu mit dieser Köchin?«

»Sooo ein Foto«, demonstrierte Clara mit beiden Händen.

Aber Lizzy schüttelte nur den Kopf. »Andrés doch nicht!«

»Was soll das heißen, Andrés doch nicht?«, begehrte Clara auf. »Habe ich das Foto gesehen oder du?«

»Hast du es mitgebracht?«

»Nein, natürlich nicht, bin ich Masochistin?«

»Nein, aber blöd! Da stimmt doch was nicht, das riecht doch jedes Feldkaninchen!«

»Danke!« Clara bedachte Lizzy mit einem finsteren Blick.

»Mädels, helft mir doch mal«, wandte sich Lizzy an die anderen.

»Und was willst du jetzt tun, Clara?«, wollte Tina wissen. »Ich meine, was willst du hier in Köln machen?«

»Ursprünglich zu meiner Mutter ziehen.«

»Schon wieder?«

»Wieso ursprünglich?«, hakte Tina nach.

»Meine Mutter will nach Mallorca umziehen und löst gerade ihren Haushalt auf.«

»Da wirste jeck.« Kitty schüttelte den Kopf. »Geht bei euch auch mal was normal?«

»Ich weiß auch nicht«, stöhnte Clara und trank das Kölsch in einem Zug aus.

Den nächsten Vormittag saß Clara am Laptop und besuchte Internetseiten von Innenarchitekten in und in der Umgebung von Köln und schrieb sich Adressen und Notizen in ein kleines Büchlein, während ihre Mutter Möbel rückte, Geschirr stapelte und jede Menge Nippes nach einem System ordnete, das Clara nicht durchschaute.

»Was machst du da eigentlich?«, fragte sie irgendwann, mit dem Rücken gegen das rote Ledersofa lehnend, die Kaffeetasse neben sich auf dem Fußboden.

»Morgen kommt der nächste Ansturm, danach möchte ich alles draußen haben!«

»Aber Kaffeemaschine, Bett, Weingläser und Korkenzieher behalten wir noch«, wandte Clara ein. »Eine Kerze auch, falls sie uns den Strom abdrehen!«

Ellen kicherte. Die Vorstellung schien ihr Spaß zu machen. »Und die Cannabispflanzen auch!«

»Die was?«

»Keine Angst«, beschwichtigte ihre Mutter, »die stehen hinter dem Duschvorhang. Kein Mensch hat sie bemerkt!«

»Du machst mir Spaß!« Claras runzelte die Stirn. »Ich weiß gar nicht, was einem passieren kann, wenn sie einen erwischen.«

Ellen schien völlig unbeeindruckt. Sie trug einen indischen Sari, der um ihre Taille wehte und in besseren Tagen sicher so orange gewesen war wie die Beinkleider der Hare-Krishna-Mönche.

»Wenn sie mich erwischen, sag ich einfach, dass du das gewesen bist. Dir passiert schon nichts.« Ellen grinste. »So seriös, wie du aussiehst.«

Clara schaute an sich hinunter. Alle hatten es immer mit ihrer Kleidung. Sie war nun mal nicht der farbige Typ. Ihr lagen sportliche Teile in weiß, schwarz und grau. Ein dunkles Lila ging vielleicht noch. Aber schon braun mochte sie nicht, und grün fand sie wegen ihrer Augenfarbe zu übertrieben.

»Ich bin nur halb so seriös, wie ich aussehe«, sagte sie. »Schließlich habe ich meine Tochter und einen jungen Liebhaber verlassen, um auf Selbstfindung zu gehen. Das passt doch mehr zu deinen alten Trips, als hier Möbel zu verkaufen.«

Ellen tanzte durchs Zimmer, sodass der Sari flog, und fragte lachend: »Magst du noch einen Kaffee, bevor du die Welt eroberst?«

Nachmittags klapperte Clara einige Einrichtungshäuser ab. Dabei achtete sie darauf, dass sie keinem Bekannten in die Arme lief. Sie wollte sich erst mal einen Überblick verschaffen, was so lief. Gab es in Köln überhaupt noch Geld für neue Einrichtungen, oder nagten bereits alle am Wirtschaftshungertuch?

Clara musste an Friedrich denken. Sie hatte ihn noch nicht verständigt. Was sollte sie ihm auch sagen? Ich schmeiße deinen tollen Auftrag hin, weil mein Freund sich die Köchin geangelt hat? Aber vielleicht war der Auftrag sowieso schon gestorben. Jede Ex war unerwünscht, und die Blöße, vor den beiden aufzutauchen, hätte sie sich sowieso nie gegeben. Zumal als Bittstellerin. Friedrich würde eine andere finden, der Plan stand ja, Sebastián kannte jeden Pinselstrich, und die Möbel hatte sie auch schon grob festgelegt. Da konnte jeder einspringen, sogar Britta. Das wäre noch die beste aller Möglichkeiten, denn dann bliebe das Geld wenigstens im Haus.

Clara rief sofort zu Hause an. Sie hatte Glück, Katie ging dran. »Flockheimer«, sagte sie mit ihrer hellen Kinderstimme, und Clara spürte Rührung in sich aufsteigen. Gab es etwas Schöneres als Kinder?

»Katie, mein Schatz, wie geht es dir?«

»Wann kommst du wieder?«

Da war sie wieder einmal, die Frage, auf die die Antwort so schwierig ist.

»Ich bin doch erst seit zwei Tagen weg und habe hier noch nicht alles erledigt.«

»Aber es ist doch schon so lang!«

Klar, dachte Clara, für Vierjährige war das Leben ein einziges Abenteuer, und die Tage schienen ihnen endlos lang.

»Das ist noch nicht so lange, mein Schatz. Das war ja erst zweimal schlafen.«

»Ja, aber Andrés ist nicht da, und ich schlafe bei Britta.« Katie stockte. »Du, Mama, was ist mit Andrés? Er ist so komisch!«

»Ich denke, er ist nicht da?«, fragte Clara nach und ärgerte sich über ihren erhöhten Pulsschlag.

»Er war da und hat mit Britta geredet. Und dann war er komisch.«

»Wie, komisch?«

»Er hat überhaupt nicht mit mir gespielt. Er hat mich nur an sich gedrückt. Auch kein *Memory*.«

Trotz allem musste Clara lächeln. In *Memory* war Katie die absolute Queen. Und zu diesem Spiel wurde jeder zu jeder Zeit verdonnert.

»Ach«, sagte sie, »dann hat er es vielleicht eilig gehabt.«

»Er war komisch!«, beharrte Katie.

Clara verzog das Gesicht. Wahrscheinlich hatte er seine Klamotten gepackt und sich von Katie verabschiedet, deshalb die Umarmung. »Und wo ist Britta?«, fragte sie, um Katie abzulenken.

»Sie kauft ein«, erklärte Katie. »Aber ich wollte nicht mit. Ich male hier mit Sebastián eine neue Ecke.«

»Mit Sebastián?«, wunderte sich Clara. »Wieso denn das?«

»Ich gebe ihn dir!«

Sebastián probierte gerade noch eine Farbkombination aus, die ihm für den Durchgang zur Terrasse eingefallen war. Offensichtlich glaubte er, dass Clara eine geschäftliche Reise machte. In gewissem Sinne stimmte das ja auch, dachte Clara und erzählte ihm, dass sie in einigen Einrichtungshäusern gewesen war.

»Interessant«, sagte Sebastián. »Ich bin neugierig, was Sie aussuchen werden!«

Komisch. Las er keine Zeitung? Hatte ihn Britta tatsächlich nicht eingeweiht?

»Ich bin noch ein bisschen im Zweifel«, sagte Clara vorsichtig.

»Ich auch«, lachte er. »Aber es ist ein tolles Experiment. Vielleicht male ich Sie in der Eingangshalle als sexy Nixe, die sich hinter einer Koralle versteckt.«

»Unterstehen Sie sich!«, sagte Clara. Die Peinlichkeit wollte sie sich erst gar nicht vorstellen. Nicht nur das Bild, sondern auch Andrés, der täglich daran vorbeigehen würde, oder Maria José, die wahrscheinlich einen Eimer eiskalten Gazpacho darüber klatschen würde.

»Die Alternative ist der Wald …«

Sie wusste, was er meinte, aber das war Erpressung. »Weder noch!«, sagte sie streng.

»Schade«, bedauerte er und fügte nach einigen Sekunden hinzu: »Ist es okay, wenn Ihre Tochter das Schlafzimmer auch anpinselt?«

»Das was?« Clara riss sich zusammen. »Nein, natürlich nicht!«

»Sie tut es aber schon!«

Für den Abend hatten sie sich bei Kitty verabredet. Es war seltsam für Clara, nun alle in ihrem normalen Umfeld kennenzulernen. Dass die vierzigjährige Lizzy drei Kinder hatte, wusste sie zwar, konnte es sich aber nicht vorstellen. Eigentlich wäre sie lieber zu ihr nach Hause gegangen, allein um einen Eindruck von ihrem Leben zu bekommen, aber Lizzy wehrte ab.

»Weißt du, wie es da zugeht? Zwei pubertierende Gören, das wünscht du nicht mal deinem schlimmsten Feind.«

»Da gibt es einen guten Spruch«, gab Tina zum Besten. »Widersprich nie einem Teenager. Warte ab, dann tut er es selbst.«

»Hi, hi«, lachte Kitty, »wo hast du den denn her, du kinderloses Wesen?«

»Na, du musst dich aufspielen, hast es ja selbst noch zu keinem Eigenprodukt gebracht!«

Sie hatten Clara bei Ellen abgeholt, weil sie als Einzige kein Auto hatte.

»Kitty wohnt in einer völlig anderen Ecke als wir. Also machen wir ein Sammeltaxi, zurück fährt Tina«, bestimmte Lizzy, die am Steuer saß.

»Neigst du nicht zu Ohnmachtsanfällen?«, erinnerte sich Clara dunkel. »Jedenfalls hast du auf Mallorca so was behauptet.«

»Ja.« Tina nickte. »Aber nicht immer.«

»Ist ja super beruhigend«, sagte Clara von hinten und tätschelte Lizzy leicht die Schulter. »Aber du hast keine Probleme beim Fahren, oder?«

»Ich fahre nicht besonders gern, aber zum Laufen ist es definitiv zu weit!« Lizzy hatte sich eine Brille auf die Nase gesetzt und fuhr ziemlich angespannt durch die Innenstadt.

Clara ließ sich zurücksinken. Komisch, dachte sie, dabei war Autofahren doch wirklich eine leichte Übung.

Kitty wohnte in einem ansprechenden Mehrfamilienhaus mit Rundbögen und großen Fenstern. Kein echter Altbau, aber auf Altbau getrimmt.

»Schön«, sagte Clara beim Aussteigen.

Lizzy nickte. »Ja, da hat sie Glück gehabt. Die Wohnung ist nicht groß, aber für sie und sonst wen reicht es.«

»Sonst wen?«, fragte Clara und begann das Papier von dem Blumenstrauß zu lösen, den sie gemeinsam für die Gastgeberin gekauft hatten.

»Na ja, zwischendurch hat sie schon mal einen da«, erzählte Tina und zog den Reißverschluss ihrer Lederjacke auf. »Sie ist ja nicht lesbisch!«

»Aber du!«, grinste Clara.

»Ich schon.« Es kam so prompt und überzeugend, dass Clara sich nicht sicher war. Obwohl, warum nicht? Tina war ein männlicher Typ, kleidete sich gern in Leder, gab stets die Burschikose – aber hatte sie auf Mallorca nicht mit Männern geflirtet? Oder zumindest getanzt? Clara konnte sich nicht erinnern – und wenn schon, was hätte es ausgesagt?

Tina hielt ihr die Haustür auf und lächelte süffisant. Sie hatte ihren Lederkragen aufgestellt.

Warum nicht, fragte sich Clara noch einmal, aber sie spürte, dass sie Tina sofort mit anderen Augen sah. Und wenn sie nun etwas von ihr wollte, wie sollte sie reagieren? Wie war das überhaupt so, mit einer Frau? Sie hatte noch nie darüber nachgedacht. Vielleicht sollte sie das einmal tun. Zeit wäre es ja, nach all den Enttäuschungen mit Männern.

Kitty wohnte im ersten Stock, und als sie die Tür öffnete, zog ein feiner Duft auf den Flur hinaus.

»Alles Weight Watchers«, sagte sie in die Runde, bevor jemand überhaupt einen Gruß loswerden konnte, »keine Angst!«

Sie lachten, und Clara überreichte die Blumen, einen brombeerfarbenen Strauß. »Den hat Lizzy gekauft«, sagte sie sofort.

»Nein, ich«, widersprach Clara. »Um diese Jahreszeit sind Tiger so schwer aufzutreiben!«

Die Wohnung hatte hohe Wände und Stuckimitationen an den Decken. Kitty hatte für die Wände zarte Töne gewählt, Champagner, Zartgelb und Zartrosa, und als ob sie Claras Erstaunen bemerkt hätte, sagte sie: »Die Raubkatze findest du im Schlafzimmer, falls du die suchst!«

Clara fühlte sich ertappt, und die anderen lachten. »Tatsächlich«, sagte sie, »erschienen mir die Farben im Vergleich zu dir etwas gedämpft. Aber sehr schön, sehr gemütlich!«

Ein großes Sideboard aus dunkelrotem Lack beherrschte die eine Wand, eine Couchgarnitur aus hellen Leinenelementen die andere. Und in einem Erker stand ein runder Tisch, den Lizzy mit silbernen Kerzenleuchtern und hellem Porzellan auf dunkelroter Tischdecke festlich geschmückt hatte. Die Wohnung war tatsächlich zum Wohlfühlen.

»Fein«, sagte Kitty, »dann kommt, Aperitif gibt es in der Küche. Ich muss auf meine Empanadas aufpassen!«

»Weight Watchers?«, fragte Clara spöttisch.

»Wir rechnen halt«, erklärte Tina. »Alles ganz einfach! Man hat es schnell raus.«

Clara warf ihr einen Blick zu. Wirklich ernst konnte Tina ihre Zugehörigkeit zu den Weight Watchers doch wohl nicht nehmen? Für ernsthaftes Punktezählen war sie doch viel zu schlank.

Kitty nahm vier langstielige Sektgläser vom Küchenbrett. »Rosé«, sagte sie. »Streng nach Weight Watchers.«

»Ich glaube, ihr verarscht mich«, sagte Clara und hob das Glas hoch.

»Ein Glas Sekt hat eineinhalb Punkte«, klärte Lizzy auf. »Prost, Mädels!«

»Dann darf ich zwei trinken«, sagte Tina sofort.

Clara stutzte. »Drei Punkte sind wie viel Promille?«, fragte sie.

Aber Lizzy schüttelte den Kopf. »Null komma fünf Promille geben jedenfalls vier Punkte, wenn man nicht gerade einen Unfall verursacht.«

»Aha.« Clara trank einen Schluck. »Schmeckt gut, und wenn wir gar nicht mehr durchblicken, dann nehmen wir einfach ein Taxi!«

Die Empanadas übertrafen alles, was Clara jemals in Spanien an Empanadas gegessen hatte. Der Blätterteig war hellbraun und knusprig, die Füllung aus Hackfleisch perfekt gewürzt mit einer leichten Schärfe. Am liebsten hätte sie alle alleine gegessen, aber Tina hielt gut mit, während sich Lizzy und Kitty merklich zurückhielten.

»Kinder, das ist erst die Vorspeise«, warnte Kitty, denn noch immer standen sie in der Küche, aßen die Empanadas aus der Hand und alberten herum. »Gleich gibt es frische Petersiliensuppe, also packt euren Krempel und setzt euch an den Tisch!«

»Ist Essen nicht eine wunderbare Beschäftigung?«, fragte Clara, während sie den Suppentopf hinaustrug.

»Liebe ist auch nicht schlecht«, sagte Tina und zwinkerte ihr zu.

Clara grinste schräg.

Lizzy und Kitty kamen schäkernd hinterher.

»Ich habe Rotwein ausgesucht«, sagte Lizzy, »ich hoffe, das ist euch recht!«

»Und du willst tatsächlich zurückfahren?«, vergewisserte sich Clara noch einmal bei Tina.

»Wenn nicht, schlafen wir alle im Kitty-Sammellager,

sie hat ein großes Bett«, erklärte Tina und stupste Kitty an. »Stimmt's?«

»Klar doch!« Kitty nickte ernsthaft. »Neben der Raubkatze, du weißt schon.«

Die Petersiliensuppe war lecker. Sie war leicht, hatte Lizzy betont, und sollte nach dem Frühling schmecken, der hoffentlich auch bald in Köln ausbrach.

Kitty leckte den letzten Löffel mit spitzer Zunge ab. »Wenn ihr nicht da wärt, würde ich den Teller auch noch ausschlecken.«

»Tu dir keinen Zwang an«, forderte Lizzy sie auf und nahm den Teller vors Gesicht.

Clara schüttelte den Kopf. »Kindsköpfe«, sagte sie grinsend und wischte ihren Teller mit einem Stück Brot aus.

Tina lachte. »So, wie ich Kitty kenne, kommen mindestens noch zwei Gänge!«

Alle schauten Kitty an, die vielsagend lächelte.

Tina fasste Clara mit einer theatralischen Geste am Arm. »Weißt du, dass alle, die eine Diät machen, ständig vom Essen reden, endlos Rezepte austauschen und sich unaufhörlich überlegen, was sie essen würden, wenn sie plötzlich ihr Idealgewicht hätten?« Sie blickte vielsagend in die Runde. »Das ist wie bei einem Lottogewinn«, fuhr sie fort, »es ist die immerwährende Vorfreude!«

»Wie beim Sex«, sagte Kitty. »Danach kommt das böse Erwachen!«

»Ach, Quatsch«, rügte Lizzy. »Das kann auch schön sein!«

»Finde ich auch«, sagte Clara.

»Ach, ja?« Tina schaute sie an. »Worauf stehst du? Mehr auf die harte Nummer?«

»Also ich nicht«, erklärte Lizzy, »ich bin voll das Weibchen. Alles schön, alles sanft, romantisch mit Kerzenlicht, Rotwein und mit viel Liebe!«

»Den musst du mir mal zeigen.«

»Und wo packst du so lange deine Kinder hin?«, wollte Kitty wissen.

»Das nächste Mal zu dir!«, kündigte Lizzy an und zog kokett den Ausschnitt ihrer brombeerfarbenen Bluse zurecht.

»Okay, überredet«, erklärte Kitty. »Wann soll es denn sein?«

Lizzy holte tief Luft und schaute in die gespannten Gesichter. »Er ist neunundzwanzig, hat einen Körper wie David Beckham, seine eigene Firma, in der ich mitarbeiten werde, und er liebt meine Kinder und mich!«

Erst war es still.

»Ach, komm!«, sagte Tina dann.

Auch Kitty war zaghaft: »Wirklich?«

Clara spitzte die Lippen und hielt alles für möglich.

Lizzy lachte los. »Ihr solltet euch mal sehen!«

Kitty verzog das Gesicht. »Schade!«

»Finde ich auch«, erklärte Clara.

»Und was gibt es jetzt zum Essen?«, wollte Tina wissen.

Kitty stand auf und räumte die Teller zusammen. »Schneckenleber auf Ameiseneierpüree an Froschaugengelee«, sagte sie nebenbei. »Macht garantiert nicht dick!«

»Ja, weil es keiner isst!« Clara schüttelte sich. »Diese Diät ist sicher super erfolgreich!«

»Aber mal im Ernst«, forderte Lizzy und schenkte nach.

Kitty blieb stehen und hielt beide Hände dozierend nach oben. »Der zweite Gang, meine Damen und Herren, ein wärmendes Gericht im kalten März, leicht und bekömmlich und, da wir nichts zu vererben haben, bestimmt ungiftig …«

»Aha.« Tina schaute auf. »Fliegenpilz à la Gesche Gottfried.«

»À la was?« Lizzy hielt den Kopf schief.

»Gesche Margarethe Gottfried war die erste Serienmörderin der Geschichte«, erläuterte Tina. »Eine Giftmischerin. Sie hat fünfzehn Menschen getötet, darunter ihre Eltern, Geschwister und Kinder.«

»Wir sind nur vier«, winkte Lizzy ab.

»Und es sind Austernpilze und Champignons«, beruhigte Kitty im Hinausgehen. »Eine süßsaure Pilzpfanne!«

»Hört sich doch lecker an!«, rief Tina ihr hinterher. »Gesche tötete übrigens mit Arsen und nicht mit Pilzen.«

»Arsen über Champignons?«, wollte Clara wissen.

»Dabei kannst du mir gerade helfen.« Kitty war im Durchgang zur Küche stehen geblieben. »Ich verteile das Gericht auf die Teller, und du bist fürs scherbenfreie Transportieren verantwortlich.«

Als sie mit den gefüllten Tellern zurückkamen, klingelte Lizzys Handy.

»Sorry«, sagte sie und schaute entschuldigend in die Runde, »ich habe es nur wegen meiner Kinder an.« Sie nestelte es aus ihrer Handtasche heraus und warf einen Blick auf das Display.

»Ilse Laudinger«, las sie erstaunt und sah Kitty fragend an. »Was kann sie wollen?«

»Geh halt ran.«

»Verraten wir, dass wir gerade beim Schlemmen sind?« Lizzy zog die Augenbrauen hoch.

»Wie lange klingelt es so im Schnitt?« Clara deutete auf Lizzys Handy.

»Lauer«, meldete sich Lizzy.

Sie hörte eine Weile zu, und ihr Gesicht verdüsterte sich. »Das glaub ich einfach nicht«, sagte sie zum Schluss.

»Was ist denn?«, drängte Tina, und Kitty wies flüsternd auf die Teller: »Das Essen wird kalt!«

»Wirft sie dich raus wegen Völlerei?«, kicherte Clara und erntete vernichtende Blicke.

»Ja«, sagte Lizzy und legte einen Zeigefinger auf die Lippen, »aber was tun wir jetzt? Was hast du veranlasst?«

»Mach doch mal laut!«, zischte Tina mit einer entsprechenden Handbewegung.

»Ist gut«, erklärte Lizzy. »Ich werde es mit den anderen besprechen!« Sie lauschte noch einmal kurz, dann nickte sie. »Ja, klar, wir melden uns. Ja, danke, bis später!«

»Schöne Scheiße«, sagte sie, als sie das Handy neben ihren Teller legte.

Es war kurz still.

»Jetzt red doch endlich«, sagte Kitty dann und schob ihren Teller zur Seite.

»Also, Mädels.« Lizzy schaute Kitty und Tina an. »Unsere Fotos sind weg!«

Kitty und Tina wechselten Blicke.

»Wie soll denn das gehen?«, fragte Tina und schüttelte den Kopf. »Die können doch nicht einfach verschwinden.«

»Was für Fotos denn?«, erkundigte sich Clara.

»Na, das wäre ja …«, sagte Kitty, ohne Claras Frage zu beantworten.

»Quatsch, die hat sie verlegt! Das ist doch wohl ganz klar! Kein Mensch nimmt diese Fotos einfach so mit!«

»Wo waren sie überhaupt?«, fragte Kitty.

»Im Büro«, erklärte Lizzy.

»Was für Fotos denn?«, wiederholte Clara ungeduldig.

Kitty schaute auf ihren Teller. »Hätte Ilse mit ihrem Anruf nicht bis nach dem Essen warten können?«

Tina spielte mit ihrer Gabel und spießte endlich einen einzelnen Pilz auf.

»Sagt mir jetzt vielleicht mal jemand …« Clara blickte von einer zur anderen.

Lizzy holte tief Luft, dann hob sie ihr Weinglas hoch. »Jetzt muss ich erst mal was trinken!«

»Aber nicht alleine!«, beeilte sich Tina und griff ebenfalls nach ihrem Glas. »Du weißt, alleine trinken macht hässlich!«

Alle hoben die Gläser und stießen miteinander an.

»Auf die Fotos!«, sagte Kitty.

»Dass sie wieder auftauchen!«, fügte Lizzy an.

»Und möglichst nicht im *Express*!«, witzelte Tina.

»Auf deine Frage, Clara«, sagte Lizzy. »Die Idee kam mit der letzten *Brigitte*. Da ging es um Models. Keine schwindsüchtigen, hoch bezahlten Profis mehr, sondern Frauen wie du und ich.«

»Die Aktion kenne ich«, nickte Clara.

»Und gleichzeitig ist in dieser *Brigitte* ein Artikel über feministischen Porno –«

Clara sagte spontan: »Laura Méritt.«

Lizzy schenkte ihr einen bewundernden Blick. »Genau!«, sagte sie. »Bist halt doch eine Gelehrte … du weißt schon alles …«

»Ich kenne den Namen, aber nicht den Zusammenhang«, berichtigte Clara.

»Der Zusammenhang ist«, meinte Kitty, »dass einige von uns eine Fotosession gemacht haben. Etwas freizügiger als nur für eine Modelkarriere bei der *Brigitte*. Nicht gerade pornografisch, aber doch recht … freizügig. Fotos für einen privaten Kalender. Für einen internen Weight-Watchers-Kalender.«

»So wie der Kalender mit den Bäuerinnen?«, fragte Clara.

»Das war die Idee dahinter«, bestätigte Tina.

»Und jetzt sind die Fotos weg?«

»Das behauptet zumindest Ilse!«, sagte Lizzy.

»Du meine Fresse!«, sagte Clara, »das ist ernst.«

Vor dem Trubel des nächsten Tages flüchtete Clara in die Stadt. Die ersten Interessenten in der Wohnung ihrer Mutter hatte sie noch ertragen, aber dann wurde es ihr doch zu viel. Am liebsten hätte sie die Tür verriegelt, während ihrer Mutter der Andrang sichtlich Spaß machte.

»Wieso machst du das eigentlich nicht beruflich?«, fragte Clara. »Kaufst jede Menge Zeug günstig auf dem Flohmarkt und preist es hier als Haushaltsauflösung teurer an, das funktioniert doch astrein!«

Ellen hatte sich mit Henna einen rötlichen Ton in ihre Haare gewaschen, und Clara fand, dass ihre Mutter von Tag zu Tag kindischer wurde. Offensichtlich gefiel sie sich in der Rolle der Altachtundsechzigerin.

»Brauchst du mich noch für irgendwas?«, fragte sie ihre Mutter, als drei alternativ gekleidete Frauen eintrafen, die jedes Stück umdrehten und sich dabei tuschelnd berieten. »Mir geht das auf den Nerv«, setzte sie leise hinzu, »und außerdem gibt es Leute, denen ich von unseren Sachen gar nichts geben mag!«

»Clara«, sagte ihre Mutter in zärtlich-tadelndem Ton, »du hast dich so viele Jahre nicht darum gekümmert, fang jetzt nicht damit an.«

Clara nickte. »Du hast ja recht. Aber ich muss hier raus!«

Ellen fuhr ihr sacht über den Rücken. »Ich komme gut alleine zurecht – und wenn nicht, dann rufe ich dich an.«

Clara strich durch die Stadt. Alles war im Auflösen begriffen, eigentlich geradezu irrwitzig. Aber so etwas war ja vielleicht auch gut, wenn es gleichzeitig einen Neubeginn gab.

Den aber sah sie nicht.

Ohne sich wirklich darüber im Klaren zu sein, fand sie sich auf dem Weg nach Köln-Riehl wieder, auf dem Weg zum Zoo. Sie wollte Knuffi besuchen, das war sie Katie schuldig. Das Okapi hatte sie noch im Jahr ihrer Trennung zweitausendfünfhundert Euro gekostet, eine Patenschaft, die sie zur Unterstützung des Zoos eingegangen war. Dadurch erhielt sie ganzjährig freien Eintritt und das gute Gefühl, etwas Sinnvolles getan zu haben. Nach der Trennung hätte sie das Geld dringend für sich selbst brauchen können – aber da war es schon zu spät. Und für das neue Patenschaftsjahr würde sowieso Paul gefragt werden.

Diese Geschichten waren ein für alle Mal vorbei, sagte sie sich und spürte, wie ihr kalt wurde. Sie zog die gefütterte Jacke enger um sich und trat durch den Haupteingang. Es dauerte nicht lange, da kam das altbekannte Gefühl, ein Gefühl von Vertrautheit und innerer Balance. Sie ertappte sich dabei, wie sie sich nach Katie umdrehte, obwohl die gar nicht da war. Aber sie sah alles sehr genau vor sich, die lachende kleine Katie, die an den Gehegen und dem Affenhaus vorbeilief, um möglichst schnell zu ihrem

Knuffi zu kommen – und auch die beiden riesigen Geier, die im Übergang zwischen Freigehege und Affenhaus lebten und das Kind anfangs zum erschrockenen Stehenbleiben gebracht hatten. Doch längst kannte Katie alle und hatte vor keinem Tier mehr Angst. Nur am Regenwaldhaus kam sie nie vorbei. Und auch Clara liebte die Atmosphäre dieses Ortes, in dem der Regenwald mit seinen Pflanzen und Tieren so lebensecht nachempfunden war. Die echten tropischen Pflanzen strömten Ruhe aus, und auch die Tiere waren beeindruckend.

Clara lief auf den Spuren ihres früheren Lebens und wurde sich dessen erst bewusst, als sie an der gleichen Stelle wie Katie stehen blieb und nach oben schaute. Hier waren einmal einige Regenwaldvögel im Tiefflug über sie hinweggeflogen, und seitdem verharrte Katie immer an derselben Stelle und wartete. Früher war es richtig schwierig, sie dann von dort wieder wegzubekommen. Sie glaubte einfach, dass man nur warten müsse, dann würden die Vögel wiederkommen.

Clara war völlig gelassen, als sie wieder hinaustrat, sich am Imbiss neben dem Spielplatz aus alter Gewohnheit eine Tüte Pommes kaufte und zum Gehege der Giraffen und Okapis ging. Sie rief Knuffi sogar, aber keines der Tiere reagierte auf den Namen, und sie hätte Knuffi zwischen den anderen auch nicht herausgefunden.

Für sie sahen die Tiere alle gleich aus. Trotzdem blieb sie eine Weile stehen, beobachtete das Gehege und schoss mit ihrer Handykamera ein Foto, als die Tiere näher kamen. Jetzt könnte sie Katie zumindest zeigen, dass es Knuffi gut ging.

Das Handy piepste, als sie es wieder wegpacken wollte.

Ihr kam die Nachricht wie aus einer anderen Welt vor: *Alles läuft gut, habe jetzt auch die optische Veränderung des* Amici miei *angekündigt, das wird eine Spitzenneueröffnung! Cariños, Elena.*

Liebe Grüße, Elena, dachte Clara. Hatte Elena nicht verstanden, dass sie mit diesem Projekt nichts mehr zu schaffen hatte? Oder sind sie bereits bei der optischen Veränderung ohne sie? Clara ging ein paar Schritte weiter und las die Kurznachricht noch einmal, dann fiel ihr die Wortwahl auf: … *auch die optische Veränderung* … ja, klar, dachte Clara, die personelle Veränderung im *Amici miei* war ja hinreichend bekannt.

Es schmerzte weniger, als sie befürchtet hatte. Die Ruhe und Erhabenheit des Zoos schien zu wirken. Und ruhig war es wirklich, was aber wohl am Wetter und der Tageszeit lag.

»Was sagst du dazu?«, meinte Clara zu dem Tier, das sie als Knuffi identifiziert hatte, und als es die Ohren spitzte, fühlte sie sich bestätigt. Hatte sie Knuffi also doch entdeckt.

Sie knipste schnell noch ein Foto und steckte das Handy wieder ein. Elena diente jetzt offensichtlich ausschließlich der Sache, die Menschen schienen sie dabei wenig zu interessieren. Aber dafür hatte sie das Mädchen ja auch angeheuert. Und sie machte ihre Sache ja gut, denn wenn das *Amici miei* großen Zuspruch erhalten sollte, war das sicherlich auch Elenas geschickter Inszenierung zu verdanken.

Clara zog das Handy wieder heraus und schickte ein »Danke, freut mich« zurück. Als Kleingeist wollte sie nicht gelten. Wie es Andrés wohl ging? Aber Clara schob den Gedanken schnell zur Seite und schaute auf die Uhr.

Der Tag wollte nicht vorbeigehen, dabei war sie doch gespannt, ob sich etwas Neues ergeben hatte, ob die verschwundenen Aktfotos vielleicht sogar wieder aufgetaucht waren. Aber außer ihr waren alle berufstätig, hatten einen geregelten Tagesablauf und konnten sich erst abends wieder treffen. Und das wollten sie heute bei den Weight Watchers tun, alle Betroffenen sollten zu einer Krisensitzung kommen.

»Da kann ich aber doch gar nicht mit«, hatte Clara gestern noch eingewandt.

»Wie, da kannst du nicht mit?« Alle drei hatten sie angestarrt. »Willst du nicht?«

»Natürlich will ich, aber ich bin doch gar nicht betroffen!«

»Aber vielleicht bist du unsere Freundin? Und ein Kreativling? Möglicherweise hast du ja eine Idee!«

Unter diesem Gesichtspunkt sah die Sache natürlich wieder anders aus, und Clara hatte eingewilligt.

Clara schlenderte zum Elefantenpark. Der war wirklich gigantisch, zwanzigtausend Quadratmeter Fläche, und Clara fand es schön, dass die Elefanten hier im Familienverbund leben konnten. Sie sah den grauen Riesen eine Weile zu, dann griff sie noch mal zum Handy.

»Britta«, sagte sie, »du fehlst mir!«

»Du mir auch!« Es tat gut, die vertraute Stimme zu hören.

»Britta«, sagte Clara zögerlich, »was macht er?«

»Hör deine Mailbox ab, dann weißt du es.«

Es war ganz erstaunlich, wie zärtlich diese großen Tiere miteinander umgingen. Eine Elefantenkuh liebkoste mit ihrem Rüssel das Gesicht eines kleinen Elefanten, der ganz stillhielt und die Zärtlichkeit sichtlich genoss.

»Ich will das nicht hören. Ich muss erst mein Gleichgewicht wiederfinden!«

»Gut«, sagte Britta, »mag ja sein. Aber du solltest ihn irgendwann mal anhören, ihm eine Chance geben.«

Ein weiterer Elefant kam heran und drängte sich an die Elefantenkuh. Offensichtlich wollte er auch ein paar Streicheleinheiten abhaben.

»Was denn für eine Chance?« Clara lachte bitter. »Wozu soll ich ihm etwas geben, was er gar nicht will?«

»Du verrennst dich«, sagte Britta.

»Ich möchte ein Elefant sein!«, sagte Clara.

Ein paar Sekunden blieb es still am anderen Ende. »Ein was?«, fragte Britta.

»Ich stehe im Kölner Zoo und schau den Elefanten zu. Sie sind so groß und so schwer, und dabei berühren sie sich, als ob sie aus Porzellan wären. Es ist wunderbar!«

»Ach so, ja.«

»Der Ausdruck ›Wie ein Elefant im Porzellanladen‹ stimmt nicht. Das ist ein völliger Quatsch. Eine grobe Missachtung dieser sensiblen Tiere.«

»Hmm«, räusperte sich Britta. »Clara, bist du noch da?«

Clara schwieg. Dann holte sie tief Luft. »Ich kann nicht gegen mein Gefühl an. Und ich habe dieses verdammte Bild vor Augen. Und Maria Josés Blick. Und wie Andrés sie hält. Das war kein gestelltes Foto, das war ein Schnappschuss. Die Kamera hat die beiden erwischt. Das tut weh, und ein Bild sagt mehr als tausend Worte, Worte können lügen. Dieses Foto lügt nicht!«

»Andrés lügt nicht.«

»Paul hat auch schon gelogen.«

»Paul ist Paul, und Andrés ist Andrés!«

»Alle Männer lügen, wenn es um Sex geht. Mir tun die Mädels gerade gut, und auf Sex kann ich prima verzichten!«

»Hm«, brummelte Britta. »Ich nicht, aber mich fragt ja auch keiner.«

Clara musste lachen. »Danke, Britta, du heiterst mich immer wieder auf. Was macht meine Kleine?«

»Sie steht mit Ines in der Küche, die beiden backen Muffins.«

»Wie? Die beiden Kleinen backen? Mach keine Witze!«

»Doch, und nächste Woche will sie mit dir ein Osterlamm backen, kannst dich also schon mal darauf vorbereiten!«

Clara lächelte vor sich hin. »Prima, dann kaufe ich gleich eine entsprechende Form für den Biskuitteig!«

»Na, also. Das wird Katie freuen! Das heißt also, du kommst wieder nach Mallorca und suchst für den Osterstrauß keine neue Bleibe in Köln?«

Claras Lächeln erstarb. Stimmt, das hatte sie ja eigentlich vor. Und einen neuen Job. Weit war sie damit noch nicht gekommen.

Sie schwieg.

»Na ja«, sagte Britta schließlich, »grüß die Mädels von mir. Ich vermisse sie.«

»Und du gibst Katie bitte einen dicken Kuss. Sie soll mir einen Muffin aufheben!«

»Wirklich?«

Als Clara in die Stadtbahn stieg, um in die Innenstadt zu fahren, überlegte sie, ob sie jetzt sofort zum Arbeitsamt gehen sollte. Sie konnte ja nicht die ganze Zeit so tun, als würde sie sich engagieren, und sich stattdessen im Zoo herumtreiben. Aber wie machte man das eigentlich? Ging man da einfach hin, oder meldete man sich vorher an? Vielleicht sollte sie es erst mal über das Internet versuchen?

Ihr Laptop stand bei ihrer Mutter. Clara schwankte. Eigentlich hatte sie auf eine weitere Begegnung mit stöbernden und feilschenden Menschen keine Lust. Möglicherweise hatte ihr Laptop ja schon den Besitzer gewechselt, und auch die rote Couch war weg?

Sie sollte sich lieber ein Internetcafé suchen. Inzwischen war sie in der Schildergasse angekommen und ließ sich im Strom der Menschen treiben. Alle, die heute nicht im Zoo gewesen waren, schienen hier zu sein. Und zwar jede Altersgruppe, stellte Clara fest. Unglaublich, hatten die an einem helllichten Werktag alle frei? Waren das alles Rentner? Frührentner vielleicht? Oder alle arbeitslos?

Da fiel ihr ihr Vorhaben wieder ein, und sie fragte eine Gruppe junger Mädchen, wo hier denn ein Internetcafé sein könnte.

Die schauten sich kurz ratlos an, dann meinte eine: »Ich kenne nur das Girlspace-Internetcafé.«

»Girlspace-Internetcafé?«, fragte Clara. »Was soll denn das sein?«

Eine hübsche Dunkelhaarige mit einem Nasenpiercing zuckte leicht die Schultern. »Eigentlich für Mädchen und junge Frauen …«, sagte sie und schaute entschuldigend.

»Ah ja.« Clara nickte. »Dann danke.« Sie ging weiter und entschied, diese Geschichte auf morgen zu verschieben. Dann würde sie ihren Laptop, wenn er noch da war, auf die letzte Obstkiste stellen, sich einen Becher Kaffee machen, die Tür abschließen und ganz gemütlich in Mutters ausgeräumter Wohnung nach einer neuen Arbeitsstelle suchen. Die Aussicht stimmte sie zufrieden, und sie machte sich daran, in den vielen Geschäften nach der Backform für Katie zu suchen.

»Und? Was hast du den ganzen Tag getrieben?«, wollte Lizzy wissen, als sie sich wie verabredet um sieben vor dem Eingang zu den Weight Watchers trafen.

»Unbeschreiblich«, wich Clara aus und brauchte gar nicht weiterzuerzählen, denn Ilse Laudinger stieg eben aus dem Lift und mit ihr einige Frauen, die erregt schwatzend auf sie zukamen.

»Ach, da ist ja auch unsere falsche Julia Eisele«, rief sie und gab ihr die Hand, bevor sie die anderen begrüßte und schließlich die Tür aufschloss.

»Entschuldigung«, sagte eine stattliche Frau mit Löwenmähne zu Clara und musterte sie. »Nicht dass ich etwas dagegen hätte, aber das ist doch eine ziemlich interne Angelegenheit ...«

Clara wurde rot. Das war ja genau das, was sie ihren Freundinnen auch schon gesagt hatte.

»Ich möchte mich ja auch in keiner Weise aufdrängen«, sagte sie entschuldigend. »Ich kann auch ganz einfach wieder gehen ...«

»Nix da«, wehrte Tina ab. »Die Frau hat kriminalistische Fähigkeiten, das hat sie bereits auf Mallorca bewiesen, vielleicht hat sie als Außenstehende einen besseren Riecher als wir.«

Andere Frauen nickten, und auch Ilse Laudinger schien ihrer Meinung zu sein.

»Aber vielleicht sind die Bilder ja auch nur verlegt«, erklärte eine eher unscheinbare Frau, der Clara nie und nimmer erotische Fotos zugetraut hätte.

Ilse Laudinger ging voraus und schloss eine weitere Tür auf. »Hier, bitte«, sagte sie, »das Büro. Überzeugt euch selbst!«

Es waren insgesamt vierzehn Frauen, und dafür war das Büro dann doch zu klein, zumal einige von ihnen tatsächlich gut beieinander waren.

»Vielleicht nacheinander?«, fragte die Frau mit der Löwenmähne und drängte sich hinein.

Kitty zwinkerte Clara zu. »Wir warten vielleicht besser auf den großen Überblick zum Schluss!«

»Wenn wir den dann haben sollten«, meinte Lizzy und gähnte. »Das war heute vielleicht ein Tag.«

Clara fiel auf, dass sie nicht wirklich wusste, womit die drei ihr Geld verdienten. Kitty als Friseurin, das war klar, und Lizzy als kaufmännische Angestellte, aber das war ein weites Feld. Und Tina in einem Geschäft für Motorradbekleidung. »Falls du mal ein krasses Lederoutfit brauchst«, hatte sie Clara vorgeschlagen. »Hauteng und bei deiner Figur super sexy.«

»Sehr witzig«, hatte Clara geantwortet, »ich fahre ja nicht einmal Mofa!«

»Was war denn so schlimm?«, kam Kitty auf Lizzys Kommentar zurück.

»Äh«, wehrte Lizzy unwillig ab. »Eine Kollegin geht in die Elternzeit, und sie wollen keinen Ersatz. Ich glaube, sie würden die Stelle am liebsten ganz streichen.« Sie verzog das Gesicht. »Und dadurch, dass wir das ja auch ohne sie irgendwie schaffen, geben wir denen auch noch recht! Wir schaufeln unser eigenes Grab!«

»Und ich habe heute einer Kundin grüne Haare verpasst, das war auch nicht lustig«, sagte Kitty und rümpfte die Nase.

»Quatsch, du machst Witze!«, sagte Tina ungläubig. »Wie soll denn das bitte gehen? Beim Blondieren, oder was?«

Kitty schaute sie mit zerfurchter Stirn an. »Was denn, denkst du, ich bin eine Anfängerin?« Sie schüttelte den Kopf. »Ich glaub's nicht!«

»Ja, wie dann?«, mischte jetzt auch Clara mit.

»Eine achtzehnjährige Göre. Da kann ich nichts dagegen tun. Ich habe mir nur vorgestellt, wie es ist, wenn dein Kind morgens adrett mit hellbraunen, gepflegten Haaren zur Schule geht und nachmittags mit grünen Borsten zurückkommt. Aber ich konnte es ihr nicht ausreden.«

»Sie will halt in sein«, erklärte Tina. »Wahrscheinlich ist sie auch noch eine Einserkandidatin, und das ist schon schwer genug!« Sie grinste schräg.

»Du musst es ja wissen«, sagte Kitty.

Lizzy tippte Clara an. »Du hast doch bestimmt auch mal einen ausgeflippten Look gehabt.«

»Ich?« Clara schaute sie entsetzt an. »Ich hatte eine ausgeflippte Mutter, das war hart genug.«

Alle lachten und hätten fast Ilse Laudinger überhört, die die nächste Gruppe hereinbat.

»Stellungswechsel«, rief sie.

»Stellungswechsel passt in diesem Zusammenhang perfekt«, grinste Tina.

Das Büro bestach durch seine Schlichtheit. Die rechte Wand war bis zur Decke mit Regalen bestückt, in denen unendlich viele Aktenordner aufgereiht waren, davor stand ein einfacher Schreibtisch aus Holz, rechts und links von einigen Rollcontainern flankiert.

»An der Einrichtung hat nicht mal Ikea was verdient«,

raunte Lizzy und zeigte auf den einsamen Kaktus, der etwas verloren an der Stirnseite auf der Fensterbank stand. »Aber immerhin ein paar freudvolle Pflanzen!«

Clara musste lachen und wusste auch nicht so richtig, was sie hier eigentlich tun sollten.

»So.« Ilse Laudinger hatte sich vor dem Schreibtisch aufgebaut. »Jetzt lassen Sie mal Ihren Blick schweifen. Sie können auch gern in alle Ecken und Ritzen krabbeln. Der Ordner trägt die Aufschrift ›Kalender‹.«

Sie löste sich vom Schreibtisch und stellte sich dicht an den weißen Heizkörper, der direkt unter dem Fensterbrett angebracht war.

»Wo hat er denn gestanden?«, wollte Clara wissen, die in den Reihen der Aktenordner keine Lücke ausmachen konnte.

»Kopfhöhe, mittig«, sagte Ilse Laudinger und wies in die entsprechende Richtung.

Clara schaute hin. »Also, wenn der wirklich geklaut worden ist, muss sich jemand ganz gut ausgekannt haben«, sagte sie.

»Oder er hatte viel Zeit!«, warf Tina ein.

Clara konzentrierte sich auf die beschrifteten Rücken. Es war mühsam, weil unendlich viele Angaben darauf standen. »Wer kann hier denn alles rein?«, wollte sie wissen.

»Es gibt mehrere Coaches«, erklärte Ilse Laudinger, »aber dieses Kalenderprojekt hatte ja nicht wirklich was mit Weight Watchers zu tun. Es haben sich ein paar für das Projekt zusammengefunden, und wir von Weight Watchers fanden die Idee großartig. So wie Dove die Körper normaler Frauen für die Werbung seiner Körperlotion zeigt, wollten wir das auch machen ...«

»Aber die ursprüngliche Idee war ja einfach nur, Bewerbungsfotos für *Brigitte* zu schießen«, warf Kitty ein.

»Ja, stimmt«, bestätigte Ilse.

»Gibt es noch mehr davon?«, wollte Clara wissen.

»Logisch«, sagte Tina. »Der Fotograf hat natürlich jede Menge. Das hier war die Auswahl für den Kalender. Die haben wir letzte Woche gemeinsam zusammengestellt.«

»Ein eifersüchtiger Ehemann vielleicht?«, überlegte Clara. »Oder eine Frau, die kneifen will und nicht den Mut hatte, das vor den anderen zuzugeben?«

Die Frauen schauten einander an.

»Die hätte ihr Foto ja einfach herausnehmen können, dann hätten wir den Monat durch ein anderes ersetzt«, überlegte Lizzy laut.

»Aber durch welches, wenn wir doch überhaupt nur zwölf Frauen waren?«, gab Kitty zu bedenken.

Ilse verschränkte die Arme. »Stimmt«, sagte sie. »Lassen Sie uns zu den anderen in den Versammlungsraum gehen.«

»Das können wir gern tun«, sagte Tina, »hier ist der Aktenordner jedenfalls nicht!«

Die Frauen hatten die Stühle im Kreis aufgestellt. Ilse Laudinger trug Claras Gedanken den anderen vor und schaute in die Runde.

»Also, ich stehe zu meinem Foto«, sagte eben die Frau mit der Löwenmähne. »Vielleicht war auch jemand ganz einfach scharf auf unsere Bilder«, fuhr sie fort.

»Aber da hätte er doch nur auf den fertigen Kalender warten müssen, das wäre doch viel schöner gewesen«, sagte ihre Nachbarin.

»Okay«, erklärte eine gut aussehende Dreißigerin, »es ist seltsam, aber kein Beinbruch. Wir kennen ja unsere Auswahl, und die Bilder können wir beim Fotografen wieder zusammenstellen, dann kann er die Kalender in Auftrag geben.«

»Aber trotzdem hat jetzt irgendjemand Fotos, die er eigentlich nicht haben dürfte«, sagte Ilse Laudinger.

»Und die Frage ist, was er damit will«, fügte Clara hinzu.

»So trocken werden wir darauf nie eine Antwort finden«, meinte Lizzy.

»Das muss heute drin sein«, bestätigte Ilse Laudinger, und sie beschlossen, noch auf ein Kölsch um die Ecke zu gehen.

Einige nahmen den Lift, die anderen liefen die Treppen hinunter. »Wenigstens geht's runter und nicht rauf«, erklärte Kitty, die sich mit ihrem engen Rock und den hohen Stiefeln so schwertat, dass Clara nach vier Stockwerken mit ihr stehen blieb.

»Lass gut sein, Kitty«, sagte sie und drückte auf den Knopf, »wir warten auf den Lift.«

»Du bist doch eine wahre Freundin«, freute sich Kitty und zeigte Tina, die weiter nach unten gelaufen war und sich genau in diesem Moment nach ihr umdrehte, eine lange Nase.

»Bewegung hätte dir nun wirklich nicht geschadet«, rief Tina hoch, und Kitty äffte sie nach und strich sich den Rock glatt. »Ich bin halt klein«, verteidigte sie sich vor Clara, »und mit flachen Schuhen sehe ich aus wie das Sandmännchen vom dritten Programm.«

Clara musste lachen. »Gab es eigentlich auch mal ein Sandfrauchen?«, wollte sie wissen, aber in dem Moment hielt der Lift, und sie hatte ein Déjà-vu. Instinktiv trat sie einen Schritt zurück.

»Was ist denn?«, wollte Kitty wissen und betrachtete die Lifttür misstrauisch.

»Gerade fällt mir etwas ein«, sagte Clara und stand noch immer wie angewurzelt.

»Ja, was denn?«, drängte Kitty.

Clara schnalzte mit der Zunge. »Als ich euch besuchen kam, habe ich auch den Lift kommen lassen, weil mir zehn Stockwerke zu viel waren.«

»Verständlich«, nickte Kitty.

»Und es kam ein Typ mit einem Aktenordner heraus!«

Kitty schaute sie an.

»Aus dem Lift?«

»Aus dem Lift!«

»Von welchem Stockwerk kam er denn?«

»Ich habe nicht darauf geachtet.«

»Und wie sah er aus?«

Clara verzog das Gesicht. »Keine Ahnung. Ich weiß nur, dass er ziemlich erschrocken aussah.«

»Als er dich gesehen hat?«

Clara nickte.

»Komm, das erzahlen wir den anderen!« Kitty wollte die Lifttür öffnen, aber in dem Moment fuhr der Aufzug wieder los.

»So ein Mist aber auch!«, sagte sie. »Nach oben, das dumme Ding!«

Clara drückte erneut. »Dann muss er nach unten ja wieder an uns vorbei.«

Als er schließlich hielt, stand ein Mann im grauen Anzug drin, der sie schüchtern anlächelte und einen Schritt zur Seite machte.

Clara ging hinein, und Kitty kam zögernd nach. Clara

wusste genau, dass sie sich eine entscheidende Frage mit Müh und Not verkniff.

Zu dritt liefen sie auf die Frauenfront zu, die an der gläsernen Haustür stand und wartete.

»Ist dir der Absatz abgebrochen?«, foppte Lizzy, und die anderen lachten.

»Oder hast du jemanden kennengelernt?«, fragte die Frau mit der Löwenmähne, was dem Mann im Anzug ein gequältes Lächeln entlockte.

»Guten Abend«, sagte er zu den Frauen vor der Tür.

Sie musterten ihn, dann wichen sie auseinander und ließen ihn durch.

»Na, großartig ist der aber auch nicht«, raunte Tina, nachdem er draußen war. »Deshalb hättest du uns nicht warten lassen müssen.«

»Hört mal zu, was Clara zu sagen hat«, platzte Kitty heraus.

»Wegen des Typen?«, wollte Ilse Laudinger wissen.

»Das können wir doch gleich in der Kneipe machen«, sagte Clara und nickte Kitty zu, »der von gerade eben war es jedenfalls nicht.«

Die Meinungen waren geteilt, vor allem weil Männer mit Aktenordnern in einem Bürohaus nicht ungewöhnlich sind. Und sein Erschrecken? Er hatte mit niemandem gerechnet, da konnte man schon mal erschrecken, wenn plötzlich jemand vor einem steht.

Sie drehten die Argumente hin und her und tranken mehr Kölsch, als sie eigentlich vorgehabt hatten.

»Das Dumme ist«, sagte Clara schließlich, »dass ich mich nicht wirklich an ihn erinnern kann. So ein Durchschnittstyp im Anzug eben. Um die vierzig. Oder Mitte vierzig.

Mit dunklen Haaren. Können aber auch dunkelblond gewesen sein.« Sie schüttelte den Kopf. »Bin ich froh, dass es um keinen Mordfall geht, da sieht man mal, was man wirklich wahrnimmt. Nichts weiß ich mit Sicherheit. Außer«, sie lächelte, »dass er schlank war. Also sicherlich kein Kunde von euch.« Sie überlegte kurz. »Gibt es überhaupt Männer bei euch?«

Die unscheinbare Frau mit dem sackartigen grauen Wollkleid nickte. »Ja, durchaus. Immer mal wieder verirrt sich der eine oder andere Mutige zu uns.«

»Hm.« Clara drehte sich zum Tresen. Es war eine einfache Kneipe mit schönen massiven Holztischen, die bestimmt schon gut fünfzig Jahre alt waren. Der Wirt, ein bärtiges Schwergewicht mit eisgrauen Haaren, schaute herüber. »Wer will noch?«, fragte Clara in die Runde und streckte ihm dann eine gespreizte Hand entgegen. »Fünf«, rief sie dazu.

»Danke, ich kann zählen«, gab der Wirt zurück; die anderen lachten, aber Clara hatte gar nicht zugehört.

»Leute«, sagte sie. »Es kommt doch keiner zu euch, geht in das Büro und klaut den Aktenordner, wenn er nicht weiß, wo er was suchen muss.« Die anderen schauten sie verständnislos an, und Clara musste zugeben, dass sie das Bier schon spürte. »Die Frage ist doch eigentlich nur: Wer wusste, dass solche Fotos gemacht wurden, wer wusste, dass es einen Aktenordner mit diesen Fotos gab, und wer wusste, wo dieser Aktenordner stand?«

»Ja, stimmt«, sagte eine der Frauen. »So können wir den Kreis ganz schön eingrenzen.«

»Also«, begann die Frau mit der Löwenmähne, »bei mir ist es relativ einfach. Mein Mann und mein Freund haben den Aktenordner gesehen.«

»Dein Mann und dein Freund? Wie geht denn das?«, wollte Kitty wissen, während Ilse Laudinger erstaunt fragte: »Du hast den Aktenordner mit nach Hause genommen?«

»Haben dein Mann und dein Freund mein Foto etwa auch gesehen?«, wollte die Blasse wissen.

»Jetzt tut doch mal nicht so«, erklärte Frau Löwenmähne, »ihr hattet den Ordner doch auch dabei – und im Kalender schaut man sich die anderen Fotos ja auch an, dazu machen wir ihn doch.«

Da hatte sie recht, dachte Clara.

»Und bei euch?«, wollte Tina wissen.

»Und bei dir?«, kam die Gegenfrage aus der Runde.

»Nur ein paar Kumpels aus dem Motorradgeschäft.«

»Ich falle in Ohnmacht«, sagte die Blasse.

»Ist doch gut«, sagte die mit der Löwenmähne. »Wir können uns ruhig zeigen. Wenigstens ist was an uns dran!«

»Das kann man wohl sagen!«, kam es vom Tresen. Schlagartig drehten sich alle zum Wirt um.

»Du hast es nötig!«, rief Kitty. »Ich hätte da eine Adresse für dich!«

»Wirklich?« Der Wirt kam näher.

»Nicht, wie du meinst«, wehrte Lizzy ab. »Zum Abnehmen!«

»Frechheit!«, sagte er und drehte wieder ab.

»Weiter«, sagte Ilse Laudinger. »Wo war der Aktenordner noch, bevor er ins Büro wanderte?«

Es stellte sich heraus, dass ihn jede zu Hause gezeigt oder ihn zumindest von einer Freundin oder einem Freund hatte bewerten lassen.

»Die Idee war gut«, sagte Ilse zu Clara. »Aber das ist leider uferlos.«

»Wir schreiben das Ding ab«, beschloss die hübsche Dreißigerin. »Soll sich halt einer damit vergnügen, ist doch egal. In wenigen Wochen haben wir ihn alle an der Wand hängen.«

»An der Wand?« Die Blasse reckte sich. »Gott behüte!«

»An der Wand im Schlafzimmer von mir aus. In der Schublade nützt er ja nichts«, verdeutlichte die Dreißigerin. »Ich für meinen Teil bin stolz darauf, und ich finde, das können wir alle sein. Wir waren mutig, und wir sind mehr aus uns rausgegangen, als wir es je für möglich gehalten hätten. Das kann nicht jede!«

»Stimmt!«, bestätigte Clara. »Ich wäre viel zu feige dazu!«

»Und zu eckig«, sagte Kitty, schlug sich aber sofort mit der Hand auf den Mund.

»Warum haben Sie denn eigentlich nicht mitgemacht?«, wollte Clara, ohne auf Kitty zu reagieren, von Ilse Laudinger wissen.

»Ich bin auch zu eckig«, grinste sie und zog etwas an ihrem weiten Pullover. »Ich bin ein bisschen übers Ziel hinausgeschossen. Dafür darf ich nun eben ein Kölsch mehr trinken. Und außerdem wäre es mir jetzt nach einer Ähzezupp met Brökkelche.«

»Gibt's das auch in Deutschland?«, wollte Clara wissen.

Eine Frau neben ihr lachte. »Das ist eine einfache Erbsensuppe mit Brotstückchen. Aber sie isst es ohnehin nicht, weil sie uns den Mund nicht wässrig machen will. Auf diese Weise nimmt sie ständig ab, weil sie nie jemandem was voressen will.«

Das Problem mit dem Abnehmen hatte sie auch, dachte Clara. Wegen Andrés. Ständig hatte sie einen Kloß im Magen, und keine Mahlzeit schien anzuschlagen. Heute

Morgen musste sie den Gürtel schon wieder ein Loch enger schnallen.

Als sie kurz vor Mitternacht nach Hause kam, hatte ihre Mutter mitten im Wohnzimmer ein Picknick auf einer indischen Decke gerichtet. Ansonsten war die Wohnung leer.

»Ist ja gigantisch«, sagte Clara.

»Nicht wahr?« Ellen kam strahlend auf sie zu. »Ich habe meine ganze Vergangenheit abgeworfen. Ich kann völlig neu anfangen! Und außerdem habe ich richtig gut Geld verdient – schau, das ist unser Freudenmahl!«

»Und was ist das … so im Einzelnen?«, fragte Clara misstrauisch.

»Das sind leckere kleine Vorspeisen«, klärte Ellen sie lachend auf und breitete die Arme aus. »Und unser Festmahl kommt gleich. Ich habe natürlich auf dich gewartet!« Ellen zeigte auf zwei reichlich bestickte Sitzkissen, die rechts und links neben der Decke lagen: »Setz dich!«

Clara zog ihre Jacke aus, während Ellen in die Küche lief. So, sagte sie sich, eigentlich bist du ja müde und bettreif, aber jetzt reiß dich zusammen. Sie gibt sich solche Mühe, da darfst du sie nicht enttäuschen!

Als Ellen zurückkam, hatte sie die beiden Weingläser gefüllt und lag entspannt ausgestreckt neben der Decke. Ellen kam mit einem Tablett voller Schälchen.

»Samosa, gefüllte Teigtaschen«, sagte Ellen, »außerdem Aprikosen-Hühnchen-Curry, Auberginen mit sieben Gewürzen, Auberginen mit Krabbencurry und Bhuna Gosht, scharfes Lammcurry.«

»Wow!« Clara spürte, wie ihr Magen zu knurren begann. Unglaublich, dachte sie, so ein Magen ist doch wie ein Hund. Kaum hält man ihm was vor die Nase, fängt er an zu bellen. »Kann ich dir helfen?«

»Nein, ich freue mich ja so, dass du da bist und dass wir das hier gemeinsam erleben.«

Das stimmte, dachte Clara. Wer hatte schon das Vergnügen, mit seiner Mutter zwischen Räucherstäbchen und indischen Gewürzschälchen auf dem Fußboden zu liegen.

»Du bist die Größte«, sagte sie und setzte sich auf. »Und irgendwie bist du die Jüngere von uns beiden. Mir tut schon jetzt der Ellbogen weh!«

Ellen lachte, stellte das Tablett ab und verteilte die Schüsseln zwischen ihnen auf dem Boden. »Einen Tisch kann ich dir leider nicht mehr bieten. Aber immerhin noch das Bett. Und das schien mir wichtiger!« Sie hielt den Kopf schief, und das Kerzenlicht malte lausbubenhafte Züge auf ihr Gesicht. »Immerhin, Teller und Besteck haben wir auch noch!« Sie griff hinter sich und nahm beides vom Tablett.

»Ich find's toll«, sagte Clara und hob das Glas. »Du bist toll! Du bist wahrscheinlich die durchgeknallteste Mutter dieser Welt!«

»Ich fasse das als Kompliment auf«, sagte Ellen und stieß mit Clara an. »Und jetzt iss und erzähl mal, was dir der Tag so gebracht hat.«

Die Gerichte hatte Ellen von ihrem indischen Stammlokal zur Feier des Tages liefern lassen, und sie waren köstlich. Nach einer Weile musste Clara ihren Gürtel öffnen und freute sich darüber. »Ich hatte schon Sorge, ganz vom Fleisch zu fallen.«

»So hast du auch ausgesehen ...«

Dann erzählte Clara von ihren Freundinnen und dem Kalender.

»Weißt du«, Ellen schaute auf, »mit ihrem Kalender sind deine Freundinnen gar nicht allein. Kennst du die Seifenaktion in Holland?«

»Seifenaktion in Holland?« Clara schob sich eine gehäufte Gabel in den Mund. »Mh, die Sauce ist so köstlich! Diese Gewürze sind einfach unvergleichlich!«

»Freut mich, wenn es dir schmeckt.« Ellen strich sich die Fledermausärmel ihres Saris zurück und lud sich noch einmal den Teller voll. »Ja, in Amsterdam fing es an, mit der Projektion der Bilder an einem Hotelgebäude – riesig groß warb eine Seifenfirma mit nackten Models, die alle über fünfundvierzig waren. Von dort aus ging die Kampagne durchs ganze Land – mit großem Erfolg.«

»Gut so«, sagte Clara, »da könntest du dich doch bewerben. Ich bin leider noch zu jung!«

Das Handy riss Clara aus dem Schlaf. Unwillig drehte sie sich noch einmal um und zog die Daunendecke mit, spürte aber gleich den Widerstand von der anderen Seite. Sie grunzte. Der Kampf um die Decke, wie sie das hasste, mit einem Ruck riss sie sie an sich.

»He!«, kam der Aufschrei von der anderen Seite.

Huch, eine weibliche Stimme, sie war ja gar nicht auf Mallorca, sondern in Köln. Und lag nicht mit Andrés, sondern mit ihrer Mutter im Bett. Andrés. Der Gedanke an ihn versetzte ihr einen Stich.

Oh Gott, warum tat Eifersucht eigentlich so weh? Was war es? Der Schmerz, jemanden zu verlieren, oder war es das Gefühl, ihn nie wirklich besessen zu haben? Waren es eher die Träume, die nun nicht erfüllt wurden, oder ging es um den realen Menschen? Wollte sie den Mann einfach nicht hergeben, so wie ein Kind sein Spielzeug verteidigt? Nach dem Motto: Was ich einmal habe, ist mein Eigentum, mein Besitz mit allen Rechten? Oder ging es um den Verlust der Bilder, die sie sich selbst gemalt hatte? Heile-Welt-Bilder?

»Kind!«, kam es von der anderen Seite. »Dein Handy klingelt.«

Ja, tatsächlich. Es klingelte wieder und blinkte unübersehbar. Schlaftrunken fischte Clara danach.

»Mitten in der Nacht!«, stöhnte sie.

»Es ist schon heller Vormittag«, klärte ihre Mutter sie auf, die sich eben den Wecker vor die Augen hielt. »Das liegt an den Jalousien, die schließen gut.«

»Woran auch immer«, brummelte Clara und hatte ihr Handy endlich am Ohr. »Flockheimer«, nuschelte sie.

»So!«, kam gestochen scharf die Antwort, sodass Clara das Handy etwas vom Ohr weg hielt. »Jetzt ist es also klar! Der Kerl stellt uns ins Internet!«

Clara drehte sich zu Ellen um. Die hatte sich inzwischen aufgesetzt und hielt die hart erkämpfte Decke mit ihren angewinkelten Knien fest.

»Was?«, fragte Clara verwirrt

»Clara!«, kam es laut vom anderen Ende. »Aufwachen! Hier ist Tina!«

»Ah ja, Tina! Guten Morgen!«

»Guten Morgen aber auch!« Es war kurz still. »Liegst du alleine im Bett?«

»Nein, mit meiner Mutter!«

»So, so.« Kurze Pause. »Geht mich ja auch nichts an. Hast du mitgekriegt, was los ist?«

»Der Kerl stellt uns ins Internet, hast du gesagt«, wiederholte Clara müde.

»Ja! Super! Erfasst!« Es kam zu laut und zu unecht.

»Und wieso?«

»Bist du noch nicht ganz da?«, wollte Tina wissen.

Nein, das war sie tatsächlich nicht. Erst das Kölsch ohne Essen, dann der Rotwein mit zu viel Essen und zum Schluss noch ein indischer Schnaps, das hatte sie umgehauen.

»Nein, bin ich nicht, aber wenn du vielleicht langsam … und vor allem leise sprechen könntest?«

»Gib mir mal deine Mutter!«

Folgsam reichte Clara das Handy hinüber, und Ellen hörte erst mal zu.

Wieso kann sie eigentlich mehr ab als ich?, dachte Clara und fasste sich an den Kopf. Sie hatte einen ordentlichen Brummschädel.

»Ich werde ihr das erklären«, sagte Ellen schließlich. »Wollt ihr zu uns kommen? Ein paar Kissen habe ich noch, und die Pizzeria um die Ecke liefert frei Haus.«

Jetzt auch noch Pizza, dachte Clara und spürte ein flaues Gefühl im Magen.

»Ja, klar, Mittagszeit, kein Problem«, hörte sie ihre Mutter sagen.

Kein Problem?, dachte Clara. Sie fühlte sich von Kopf bis Fuß wie ein einziges Problem.

Aber Ellen scheuchte sie gleich darauf aus dem Bett. »Hopp, hopp, es ist elf Uhr vorbei, deine Freundinnen kommen um zwölf, dann muss alles gerichtet sein. Die haben nicht so viel Zeit!«

Clara setzte sich auf. Warum um Teufels willen musste sie eine solche Mutter haben?

»Ich kann nicht«, sagte sie. »Jedenfalls nicht so schnell. Ich muss erst duschen.«

»Dann aber dalli, dalli!«

Dalli, dalli, dachte Clara, dabei hatte ihre Mutter früher doch angeblich das Kleinbürgerliche gehasst. Und stand Hans Rosenthal mit seinem »Dalli, dalli« in den überheizten Plüschwohnzimmern der Siebzigerjahre nicht gerade dafür?

Ganz so revolutionär war Ellen dann wohl doch nicht.

Clara quälte sich aus dem Bett und tapste ins Badezimmer. Immerhin, ihre Handtücher hingen noch da, und ihre Kosmetiktasche war der Verkaufswut ihrer Mutter auch entgangen.

Clara stand gerade unter dem warmen Wasserstrahl und überlegte sich, ob eine kalte Dusche in ihrem Zustand vielleicht sinnvoller wäre, als ihre Mutter hereinkam. Sie war bereits fertig angezogen und zog den Plastikvorhang zur Seite.

»Was mir gerade einfällt – ich kann doch unmöglich Pizzen bestellen, wenn die alle am Abnehmen sind. Soll ich nur grünen Salat …?«

»Untersteh dich«, sagte Clara unter dem Rauschen des Wassers hervor, »die bringen dich um!«

»Ach?« Ellen schien erstaunt.

»Ja! Die rechnen das schon irgendwie wieder hin!«

»Gut.« Ellen nickte ihr zu. »Dann mach voran. Es ist kurz vor zwölf!«

Die Pizzen trafen nur wenige Minuten vor den Gästen ein.

»Hm«, sagte Kitty, »was für ein Duft durchs Treppenhaus zieht. Ich bin wie magnetisiert hinterhergelaufen!«

»Danke für die Einladung«, strahlte Lizzy und hielt ein Röschen hoch. »Zu mehr reichte die Zeit nicht!«

»Schön, auch mal hier zu sein«, ergänzte Tina, aber dann musste sie lachen. »Sieht ein bisschen nach Räumungsverkauf aus.«

»Wie auch immer, ich freu mich, dass ihr da seid«, sagte Ellen charmant. »Der Tisch ist gedeckt!« Damit wies sie auf die indische Decke, auf der die aufgeschnittenen Pizzen in ihren Pappschachteln warteten.

»Nehmt euch ein Kissen«, sagte Clara und überlegte, wie es Kitty mit ihrem engen Röckchen wohl anstellen würde.

Aber sie war die Erste, die saß. Grazil winkelte sie die Beine mit ihren hohen Schuhen an und zwinkerte Clara zu. »Deine Mutter ist eine echte Bereicherung«, sagte sie.

Stimmt, dachte Clara. Sie selbst hätte so schnell nichts zustande gebracht – aber ihre Mutter hatte alles perfekt arrangiert. Sogar die Räucherstäbchen brannten.

»Ja, sie ist sehr praktisch veranlagt«, bestätigte Clara und goss sich erst einmal ein großes Glas Wasser ein.

Als sie Britta, Kitty, Lizzy und Tina im Sommer auf Mallorca kennengelernt hatte, war das eigentlich nur eine Ferienbekanntschaft. Es erstaunte sie immer noch, was sich da aus diesen bescheidenen Anfängen alles entwickelt hatte.

»Also, dann lasst mal hören«, sagte sie, aber ein Blick in die Runde zeigte, dass sie damit noch etwas warten musste. Alle hatten sich gesetzt und hielten eine käsereiche Pizzaecke in den Händen.

»Hier sind Servietten«, sagte Clara und schob den Stoß in die Mitte. Den Hinweis, dass man eine Pizza auch mit Messer und Gabel essen könne, verkniff sie sich.

Schließlich fing Lizzy zu erzählen an. »Das ist der Knaller«, sagte sie und suchte sich eine neue Sitzposition. »Luisa hat heute Morgen angerufen. Und zwar alle. Sie glaubt, dass diese ganze Geschichte gegen sie gerichtet ist.«

»Wieso?«, fragte Ellen, und Clara schob ein »Wer ist Luisa?« nach.

»Luisa ist Religionslehrerin«, erklärte Kitty. »Katholisch. Und sie kandidiert für ein Amt in ihrer Kirche. Ich habe vergessen, wofür. Aber mit einem entsprechend kessen Foto wäre das natürlich alles hinfällig!«

»Ach, je«, sagte Ellen. »In Zeiten von Margot Käßmann ist so was doch nicht mehr vorstellbar. Die ist geschieden, zieht vier Töchter alleine groß, hat eine Krebskrankheit überstanden und bekleidet trotzdem das höchste Amt, das die Kirche zu vergeben hat.«

»Die evangelische Kirche!«

»Ja, dann soll diese Luisa halt in Gottes Namen konvertieren. Eva war auch nackt.«

Lizzy musste lachen.

Clara winkte ab. »Und wieso glaubt Luisa, dass sich die Sache gegen sie richtet?«, wollte sie wieder zum Thema zurück. Sie konnte noch nichts essen. Ihr setzte schon der Käsegeruch zu.

»Es gab heute früh einen Anruf in ihrer Schule, und die Schulsekretärin hat ihn für sie notiert. Kalenderzeit im Internet, soll der Mann gesagt haben. Er nannte weder Namen noch Telefonnummer.«

»Was kann man jetzt tun?«, wollte Kitty wissen. »Die Polizei einschalten?«

»Na, dann haben wir gleich den *Express* am Hals«, winkte Tina ab.

»Aber im Ernst«, sagte Ellen und schob Kitty eine Schnitte zu, die sie dankend ablehnte, »ihr könnt jetzt doch nur abwarten. Wenn er was Konkretes will, meldet er sich.«

Der Nachmittag war lang, und Clara setzte sich an ihren Laptop und surfte kreuz und quer durch Stellenangebote. Zwischendurch ertappte sie sich, wie sie ihre Mails nach einer Nachricht von Andrés durchforschte, aber obwohl drei gekommen waren, verließ sie augenblicklich der Mut, sie zu lesen, und sie schloss ihren Posteingang wieder. »Ich weiß nicht«, sagte sie schließlich zu ihrer Mutter. »Da wird alles gesucht, OP-Pflegepersonal und ein Leiter für Lager und Versand, ein operativer Objektleiter für Management und Projekte und eine Rechtsanwaltsfachangestellte, eine Tierpflegerin und eine Direktverkäuferin – aber wenn ich Innenarchitektin eingebe, bekomme ich überall null Jobs. Das kann doch nicht sein!«

»Vielleicht solltest du dich doch einmal beraten lassen«, schlug Ellen vor, die gerade in ihren alten Tagebüchern las.

»Du meinst, ich soll zum Arbeitsamt?«

»Zur ›Agentur für Arbeit‹.«

Clara stand auf. »Magst du auch einen Kaffee?«

»Ja, aber nur den löslichen. Das passt gerade zu meiner Stimmung.«

»Bist du gerade in Woodstock?« Clara blieb stehen und schaute zu ihrer Mutter, die mit dem Rücken an der Wand saß und ihrem Gesichtsausdruck nach in schönen Erinnerungen schwelgte.

»Für Woodstock gäbe ich alles«, sagte Ellen träumerisch und schaute auf.

»Das kann ja nicht mehr viel sein«, sagte Clara und ging durch das leere Zimmer in die Küche.

Eine Stunde später war Clara unterwegs. Sie hatte sich einen anderen Plan gemacht: Sie wollte in eine Galerie, die sie von früher kannte, vielleicht gab es ja dort Arbeit für sie, und dann wollte sie endlich Sarah aufsuchen, Katies kleine Freundin. Sie erinnerte sich an ihr Gespräch mit Katie, als sie auf Mallorca vor einer großen Jacht am Kai standen und Katie sie fragte, ob Sarah da auch einmal mitfahren dürfe. Und dass Sarah mit ihren Geschwistern mittags in einer Suppenküche äße, weil ihre Eltern nicht so viel Geld verdienten wie ihr eigener Vater, und warum denn Paul mehr verdiene, wo doch auch Sarahs Vati hart arbeite.

Das hatte Clara beschäftigt, und eigentlich beschäftigte es sie noch. Sie wusste nicht so richtig, wie sie das mit Sarah anfangen sollte, denn sie selbst kannte die Kleine nicht. Katie hatte sie auf dem Spielplatz kennengelernt. Aber immerhin hatte sie Sarahs Adresse.

Je mehr sie darüber nachdachte, umso dringlicher erschien ihr diese Mission. Und als sie noch ein paar Schritte weiterging, änderte sie ihren Plan.

Sie kannte alle Kölner Galeristen, und eigentlich war es unter ihrer Würde, sich jetzt dort als Bittstellerin sehen zu lassen. Mit Bekannten von damals gab es nur peinliche Konversationen, das konnte sie sich genauso gut sparen.

Vielleicht war ihre gesamte Idee von einem Job in Köln auch blöd und das hier sowieso nicht das richtige Pflaster für einen Neubeginn. Sie hatte ja auch schon einmal an Berlin gedacht, andererseits hing sie an Köln. Und eben auch an Tina, Lizzy und Kitty. Berlin war zu weit weg.

Vielleicht sollte sie sich einfach beruflich umorientieren, etwas völlig anderes machen: bei Tina Motorradklamotten verkaufen oder sonst was in der Art. Es musste ja nicht die Kunsthistorikerin sein, die eine entsprechende Stelle suchte.

Clara blieb stehen. Jetzt sollte sie sich entscheiden: Sarah musste hier unmittelbar um die Ecke wohnen, denn Katie hatte sie hier, als sie bei Ellen war, auf dem Spielplatz kennengelernt. Entweder zu ihr oder jetzt direkt in die Stadtbahn zum Zentrum.

Clara war hin und her gerissen. Konnte sie da so einfach hin? Vor allem ohne Geschenk.

Die Straße mit dem grauen Häuserblock hatte sie schnell gefunden. Er lag hinter dem Mehrfamilienhaus ihrer Mutter, und es war nicht viel Mühe darauf verwendet worden, um den Kasten etwas freundlicher zu gestalten. Schade, dachte Clara. Etwas Farbe und mehr Grün, das würde das Bild doch schon sehr ändern. Sie ging langsam auf das Haus zu, weil sie sich noch immer nicht im Klaren war, was sie da eigentlich wollte. Einen Gruß ausrichten, schön. Aber das war ein bisschen dürftig, schließlich telefonierten die Mädchen ja auch ab und zu. Sarah und ihre Geschwister auf einen kleinen Ausflug mitnehmen. Einmal McDonald's rauf und runter. Aber vielleicht kam das bei den Eltern gar nicht so gut.

Sie beschloss, es darauf ankommen zu lassen. Vielleicht gab es ja etwas, bei dem sie helfen konnte, wer weiß.

Sie ging schneller, zumal auch der kalte Wind stärker wurde. Nicht mehr lange, dachte sie, und es wird schneien. Wollte der Frühling in diesem Jahr gar nicht kommen? Sie sah zu den kahlen Bäumen am Straßenrand, die sich kaum gegen den grauen Himmel abhoben. Wo war das erste zarte Grün? Auf Mallorca war es bestimmt schon angenehm warm, und Britta saß sicherlich in einer leichten Bluse auf der Terrasse. Ach, Mallorca, dachte sie. Ach, Andrés!

Aber sie verbot sich den Gedanken schnell und schlug den Kragen ihrer Jacke hoch.

212 c hatte sie sich notiert und Sarahs Nachnamen: Römer. Die Buchstaben standen groß über den Eingangstüren, die ansonsten völlig gleich aussahen. Clara ging zu c und las die Klingelleiste von unten nach oben. Römer fand sie im dritten Stock. Verhalten klingelte sie, und als nichts geschah, drückte sie fester auf den Knopf. Es tat sich noch immer nichts, aber vielleicht war die Tür ja offen?

Clara stemmte sich dagegen, und die Tür sprang auf. Das Treppenhaus war mit allen möglichen Gerätschaften vollgestopft. Vom Kinderwagen bis zu einem Autogepäckträger, der wie ein Sarg neben einem umgekippten Cityroller stand, fand sich hier alles. Sogar ein Rasenmäher, wo es hier doch gar keinen eigenen Garten gab. Über allem mischten sich die unterschiedlichsten Gerüche.

Clara stieg die Treppen hinauf. Im dritten Stock blieb sie stehen. Drei Paar Kinderstiefel zeigten ihr, dass hier wirklich Not herrschte. Alle drei hatten offensichtlich einen langen Winter hinter sich.

Clara klingelte. Zuerst hörte sie nichts, dann das typische Geräusch wispernder Mädchen, wenn sie neugierig waren, aber trotzdem nicht öffnen wollten. Ein Giggeln und Lachen und sicherlich auch Geschubse hinter der Tür.

Ob jemand durch den Spion schaute, wusste sie nicht, aber plötzlich ging die Tür einen Spaltbreit auf.

»Ja?«, sagte eine männliche Stimme.

Darauf war Clara überhaupt nicht gefasst. »Ich bin Clara Flockheimer«, sagte sie in den Türspalt hinein, »die Mutter von Katie. Katie und Sarah haben sich im Sommer auf dem Spielplatz kennengelernt und …«

»Au ja, Katie!«, kreischte eine helle Stimme. »Hallo, Katie!«

»Ich bin …«, fing Clara an, wurde aber sofort unterbrochen.

»Ich bin noch nicht angezogen«, sagte die Stimme hinter der Tür. »Ich hatte Nachtschicht, und außerdem bin ich krank.«

»Ach … ich …« Clara wusste nicht, was sie sagen sollte. »Ist Ihre Frau denn nicht da?«

»Sie arbeitet«, sagte die männliche Stimme knapp.

»Ja, tut mir leid, dass ich störe«, bedauerte Clara. Und in einem Anfall von Hilfsbereitschaft fügte sie hinzu: »Kann ich vielleicht etwas tun? Ich meine, wenn Ihre Frau nicht … und Sie krank sind, vielleicht kann ich helfen?«

»Ich wüsste nicht«, sagte der Mann, aber der Spalt wurde schon etwas breiter, und die erste Kinderhand tauchte auf. »Ich kenne Sie ja überhaupt nicht.«

»Aber Katie … wo ist Katie?« Jetzt zeigte sich ein Kindergesicht mit verwuschelten Haaren, das sie zuerst anstrahlte und dann suchend an ihr vorbeischaute. »Wo ist Katie?«, kam es jetzt noch einmal.

Eine saublöde Idee, überhaupt herzukommen, dachte Clara plötzlich. Jetzt habe ich auch noch Erwartungen geweckt, die ich nicht erfüllen kann.

»Katie ist nicht dabei, ich soll dir aber Grüße ausrichten«, sagte sie.

Die Enttäuschung in dem kleinen Gesicht war groß.

Die Tür öffnete sich, und jetzt stand sie dem Mann gegenüber. Er war unrasiert und trug ein Doppelrippunterhemd und eine schwarze Jogginghose. Clara schätzte ihn auf Mitte dreißig.

»Sven Römer«, stellte er sich vor und streckte ihr die Hand hin.

»Clara Flockheimer«, erwiderte Clara und ergriff sie.

»Gut, wenn Sie hereinkommen wollen.« Er trat einen Schritt beiseite. »Aber ich weiß nicht, ob das meiner Frau recht wäre.«

»Wann kommt sie denn zurück?«

»Erst heute Abend. Unsere Arbeitszeiten liegen derzeit etwas unglücklich.« Seine Miene verdunkelte sich.

Clara bückte sich zu den Mädchen. »Und ihr?«, fragte sie freundlich. »Was treibt ihr so lange?«

»Spielen«, trompetete Sarah heraus.

»Und du gehst schon zur Schule?«, fragte Clara die Älteste.

»Ja, das ist Juliane, sie geht in die erste Klasse«, antwortete der Vater. »Und das ist Sina, sie ist die mittlere Orgelpfeife.«

»Hi, hi, Orgelpfeife«, rief die Kleine sofort. »Papa! Ich bin doch keine Orgelpfeife. Ich bin ein Vorschulkind.«

Dass das schwierig war, sah Clara auf den ersten Blick. Gab es in Deutschland eigentlich keine Kinderpatenschaften?, dachte sie. Das hier wäre doch ein idealer Fall für so eine Idee. Man nimmt so ein Kind an die Hand, und schon haben es alle leichter: die Eltern, der Staat und vor allem das Kind selbst.

Sven Römer machte eine einladende Geste. »Also«, sagte er leicht verlegen, »wo Sie jetzt schon mal da sind …«

Clara trat an ihm vorbei in den Flur. Die Wohnung war geräumiger, als sie gedacht hätte, und ganz offensichtlich waren die Eltern bemüht, alles in betont fröhlichen Farben zu streichen. Was von der Wand neben der vollgestopften

Garderobe zu sehen war, war rosarot, hellgrün und pink angemalt worden, und zwei große Spiegel warfen die bunten Streifen hundertfach zurück.

»Das sind die Lieblingsfarben unserer Töchter«, sagte Sven Römer entschuldigend. »Sie konnten sich nicht entscheiden!«

»Ist doch perfekt«, lachte Clara. »Das ist jedenfalls sehr originell!«

Sarah deutete auf das knallige Pink. »Das ist meine Lieblingsfarbe. Bei mir muss alles pink sein!«

»Ja, das kann ich gut verstehen«, sagte Clara zu ihr. »Katie liebt Pink auch. Aber auch Rosarot!«

»Das ist meine Lieblingsfarbe«, krähte Sina.

Und Juliane zeigte recht erwachsen auf den hellgrünen Streifen und sagte: »Aber wirklich in ist jetzt diese Farbe!«

»Ich mach uns einen Kaffee«, schlug Sven vor und deutete auf eine weitere Tür. »Setzen Sie sich doch ins Wohnzimmer, aber bitte nicht erschrecken.«

Es gab nichts zum Erschrecken, stellte Clara gleich fest, es war einfach ein großes Kinderspielzimmer, in dem einige Möbel aus Birkenholz die ursprüngliche Nutzung als Wohnzimmer verrieten: ein großer Tisch mit sechs Stühlen, außerdem eine Couch mit einem langen Couchtisch. Auf einer stabilen Kiste thronte ein Fernseher, das war alles. Der Rest ging in einer Landschaft aus Spielzeug unter, Malutensilien, einer Holzeisenbahn, die sich durch den Raum schlängelte, und in einem ganzen Dorf aus Lego-Steinen, an dem offensichtlich fleißig gebaut wurde.

»Ist doch phantastisch«, sagte Clara, als Sven Römer mit zwei Bechern in der Hand zurückkam. »So was wünscht sich doch jedes Kind!«

»Das sieht nicht jeder erwachsene Besucher so«, sagte er und stellte die Becher auf dem Couchtisch ab, nachdem er einige Kinderbücher zur Seite geräumt hatte. »Zum großen Teil sind das unsere alten Spielsachen. Also die von mir und meiner Frau.« Er zeigte auf die vielen bunten Lego-Steine. »Damit habe ich als Kind schon gespielt.«

»Wohl dem, der Eltern hat, die so etwas aufheben«, sagte Clara und dachte über sich selbst nach. Was hatte sie noch von früher? Sollte tatsächlich noch etwas da gewesen sein, war es spätestens jetzt auf irgendeinem Flohmarkt gelandet.

»Was arbeiten Sie denn, dass Sie Nachtdienst haben?«, erkundigte sie sich. »Mir fällt dazu nur Polizei, Krankenhaus oder Radiomoderation ein.« Sie lächelte ihm zu.

»Tja ...« Sven Römer nahm einen Schluck und betrachtete sie. »Wollen Sie Zucker?«, fragte er. »Das habe ich ganz vergessen.«

»Ich hole welchen«, rief Sarah, die sich mit ihren Schwestern auf den Boden gesetzt hatte, und sprang sofort auf.

»Und bring noch die Schokolade mit«, rief ihr Vater ihr hinterher.

»Also«, sagte er und drehte seine Tasse, »ich bin derzeit Nachtportier in einem kleinen Hotel. Ich habe noch Glück, dass ich überhaupt einen Job habe. Eigentlich bin ich Informatiker, aber unsere Firma ist insolvent. Wir haben die letzte Zeit freiwillig ohne Lohn gearbeitet. Aber es hat nichts genützt.« Er lächelte bitter. »Doch wir sind ja nicht die Einzigen, die ihren Job verloren haben.«

Er schaute ihr in die Augen, und Clara erwiderte seinen Blick. Er hatte schöne nussbraune Augen mit langen Wimpern. Sie hätte ihn gern in den Arm genommen.

»Nur – meine Frau traf es zur gleichen Zeit. Es war so übel«, er hielt noch immer ihren Blick fest, »dass wir mittags mit den Kindern zur Suppenküche sind. Katie wird es erzählt haben, sie wollte unbedingt mit.« Clara nickte und hielt seinem Blick stand. »Aber wir sind keine Bittsteller, und vom Staat wollen wir auch nichts«, fuhr er fort.

Seine Worte rauschten an Clara vorbei, denn plötzlich fühlte sie etwas ganz anderes: Heißhunger. Wenn die Kinder nicht da gewesen wären, sie hätte sich auf ihn gestürzt.

Erschrocken richtete sie sich auf.

»Ich möchte Sie nicht langweilen«, sagte er sofort. »Es geht ja auch wieder bergauf!«

»Nein, ist schon gut«, sagte Clara und überlegte, ob sie dieses unvermittelte Gefühl als eine Racheaktion gegen Andrés interpretieren sollte oder ob er ihr wirklich gefiel. »Kann ich was für Sie tun?«, fragte sie.

»Nein.« Er lächelte, und sie stellte fest, dass er schön geschwungene Lippen hatte. Clara löste sich von seinem Anblick, und erst jetzt fiel ihr auf, dass alle drei Mädchen auf dem Boden saßen und sie unverwandt anschauten.

»Na, Mädels«, sagte sie mit betont fester Stimme, »kann ich für euch etwas tun?«

»Ich möchte mit zu Katie!«, erklärte Sarah sofort. »Das hat mir Katie versprochen!«

»Das kann dir Katie nicht versprechen«, dämpfte ihr Vater ihre Euphorie. »Das kann nur ihre Mutter tun. Und dann ist Katie ja auch ganz weit weg, und du bist noch zu klein, um so weit zu verreisen!«

»Ich bin nicht zu klein!«, protestierte Sarah sofort, stand auf und reckte sich. »Ich bin schon ganz schön groß!« Sie stellte sich auf die Zehenspitzen. »Alle sagen, dass ich schon ganz groß bin!« Sie schwankte etwas und schaute erwartungsvoll zu Clara. »Und du bist doch Katies Mutter. Du kannst doch Ja sagen!«

»Ja«, sagte Clara und musste lachen. »Das stimmt schon. Aber wenn ich dich alleine mitnehme, sind deine Eltern traurig, und du wirst in der ersten Nacht ganz bestimmt Heimweh bekommen – und dann sind wir so weit fort, dass ich dich nicht zu deinen Eltern bringen kann.«

Das gab Sarah offensichtlich zu denken, denn sie setzte sich wieder.

»Wenn Sie Nachtdienst haben, möchte ich Sie auch gar nicht weiter aufhalten«, sagte Clara schließlich. »Aber ich könnte beispielsweise mit den Mädchen auf den Spielplatz oder sonst einen Spaziergang durch den Park machen.«

»Der Spielplatz ist öde«, sagte Juliane.

»Im Park passiert nichts«, erklärte Sina. »Da sind nur alte Leute, und man darf nicht spielen.«

»Gehen wir in den Zoo?«, fragte Sarah, und alle schrien sofort Ja.

Schon wieder?, dachte Clara.

»Oder zu McDonald's?«, rief Sina.

»Au ja!«, brüllten alle.

»Nein, nein, das geht nicht«, wehrte Sven ab.

Aber Clara stand auf. »Super Idee!« Sie drehte sich zu ihm um. »Wenn es Ihnen recht ist, packe ich die drei warm ein, und wir marschieren los. Dann haben Sie Ihre Ruhe und die drei ihren Spaß.«

»Das kann ich doch nicht annehmen!«

»Und ob!« Clara lachte. »Und eurem Papi bringen wir aus der Apotheke ein gescheites Mittel mit. Was brauchen

Sie denn?«, wollte sie wissen. »Was gegen Halsschmerzen? Gliederschmerzen? Schnupfen?«

»Am besten gegen alles!«

Clara fühlte sich glücklich wie seit Langem nicht mehr. Sie hatte den Mädchen beim Anziehen geholfen, ihnen warme Schals umgebunden und Mützen aufgesetzt, und schließlich waren die drei fröhlich und wild durcheinanderplappernd vor ihr die Treppen hinuntergesprungen. Clara drehte sich noch einmal nach Sven um, der in der Tür stand. »Oder wollen Sie vielleicht doch Ihre Frau fragen, ob das überhaupt okay ist?«, wollte sie wissen.

»Das wäre jetzt wohl zu spät«, sagte er mit einer Kopfbewegung zum Treppenhaus hin, von wo die hellen Stimmen heraufschallten, »und außerdem freut sie sich, wenn die Kinder Abwechslung haben, da bin ich mir sicher!«

Und Clara freute sich auch. Rechts und links hatte sie Sina und Sarah an der Hand, und Juliane lief einen Schritt voraus. Sie stiegen in die Stadtbahn und fuhren ins Zentrum.

»Hui«, sagte Juliane. »Da waren wir schon lange nicht mehr.«

»Und ihr bleibt auch alle schön bei mir«, mahnte Clara, »ich möchte keine von euch verlieren!«

Weil sie schon dabei war, feierte sie mit den dreien nicht nur eine wilde Party im McDonald's mit Rutschen, Figürchen und allem, was dazugehört, sondern kaufte auch noch drei Paar neue Kinderstiefel.

»Gibst du immer so viel Geld aus?«, fragte Sina und war von ihren rosaroten Schuhen hellauf begeistert.

Es war nicht viel, dachte Clara, nicht einmal angesichts

des Umstands, dass sie sich derzeit finanziell sehr zurückhalten wollte. Außerdem war es ihr ein Herzensbedürfnis gewesen.

»Das habe ich einfach gern getan«, sagte sie, »und jetzt kaufen wir noch Medikamente für euren Vater, und dann geht es wieder ab nach Hause!«

In der Nacht schlief sie schlecht. Albträume plagten sie, und sie wachte mehrmals auf. Sie lag mit offenen Augen neben ihrer schlafenden Mutter und versuchte, die Gedanken aus ihrem Hirn zu verbannen. Ständig hatte sie Andrés und Maria José vor Augen. Wie sie miteinander am Strand spazieren gingen, Hand in Hand. Wie sie sich küssten. Wie sie sich liebten. Clara wusste, dass sie sich damit selbst quälte, aber sie konnte es nicht abstellen. Lachende Gesichter, glückliche Mienen, es brachte sie fast um. Warum bloß hatte er ihr das angetan? Wie konnte er sich auf eine Ebene mit all den anderen Männern stellen, die sich bei jeder Gelegenheit bedienten? Wie konnte er sie so demütigen? Sie hatte sich in seinen Augen als etwas Besonderes gesehen. Und jetzt war es klar, dass er dieses Gefühl auch anderen Frauen schenkte. War er schon bei Maria José eingezogen, so wie er es bei ihr getan hatte?

War sie so austauschbar?

Clara stand auf und ging ins Bad. Sie hatte Durst und ließ den Wasserstrahl direkt in ihren Mund laufen. Du musst dich zusammenreißen, dachte sie, einen neuen Weg finden. Im Moment geisterte sie wie ein Irrwisch durch das Leben anderer.

Was ging sie beispielsweise dieser Erotikkalender an?

Und auch Sarah, Sina und Juliane, war das nicht ein großes Ablenkungsmanöver? Eigentlich lenkte sie sich doch nur von sich selbst ab und befasste sich mit allem Möglichen, nur nicht mit ihren eigenen Problemen.

Clara ging im leeren Wohnzimmer auf und ab. Wie ein Tiger im Käfig, dachte sie nach einer Weile, aber sie konnte nicht anders. Und es half ihr.

Sie musste sich selbst finden, sie musste wieder zu der Clara werden, die sie gewesen war. Vor Paul und vor Andrés.

Aber wie ging das? Wie kam sie da wieder hin?

Und – war das tatsächlich erstrebenswert?

War das nicht ein Rückschritt?

Aber wenn sie stattdessen in die Zukunft schaute, welche Clara lag da vor ihr?

»Andrés! Verdammt noch mal!« Sie hörte sich schreien, bevor ihr klar wurde, dass sie tatsächlich schrie. Es hallte in der leeren Wohnung, und sie schaute erschrocken zur Schlafzimmertür.

Aber auch dieses Erschrecken war doch typisch für sie. Wütend kickte sie gegen eines der Sitzkissen. Sie war einfach eine beschissen vernünftige Bürgerliche. Hätte sie Andrés links und rechts eine runtergehauen, dann würde es ihr vermutlich heute besser gehen.

Aber nein, sie war eine Flüchterin. Immerzu haute sie ab. Erst vor Paul, dann vor Andrés. Warum konnte sie die Kerle nicht einfach packen und schütteln und so vermöbeln, dass sie nie mehr eine andere Frau anschauten?

Unsinn, dachte sie, das ist auch keine Lösung.

Da, schon wieder!, war ihr nächster Gedanke. Pazifistin! Antrainiert. Blöde Kuh! Sei mal du selbst, lass es raus! Kampfsport. Das täte ihr jetzt gut. Kickboxen. Draufschlagen.

Es war wie eine Offenbarung, und gleichzeitig spürte sie eine große Ruhe einkehren.

Sie kickte das Kissen noch einmal kräftig durchs ganze Zimmer, dann ging sie zurück ins Bett und fiel sofort in einen tiefen Schlaf.

Als sie am nächsten Morgen aufwachte, hatte Ellen bereits einen hübschen kleinen Frühstückstisch auf der letzten Holzkiste gerichtet und zwei Sitzkissen davor hingelegt. Clara wollte eigentlich ins Bad, aber als sie ihre Mutter sah, überlegte sie es sich anders. Die beiden Kerzen brannten schon, und der Kaffee war sicher schön heiß.

»Stört dich das?«, fragte sie und zeigte auf ihren gestreiften Flanellschlafanzug.

»Das hat mich die ganze Nacht nicht gestört«, antwortete ihre Mutter, »warum sollte es mich jetzt stören?«

»Weil du schon angezogen bist.«

Ellen zuckte mit den Schultern. »Hat mich so was je interessiert? Komm, setz dich«, sagte sie einladend. »Ich habe Brötchen geholt.«

»Weißt du, Mama«, sagte Clara und schaute auf das gedeckte Ersatztischchen hinunter, »ich habe das Gefühl, meine ganzen Tage hier drehen sich nur ums Essen. Und ich komme keinen Schritt weiter.«

Ellen schaute auf. »Aber ich wollte doch nur …«

»Ja, Mama, es ist auch gar nicht gegen dich.« Sie setzte sich. »Es ist ja lieb, dass du das so schön machst.« Hättest das früher mal so machen sollen, dachte sie, als ich noch ein Kind war. Aber sie sagte es nicht. Warum sollte sie ihre Mutter kränken. Vielleicht war sie mit ihrer Mutterrolle einfach überfordert gewesen.

»Hat dich deine Mutterrolle damals überfordert?«, fragte sie, während sie versuchte, auf dem Kissen eine einigermaßen gemütliche Position zu finden.

»Mich?« Ellen schaute sie erstaunt an. »Wie kommst du darauf?«

»Ich dachte, weil du doch noch so jung warst. Selber noch ein Kind.«

»Na ja.« Ellen wehrte ab. »Kind nicht gerade. Einundzwanzig. Damals gerade volljährig.«

»Zu jung eben.«

Ellen zog ihre Beine an, die heute in völlig normalen Jeans steckten, wie Clara nebenbei registrierte, und schlang die Arme um ihre Knie. Sie sieht trotz ihres dicken Rollkragenpullovers zerbrechlich aus wie ein Kind, dachte Clara plötzlich. Vielleicht wurde man, wenn man älter wurde, ja tatsächlich wieder zum Kind?

»Aus dem Grund möchte ich bei meiner Enkelin sein, und deshalb ziehe ich auch nach Mallorca«, sagte Ellen in fast trotzigem Ton.

»Aber Mama!« Clara zog den vollen Kaffeebecher zu sich. »Wenn ich in Deutschland bleibe, kommt Katie doch auch wieder nach Deutschland!«

»Hin und her, her und hin, das tut keinem Kind gut. Sie bleibt auf Mallorca, und ich ziehe zu ihr und zu Britta. Du kannst ja in Deutschland bleiben und dich selbst finden.«

Clara riss die Augen auf. »Jahrelang warst doch du die auf dem Selbstfindungstrip!«

»Und jetzt bist es eben du«, erklärte ihre Mutter und schob sich das letzte Stück ihres Croissants in den Mund. »Du kannst die Wohnung sicher noch weiter mieten, für so eine geschickte Lösung ist jeder Vermieter dankbar.«

Clara schaute sich skeptisch um.

»Das ist eine schöne Wohnung!«

»Ein bisschen kahl vielleicht«, meinte Clara vorsichtig.

»Da kannst du deiner Phantasie freien Lauf lassen.« Ihre Mutter zuckte mit den Schultern. »Kahl ist in, zwei Designermöbelchen, und schon ist die Hütte ultraprogressiv!«

Es klingelte an der Tür.

»Es gibt nichts mehr zu verkaufen!«, sagte Clara. »Ich will hier keinen mehr sehen!«

»Vielleicht ist es mein Taxi zum Flughafen«, sagte Ellen und stand auf.

»Dein was?« Clara musterte sie verblüfft.

Jeans und dicker Pullover, und die Timberland-Schnürstiefel standen an der Tür.

Clara erhob sich. »Das ist jetzt aber doch nicht dein Ernst!«

»Meine Koffer stehen bereits im Flur, und du musst doch irgendwann erwachsen werden«, sagte Ellen. »Heizung, Wasser und Strom sind für diesen Monat noch bezahlt, die Miete auch. Wenn du das verlängern willst, rufst du mich an. Ansonsten gib einfach den Schlüssel bei der Verwaltung ab, ich hab alles schon geregelt.«

»Mama!«

»Ich kümmere mich jetzt mal um dein Kind und um deinen Mann!«

»Untersteh dich!«

»Du kannst noch ein bisschen Weight Watchers spielen und dann nachkommen!«

»Du erfasst den Ernst der Lage nicht.«

»Ich erfasse dich nicht! Aber das ist zwischen Töchtern und Müttern manchmal so.«

»Wohl wahr!« Clara war hin und her gerissen. Sollte sie ihr jetzt einen Fluch oder gute Wünsche hinterherschicken? Hatte ihre Mutter nun endgültig einen Knall, oder hatte sie recht?

»Na dann hol's der Teufel!«, sagte sie.

»Nein, es ist nur der Taxifahrer«, lächelte ihre Mutter und nahm sie in den Arm. »Bis bald, mein Kind!«

Clara hörte den Taxifahrer zweimal die Treppen rauf- und runterlaufen, dann war es still.

Sie blieb auf ihrem Kissen sitzen und starrte vor sich hin. Jetzt war sie wieder allein. Wie früher. Es änderte sich nichts. Doch – das Haus war merkwürdig still. Früher war es hier immer laut gewesen. Musik von oben, Geschrei von unten. Jetzt hörte sie gar nichts. Nicht einmal das Prasseln des Regens.

Clara schaute zum Fenster. Es regnete gar nicht.

Sie würde jetzt einfach so sitzen bleiben. Irgendwann hätten sie alle vergessen, und in ein paar Jahren würde man sie als Mumie genau in dieser Haltung vorfinden. Auf dem letzten unbequemen Sitzkissen in einer ausgeräumten Wohnung.

Der Kaffee in ihrem Becher wurde kalt, aber sie schaffte es nicht, sich zu bewegen. Sie starrte den Becher an und sah durch ihn durch. Ich lege mich jetzt ins Bett und ziehe mir die Decke über den Kopf, dachte sie, aber nicht einmal dazu war sie in der Lage.

Sie lauschte in sich hinein. Was sagten ihre Gefühle?

Da war nichts.

Sie fühlte sich wie tot, und das war vielleicht sowieso das Beste.

In dem Augenblick klingelte es.

Clara zuckte zusammen und sprang sofort auf. Dann war das vielleicht doch nur ein schlechter Scherz gewesen. Ellen wollte sie erschrecken, wie man Kinder manchmal mit dem Rübengeist oder einem weißen Betttuch Angst machte. Sie lief zur Wohnungstür, riss sie auf und musste blinzeln. Die Statur vor ihr im hellen Flurlicht war definitiv nicht die ihrer Mutter.

»Friedrich!«, sagte sie. »Was machst du denn hier?«

»Guten Tag, Clara«, sagte er ruhig und sah sie genau an.

Verdammt, dachte sie. Und ich stehe barfüßig im Schlafanzug da.

»Darf ich reinkommen?«

Er war noch schwerer geworden, fand Clara, und seine Kurzatmigkeit schien ihm zu schaffen zu machen. Ich habe keinen Stuhl für ihn, dachte Clara. Wo setze ich ihn hin? »Aber bitte, komm!« Clara trat einen Schritt zurück. »Wenn dich mein Aufzug nicht stört?«

»Welcher Aufzug?«

Clara musste lachen.

»Komm, lass dich doch erst mal begrüßen!«

Ihn zu umarmen ließ sie an die Elefanten im Zoo denken, aber auch an das gute Gefühl, wenn man ihnen zusah, wie sie miteinander umgingen.

»Was treibst du?«, fragte er und hielt sie ein bisschen von sich weg, um sie genauer betrachten zu können. »Blass und mager. Und das in den wenigen Tagen! Ich dachte, du seist munter auf Geschäftsreise!«

»Das hatte ich ja auch vor«, sagte Clara und ging ins Wohnzimmer voraus. »Entschuldige, hier gibt es nur noch Sitzkissen. Das einzige etwas erhöhte Möbelstück in dieser Wohnung ist noch das Bett. Dort können wir uns hinsetzen.«

Er sah sie an und schüttelte langsam den Kopf. »Es gab Zeiten, da hätte mir keine Frau vorgeschlagen, mich mit ihr auf ein Bett zu setzen.« Seine hellen, runden Augen schauten spöttisch. »Schon gar nicht im Schlafanzug.« Er strich über seinen hellbraunen Trenchcoat. »Irgendwas an mir scheint nicht mehr sexy zu sein!«

»Ach, Friedrich«, sagte Clara, weil ihr einfach nichts Passendes einfiel.

Er lächelte und zog sich langsam seinen hellblauen Schal vom Hals. Dann schaute er sich um. »Gemütlich hast du es hier«, sagte er. »Der richtige Ort, um über Möbel zu reden. Hast du denn schon eine Idee fürs *Amici miei*?«

Clara fuhr sich kurz durch die Haare. Es war nicht nur der Schlafanzug, sie musste fürchterlich aussehen. Heute Morgen hatte sie auf ihrem Weg vom Bett zum Frühstückstisch noch keinen einzigen Blick in den Spiegel geworfen, geschweige denn die Zähne geputzt.

Sie seufzte. »Ich wüsste genau, was und auch wo ich es herbekomme. Aber …« Sie machte eine hilflose Geste.

»Aber was?«, fragte Friedrich, ging zur Fensterbank und lehnte sich dort an.

»Soll ich nicht erst mal einen zivilisierten Menschen aus mir machen?«, fragte Clara. »Wenn du angerufen hättest …«

»Wärst du fort gewesen.«

Clara schwieg. Er könnte recht haben. Oder sie hätte nicht aufgemacht.

»Was ist denn nun dein Aber?«, wollte er wissen, und Clara war klar, dass ihn ihr Outfit wenig interessierte.

»Du hast die Zeitung gesehen? Das Foto mit Andrés und

Maria José?«, wollte sie wissen und stellte sich neben ihn ans Fenster.

»Ja«, sagte er schlicht.

»Dann brauch ich dazu ja wohl nichts mehr zu sagen!«

»Hast du einen Vertrag mit mir oder mit Andrés?«

»Ich habe keinen Vertrag mit dir«, sagte sie schnell. »Weder mit dir«, setzte sie nach, »noch mit Andrés.«

»Eine mündliche Vereinbarung«, präzisierte Friedrich, »gilt sehr wohl als Vertrag.«

Clara holte tief Luft. »Dann würde ich also vertragsbrüchig werden.«

»Willst du das denn?«, fragte Friedrich.

Clara schwieg eine ganze Weile.

»Wenn ich wüsste, was ich will, wäre ich schon ein ganzes Stück weiter.« Sie verzog in leichter Selbstironie ihre Mundwinkel. »Friedrich, ich bin sechsunddreißig und komme mir vor wie sechzehn. Nur dass die Zukunft in dem Alter noch vor mir lag. Inzwischen, befürchte ich, habe ich schon einen ganzen Teil hinter mir.«

»Das haben wir alle«, sagte er. »Ich bin rund dreißig Jahre älter als du, was soll ich erst sagen.«

»Aber du weißt, wo dein Weg ist.«

»Das weißt du auch, du willst ihn nur nicht sehen.«

Sie schauten sich an.

Schließlich sagte Friedrich: »Ich habe meinen Wagen unten stehen. Wir gehen uns jetzt die Möbel anschauen, die du ausgesucht hast.«

»Zanotta ist aber in Mailand«, dämpfte Clara Friedrichs Aktionismus.

»Dann fliegen wir«, sagte Friedrich in aller Gelassenheit.

Clara verzog das Gesicht. »Du lässt nicht locker, was?«

»Es geht um mein Geschäft.« Er bohrte ihr seinen Zeigefinger in den Bauch. »Und du bist gut, und dich will ich haben. Also mach einen Menschen aus dir, ich warte unten im Auto, das erscheint mir komfortabler.«

»Okay.« Clara nickte. »Einverstanden.« Sie ging ein paar Schritte in Richtung Bad, drehte sich aber noch einmal nach ihm um. »Wir brauchen nicht so weit«, sagte sie, »es gibt ebenfalls einige Möbelgeschäfte in Köln, die die Marke führen.«

Auf dem Weg durchs Treppenhaus überlegte Clara, dass es nun vielleicht doch an der Zeit war, über ihren Schatten zu springen. Früher hatte sie oft mit Oliver Hoffmann zu tun gehabt, er war selbst Innenarchitekt und war *die* Adresse in Köln, doch bisher hatte sie nur einen großen Bogen um ihre Kölner Vergangenheit gemacht. Aber was will ich sonst eigentlich in dieser Stadt?, fragte sie sich, während sie die Treppen hinabstieg. Entweder kämpfe ich mich durch, oder ich mache die Fliege. Jetzt, da ihre Mutter nicht mehr da war, konnte sie genauso gut woandershin.

Vor ihrer Haustür parkte eine große, schwarze Limousine, und als sie aus dem Haus trat, sprang der Chauffeur aus dem Auto und hielt ihr die hintere Wagentür auf.

»Tag, Leon«, sagte Clara und streckte ihm die Hand hin. »Schön, Sie zu sehen!« Sie kannte ihn aus Mallorca und freute sich wirklich, ihn zu sehen. Es war wie ein Gruß aus der Heimat, dachte sie, um sich gleich darauf zu fragen, ob sie wohl noch alle hatte. Was denn für eine Heimat? Köln ist deine Heimat!

Friedrich saß entspannt in den Ledersitzen und sah sie an. »Bist du's?«, fragte er, und Clara musste lachen.

»Ja, ab dreißig helfen ein bisschen Kajal und Wimperntusche.«

»Vor allem aber ein Kamm«, gab er zurück. »Wohin fahren wir?«

Clara nannte die Adresse. Die wusste sie auswendig.

»Der Mann ist Innenarchitekt und hat einen Laden mit ausgesuchter Ware. Er ist gut, kompetent und nicht geschwätzig. Einer, der sich auskennt, Ideen hat und keine Champagnertreffs braucht, wenn du weißt, was ich meine …«

»Hauptsache, er hat die Möbel, die du willst.«

»Und er wird uns gut beraten können.« Und er arbeitet mit Paul zusammen, deshalb habe ich ihn vorher auch nicht angerufen, dachte sie, sagte es aber nicht. Das war nicht Friedrichs Problem.

Leon steuerte sie durch den Verkehr hindurch, und Clara schaute zuerst zum Fenster hinaus, und dann sah sie Friedrich an. »Wann warst du zuletzt auf Mallorca?«

»Wenn du es genau wissen willst«, sagte er langsam, und sein Doppelkinn bebte, »es ist etwa drei Stunden her.«

Clara schaute so ungläubig, dass er lachen musste.

»Ja, tut mir leid, aber so ist es eben.«

»Und dann bist du … direkt nach Köln geflogen?«

»Ich kann doch mein Vorzeigeprojekt nicht ruhen lassen, nur weil du gerade ein Hormonproblem hast.«

»Ein was?« Ihr Ton war schärfer als beabsichtigt.

»Ja, sagt man bei Frauen nicht so?«

Clara sah, dass Leon ihr durch den Rückspiegel einen Blick zuwarf. Wahrscheinlich grinst er, dachte sie.

»Du meinst, das, was bei euch eine Midlife-Crisis ist, ist bei uns ein Hormonproblem?«

»Männer haben so was nicht!«

Clara holte schon Luft zur entsprechenden Antwort, da sah sie, dass auch Friedrichs Mundwinkel verdächtig zuckten.

»Friedrich!«

»Na«, sagte er, »wenigstens bist du jetzt aufgewacht!«

»Ja, wirklich.« Jetzt musste Clara auch lachen. »Und, dann erzähl doch!« Sie zögerte: »Warst du im *Amici miei*?«

»Natürlich war ich im *Amici miei*!«

»Und?«

»Es steht noch.«

»Mein Gott, Friedrich!« Sie legte ihre Hand auf seine, die neben ihr auf der ledergepolsterten Armlehne lag. »Jetzt lass dir doch nicht alles aus der Nase ziehen – hast du Andrés gesehen?«

»Wir haben sogar miteinander gefrühstückt.«

»Und?«

»Ganz normal. Rührei mit Speck, Brötchen mit Marmelade und Kaffee.«

Clara verzog das Gesicht. »Du willst nicht, was?«

»Was will ich nicht?« Friedrichs Augen ruhten auf ihr. »Wenn du was wissen willst, musst du schon direkt fragen.«

»Frauen fragen nicht direkt. Aber man weiß doch, was sie wissen wollen!«

»Mann nicht.«

»Friedrich!«

»Da vorn ist es«, schaltete Leon sich ein. »Ich halte kurz an, lasse Sie raus und parke um die Ecke.«

Clara spürte ihren Herzschlag. Sie hatte Oliver seit ihrer Trennung von Paul nicht mehr gesehen. Und sie wusste nicht, was Paul ihm über die Trennung erzählt hatte.

»Nervös?«, fragte Friedrich und tätschelte ihre Hand.

»Vorfreude und Nervosität. Beides«, sinnierte Clara.

Im Showroom des Ateliers waren sie zunächst allein. Clara und Friedrich schlenderten durch die Möbelkombinationen der einzelnen Einrichtungsinseln, und Clara strich dann und wann mit der Hand über ein besonderes Exponat und klärte Friedrich über den entsprechenden Designer auf.

Sie hörte Schritte und hielt die Luft an. Wie würde Oliver reagieren? Aber er war so souverän, dass ihr Wiedersehen kein Problem war.

»Schön, dich zu sehen«, sagte er offen und küsste sie auf die Wange, bevor er Friedrich begrüßte. Und wenig später schon saßen sie an seinem Tisch im Büro und überlegten, welche Möbel zu Claras Farbexplosionen passen könnten.

»Das ist eine echte Herausforderung«, sagte Oliver, »das gefällt mir!«

»Uns auch«, erwiderte Friedrich und tätschelte Claras Arm.

Clara entging Olivers fragender Blick nicht, aber sie reagierte nicht darauf. Der Gedanke, dass er falsche Schlüsse ziehen könnte, kam ihr erst jetzt. Aber er störte sie nicht. Nach Paul, dem Kölner Beau, nun Friedrich, der internationale Macher – warum nicht?

Als sie gingen, fühlte sich Clara leicht und beschwingt. Sie hätte die Welt umarmen können, denn sie hatten tatsächlich die richtigen Möbel gefunden.

»Das ist wunderbar«, lachte sie und gab Friedrich einen Kuss auf die Wange. »Es ist genau so, wie ich es mir vorgestellt habe. Und das alles hier in Köln, ohne um die Welt reisen zu müssen.«

»Oder zu dürfen«, korrigierte Friedrich. »Um die Welt zu reisen könnte auch ein Dürfen sein.«

»Stimmt!« Clara schaute ihn an. »Ich bin noch nicht wirklich weit gekommen. Aber ich weiß auch nicht, ob ich es wollte.«

Friedrich hielt Clara galant die Wagentür auf und winkte Leon ab, der zu dem Zweck gerade ausgestiegen war.

»Und wohin jetzt?«, fragte Leon, und Friedrich sah Clara fragend an.

Clara zuckte die Schultern. »Nach Mallorca«, sagte sie und stieg ein.

»Nach Mallorca?« Friedrich lachte auf. »Das ist die kleinste Übung, aber vorher möchte ich noch in ein Lokal, das ich von früher kenne. Mir fällt nur der Name nicht ein, ich habe gerade schon überlegt.«

»Okay, egal, was es ist, es ist meine Einladung«, sagte Clara und dachte laut nach. »Wie wär's mit dem *Gaffel* am Dom oder beim *Lommi* auf ein Päffgen-Kölsch?«

Friedrich schüttelte den Kopf. »Nein, die sind zu bekannt. Es war etwas Kleines in der Altstadt.« Er überlegte. »Schmale Tür, wenn man reinkommt, läuft man direkt auf den Tresen zu, links davon Tische … ach, wenn ich den Namen hören würde, hätte ich es gleich wieder!«

Clara überlegte und nannte vier, fünf Altstadtkneipen, die ihr so in den Sinn kamen, aber Friedrich schüttelte den Kopf.

»Wenn ich meinen Laptop dabeihätte, hätten wir es im Internet sicher schnell gefunden«, sagte sie.

»Ein entsprechendes Handy täte es auch«, erklärte Friedrich. »Aber meines liegt leider in meiner Aktentasche im Hotel.«

»Und meines ist zu antiquiert für solche Dienste«, ergänzte Clara.

Wortlos reichte Leon ein weißes Netbook nach hinten. »Gehört hier zu jeder Limousinengrundausstattung«, sagte er, und Clara war sich nicht einmal sicher, ob er einen Witz machte oder nicht.

»Na gut«, sagte Friedrich, »dann lass mal sehen!« Er legte es auf die breite lederne Armstütze, die die Rückbank teilte, und schob es aufgeklappt zu Clara hinüber. »Und worunter wollen wir schauen?«, fragte er.

»Am besten direkt unter Köln«, schlug Clara vor, »die haben eine ganz gute Homepage, da findet der Tourist alles, was sein Herz begehrt.« Sie zwinkerte ihm zu und tippte die entsprechende Suchanfrage ein. Dann schob sie es so, dass Friedrich bequem auf den Bildschirm sehen konnte.

Er schaute, blickte kurz zum Fenster hinaus und schaute gleich wieder hin. »Ich glaub, ich brauch 'ne Brille«, sagte er schließlich und deutete mit seinem stämmigen Zeigefinger auf den kleinen Bildschirm. »Was ist denn das?!«

Clara musterte ihn kurz und drehte den Minilaptop zu sich herum. Da, wo eine seriöse Aufmacherseite für Köln zu erwarten war, flog eine Art Postkarte herum. Sie drehte sich, flatterte von einem Bildschirmrand zum anderen und wirkte mit ihren scharfen Konturen wie eine alte Schwarz-Weiß-Fotografie. Und sie zeigte ganz deutlich das Foto einer nackten Frau. Einer molligen nackten Frau in gewagter Pose.

»Wow!«, sagte Clara und hielt die Luft an. Dann griff sie nach ihrem Handy.

»Läuft hier in Köln gerade eine Love-Parade oder so etwas Ähnliches?«, wunderte sich Friedrich und hielt sich den Laptop mit der fliegenden Postkarte näher vors Gesicht.

»Tina«, sagte Clara. »Tina! Hat das schon irgendjemand von euch bemerkt?«

Es war kurz still. »Hi, Clara, grüß dich«, kam es dann leise zurück. »Was bist du denn so hektisch? Du, ich habe gerade Kundschaft, und eigentlich ist das Handy nur versehentlich noch …«

»Dieser Idiot hat die Drohung wahr gemacht! Schau dir mal die offizielle Homepage von Köln an!«, zischte Clara aufgeregt.

»Was?«

»Da fliegt ein Bild herum!«

»Ein …«

»Eines aus eurem Kalender!«

Es war kurz still.

»Ich melde mich gleich«, kam es dann zurück.

Sie spürte Friedrichs Blick und drehte sich ihm zu.

»Ein was fliegt da herum?«, fragte er und nestelte sich eine Brille aus der Manteltasche.

»Das ist unglaublich!«, sagte Clara, holte tief Luft und überlegte sich, was nun zu tun sei.

»Hättest du mal die Güte?« Friedrich löste seinen Blick von der Postkarte und sagte lächelnd: »Eine sehr ansprechende Frau. Die hat noch richtige Formen!«

»Ja, tatsächlich, die hat sie!«

Clara war nur froh, dass es nicht die Religionslehrerin, sondern die Frau mit der Löwenmähne war.

»Darf ich mal«, sagte sie zu Friedrich und nahm ihm das Netbook ab. Es war schwierig, das Bild richtig zu sehen, weil es sich drehte und wendete und nie wirklich stillstand, aber es war eindeutig: Die Löwenmähne glitzerte im Gegenlicht, und das Gesicht war ganz klar das der Frau aus dem Kalenderkreis. Ihre schweren Brüste glänzten leicht, und den Blick zwischen die gekreuzten Beine verwehrte ihre rechte

Hand, mit der sie sich auf dem Boden abstützte. Es war erotisch, aber durch die Lichteffekte so geschickt gemacht, dass es nicht plump wirkte.

»Kennst du die Dame?«, wollte Friedrich wissen.

»Ja, ich glaube, das ist eine Katastrophe«, sagte Clara. »Da ist ein Typ am Werk, der sich auf illegale Weise diese Fotos beschafft hat und sie nun ganz offensichtlich an die Öffentlichkeit bringen will …«

»Was bezweckt er damit?«, fragte Friedrich und nahm Clara das Netbook wieder ab. »Aber trotzdem sehr ansprechend«, wiederholte er.

Leon drehte sich nach hinten um. »Wo soll ich denn nun hinfahren?«, fragte er.

Friedrich machte eine vage Handbewegung nach vorn. »Fahr einfach mal los«, sagte er. »Die Idee mit der Postkarte ist genial«, sagte er zu Clara. »Wie macht man so was?«

In dem Moment klingelte Claras Handy.

Ilse Laudinger war dran. »Tina hat mich angerufen, aber ich habe nur die Hälfte verstanden. SOS, hat sie gesagt, ruf Clara an. Und mir Ihre Handynummer genannt.« Sie holte Luft. »Ist was passiert?«

»Sind Sie in der Reichweite eines Computers?«

»Ja, ich bin im Büro.«

»Dann gehen Sie mal auf die offizielle Kölner Homepage.«

Es dauerte nicht lange, dann hörte Clara ein lang gezogenes »Ooohh!« und dann: »Das darf doch nicht wahr sein« und schließlich: »Das ist ja ein verfluchter Mist! Was will der Kerl?«

Schließlich hatte sie das Telefon wieder am Ohr. »Clara, das ist Amelie Knabenschuh. Das ist unglaublich!«

Friedrich schaute sie fragend an, während Clara ihm durch Gesten deutlich machte, dass sie ihm alles gleich erklären würde.

»Hat der Typ sich denn irgendwie gemeldet?«, wollte Clara wissen. »Will er Geld?«

»Bisher nicht!« Ilse Laudinger hüstelte. »Ich muss sie alle anrufen und … wir müssen uns treffen!«

»Heute Abend in der Kneipe um die Ecke? Um sechs? Gut, dann benachrichtige ich Kitty und Lizzy.«

Als sie auflegte, klappte Friedrich gerade das Netbook zu. »Schade, dass ich verheiratet bin«, sagte er, »die würde mir gut gefallen!«

»Andere nehmen das nicht so genau«, winkte Clara ab.

»Ich schon«, sagte Friedrich. »Welchen Halt hat man denn sonst im Leben?«

»Gute Frage«, nickte Clara. Das wüsste sie auch gern.

Und dann klärte sie ihn über den Eroskalender auf. »Das sind die drei Frauen, die ich damals auf Mallorca kennengelernt habe. Du hast uns alle an deinen Tisch eingeladen.«

»Dann möchte ich jetzt aber auch mit in die Kneipe!«

»Sollten wir nicht erst bei den Verantwortlichen dieser Homepage anrufen?«

Sie suchten im Impressum und hingen in einer endlosen Warteschleife, während Leon quer durch Köln fuhr. Endlich meldete sich ein Mann, der sich als Onlineredakteur vorstellte und erklärte, dass dies nun schon der hundertste Anruf sei und man mit Hochdruck daran arbeite, das unerwünschte Insert wieder von der Seite zu bekommen.

»Das kann doch nicht so schwer sein«, beschied Friedrich und schaute Clara achselzuckend an. »Was reinkommt, geht doch auch wieder raus.«

»Sehr richtig«, erklärte der Mann hörbar genervt. »Aber wenn der leitende Webmaster gerade im Jahresurlaub ist, dann ist es etwas schwieriger. Tut mir leid, aber ich muss jetzt leider auflegen.«

»Heißt das, dass die Dame dann stunden- oder gar tagelang auf Ihrer Seite herumfliegen wird?«, fragte Friedrich ungerührt.

»So lange, bis unser Webentwickler die Manipulation am Server beseitigen kann.«

»Und weiß man dann auch, wer's war?«, wollte Friedrich wissen.

»Das zurückzuverfolgen ist Aufgabe der Polizei«, erklärte der Mann. »Oder eines guten Hackers. Guten Tag!«

»Ist doch phantastisch«, sagte Clara, als Friedrich ihr das Handy zurückgab. »Die halbe Stadt scheint kopfzustehen! Wer die Seite noch nicht kennt, schaut sie heute bestimmt an!«

Friedrich drehte das Netbook in seine Richtung und betrachtete das Foto ein letztes Mal. »Ob die betroffene Dame das auch so sieht?«

Luisa war grauer als grau und starrte im Kreis der anderen aufgeregten Frauen in die Mitte des Tisches. »Das kostet mich Kopf und Kragen«, lamentierte sie. »Wenn dieser Typ die Fotos austauscht und mein Foto morgen da drinnen ist …«, sie hob den Kopf und schaute Ilse Laudinger an, »dann kann ich einpacken. Hätte ich mich doch nie zu diesem Blödsinn überreden lassen.«

»Überreden?« Kitty fixierte sie scharf. »Von wem denn überreden, so ein Quatsch! Wir sind doch alle erwachsene Menschen!«

»Was soll denn ich sagen?«, warf Amelie ein. »Ich kreisle da doch schon den ganzen Tag herum. Denkst du, mich erkennt niemand?«

»Es nützt doch nichts, wenn wir jetzt herumplärren«, schaltete sich Tina ein. »Fakt ist, jede von uns kann auf dieser Seite auftauchen. Dass es möglich ist, haben wir nun gesehen. Die Frage ist doch, wie wir das verhindern können.«

»Wir wissen weder, wer er ist, noch, was er will«, sagte Clara. »Jetzt hat er gezeigt, was er kann, also wird demnächst eine Forderung kommen.«

Alle schauten sie an.

Nach einem Moment des Schweigens sagte Ilse Laudinger: »Sie hat recht. Wenn etwas passiert, dann jetzt.«

»Also können wir nur abwarten?«, fragte eine der Frauen am Tisch und drehte sich zum Wirt um, um noch eine Runde Kölsch zu bestellen.

»Ich weiß nicht«, sagte Lizzy. »Damit ist doch nichts gewonnen. Irgendwie muss man den Weg eines solchen Dings doch auch zurückverfolgen können. Dann haben wir den Kerl und können das unterbinden!«

»Ja, großartig!«, sagte Luisa und reckte den Kopf.

Clara hatte dem Wirt abwesend zugeschaut, wie er dreizehn Kölsch zapfte, und drehte sich plötzlich mit einem Ruck um. »Dieser Redakteur heute sagte, dazu bräuchte es einen Spezialisten von der Polizei oder einen … Hacker.« Sie legte ihre Hand auf Ilse Laudingers Arm, die neben ihr saß. »Wir können also abwarten, oder wir können gegenschießen!«

»Gegenschießen?« Amelie beugte sich vor. »Wie soll das gehen?«

»Ja! Entweder zeigen wir den Kerl an und warten auf die Initiative der Polizei –«

»Das dauert mir zu lange«, unterbrach Amelie.

»– oder wir schlagen ihn mit seinen eigenen Mitteln!«

»Und die wären?«, wollte die hübsche junge Braunhaarige wissen und beugte sich etwas vor.

»Wir engagieren einen Hacker.«

»Prima! Und findet man so was auf der Straße?«, fragte eine andere süffisant und schüttelte leicht den Kopf.

»Lass hören«, sagte dagegen Ilse Laudinger und nickte ihr aufmunternd zu. »Hast du da eine Idee?«

»Ja, hab ich«, sagte Clara und schloss kurz die Augen. »Hab ich wirklich!« Sie schaute von einer zur anderen. »Aber umsonst wird das nicht sein. Was seid ihr also bereit zu zahlen?«

Ilse Laudinger machte Platz für den Wirt, der sein Tablett mit den Kölsch abstellte. »Also, Mädels«, sagte sie und verteilte die Gläser, »wie viel Geld gibt jede für so einen Hacker, falls wir überhaupt einen finden?«

»Hundert Euro«, sagte Luisa. »Mehr habe ich nicht.«

»Ist ein bisschen viel«, gab Lizzy zu bedenken. »Ich hab die ganzen Weihnachtsgeschenke, den Urlaub und die Versicherungen im Januar noch nicht ganz verdaut.«

»Fliegst du lieber als Foto durch Köln?«, fragte die Dunkelhaarige, aber die Blonde nickte Lizzy zu. »Okay, kann ich verstehen, du bist alleinerziehend und hast einen harten Job. Dazu drei Mädchen. Ich übernehme fünfzig Euro von deinen hundert. Mir geht es im Moment gut, das tut mir nicht weh!«

»Und ich lege auch hundert Euro darauf«, sagte Clara. »Falls es hier noch einen weiteren Härtefall gibt!«

Am Schluss kamen tausendvierhundert Euro zusammen, weil auch Ilse Laudinger ihren Obolus leisten wollte.

»Dann Prost!«, rief Ilse und hob ihr Glas. »Auf Clara!«

»Ach du lieber Himmel«, wehrte Clara ab, aber alle stießen an, und sie verzog das Gesicht. »Jetzt habe ich einen Erwartungsdruck!«

»Nee, jetzt hast du Spielgeld«, lachte Tina.

»Ja.« Clara schaute auf die Uhr. »Und für euch drei kommt jetzt gleich eine Überraschung zur Tür herein!«

Kitty strich eine blonde Locke zurück. »Eine Überraschung? Britta vielleicht?«, mutmaßte sie. »Das wäre ja spitze!«

In diesem Moment, Schlag acht Uhr, ging die Tür auf, und Friedrich kam herein. In gebührendem Abstand vor ihnen blieb er lächelnd stehen. Er nahm seinen Hut ab und wirkte in seinem offenen Trenchcoat, dem dunkelblauen Anzug, der passenden Weste mit weißem Hemd und hellgrauer Krawatte weltgewandt und enorm stattlich.

Lizzy und Kitty schauten sich an.

»Friedrich!«, rief Tina, die ihn als Erste erkannte.

»Ah«, sagte Ilse Laudinger erfreut. »Ein neues Mitglied? Diesmal männlich?«

Lizzy sprang auf, und Kitty tat es ihr gleich. Beide begrüßten Friedrich überaus herzlich, und auch Tina stand auf und drückte ihm einen Kuss auf die Wange. »Das ist ja eine gelungene Überraschung!«, rief Kitty. »Haben Sie Ihren Aktenkoffer dabei?«

Lizzy und Tina lachten.

So hatten sie sich auf Mallorca kennengelernt. In seinem Aktenkoffer hatte er damals einen Fotoprinter mit sich herumgetragen und die Frauen mit den superschnellen Ausdrucken der eben geschossenen Fotos überrascht.

»Nein.« Er schüttelte den Kopf. »Da muss ich heute passen. Ich habe überhaupt keine Accessoires dabei ...«

»Wollen Sie sich zu uns setzen?«, fragte Ilse Laudinger und richtete sich noch mal an die Frauen. »Wir sind uns in unserer Geschichte doch nun einig, oder nicht?«

Alle nickten.

Friedrich ging zielstrebig auf Amelie zu und hauchte der völlig Verdutzten, die ihm gerade die Hand zum Gruß reichen wollte, einen Handkuss darauf. »Ich habe Ihr Foto heute sehr bewundert«, sagte er. »Sehr schön, sehr ästhetisch und trotzdem herausfordernd sexy.« Er schaute in die Runde. »Schade, dass es davon nicht mehr gibt. Vor allem mit solch schönen Figuren!«

Es war kurz still, und die Frauen schauten einander an.

»Vielleicht sollten wir die Aktion doch laufen lassen?«, fragte die Dreißigjährige in die Runde. »Scheint wohl anzukommen!«

»Nur über meine Leiche!«, zischte Luisa.

»Danke«, sagte Amelie und war zum Erstaunen aller rot geworden.

Tina zog einen Stuhl für Friedrich heran, und alle rückten ein Stück zur Seite, um Platz für ihn zu machen.

»Und mit wem haben wir nun die Ehre?«, fragte Amelie, und bevor Friedrich selbst antworten konnte, lieferte Lizzy eine Kurzbiografie.

Dann bestellte Tina eine weitere Runde.

»Mädels«, sagte sie, »jetzt haben wir einen Hahn im Korb, der uns schön findet, wie wir sind. Entweder nehmen wir nicht weiter ab und lieben ab jetzt unsere Pfunde, oder wir nehmen ihn in unseren Klub auf, dann darf er mit uns Punkte zählen.«

»Ich zähle lieber Geld«, winkte Friedrich ab, worauf alle lachten.

Nur Clara dachte: Das war kein Witz, sondern da hat er die Wahrheit gesagt. Er war wirklich Geschäftsmann, durch und durch.

»Und?«, fragte er gleich darauf. »Was hat sich nun ergeben? Gibt es eine Strategie?«

»Die gibt es tatsächlich«, erklärte Clara quer über den Tisch. »Und nachher gehen wir die sofort an!«

»Da bin ich gespannt«, sagte Friedrich und schaute sich nach dem Wirt um, der eben einen anderen Tisch bediente. Er winkte ihm zu, und als er kam, machte Friedrich eine einladende Handbewegung über den Tisch. »Könnte man das mit irgendetwas Essbarem füllen?«

»Könnte man schon«, sagte der Wirt.

»Aber?«, wollte Friedrich wissen.

»Die Damen essen nie was. Sie trinken nur.«

»Und was könnten Sie im heutigen Ausnahmefall anbieten?«

Clara betrachtete die Frauen. Keine widersprach, alle schauten den Wirt an. Er machte eine ausladende Handbewegung. »Entweder suchen Sie sich auf der Speisekarte was aus, oder es gibt Frikadellen, Kartoffelsalat, Speck und Käse mitten auf den Tisch.«

»Perfekt«, sagte Friedrich und sah in die Runde. »Einverstanden?«, fragte er, und bevor noch jemand antworten konnte, nickte er dem Wirt zu: »Genau so machen wir's! Und von allem nicht zu knapp! Wir wollen doch unser Kennenlernen feiern!«

Friedrich schaffte es, den Tisch so zu unterhalten, dass es fast Mitternacht war, als sie aufbrachen. Einige der Frauen hatten zwischendurch zu Hause angerufen.

Auch Lizzy hatte sich vergewissert, dass ihre Kinder ohne sie zurechtkamen. »Feste muss man feiern, wie sie fallen«, sagte sie dazu in die Runde, und alle waren ihrer Meinung.

Gegen zwölf Uhr bat Friedrich um die Rechnung und ließ ein Taxi rufen. »Jetzt gehen wir das an«, sagte er zu Clara.

»Fliegt Amelie da überhaupt noch herum?«, wollte die hübsche Braunhaarige wissen, und Amelie pflichtete ihr bei.

»Du hast recht«, sagte sie. »Vielleicht haben die das ja bereits in den Griff gekriegt?«

Der Wirt ging auf Friedrichs Bitten zu seinem Computer in einen Nebenraum und kam kurz darauf mit verklärtem Gesichtsausdruck zurück.

»Das ist mal was!«, sagte er und nickte Amelie bewundernd zu, während er Friedrich die Rechnung präsentierte. »Ich hatte ja keine Ahnung«, fügte er an.

»Keine Ahnung?« Amelie schaute ihn fragend an.

»Keine Ahnung, was ich hier immer für aufregende Frauen habe«, sagte er und kratzte sich hinter dem Ohr. »Darauf möchte ich jetzt aber auch noch eine Runde spendieren!«

»Ach je«, sagte Clara leise, »das wird morgen einen Brummschädel geben!«

»Morgen fliegen wir nach Mallorca, da kannst du dich dann auskurieren …«

»Morgen tun wir was?«, fragte Clara nach.

Aber Friedrich lachte nur. »Genau so, wie du das wolltest«, setzte er nach.

Das Taxi stoppte vor dem Hotel *Colonia Claudia*, und Clara hielt ihre Jacke am Kragen zu, als sie ausstieg. Der Wind zog feuchtkalt durch die Gassen und kroch sofort unter die Kleidung.

Friedrich bat den Taxifahrer zu warten und bot Clara seinen Arm an. Die Hoteltür war schon geschlossen, und Clara drückte auf die Nachtklingel. Gleich darauf glitt die Glastür in beide Richtungen auf, und Clara und Friedrich gingen durch die kleine Halle zur Rezeption vor, die die ganze hintere Wand einnahm und mit einem einzigen Mann besetzt war: Sven. Er sah ihnen entgegen und brauchte kurz, bis er Clara wiedererkannte.

»Oh, Frau Flockheimer«, sagte er und stand auf. »Das ist aber eine erfreuliche Überraschung!« Er reichte zuerst ihr und dann Friedrich die Hand. »Ist das ein Zufall, oder besuchen Sie mich wieder?«, wollte er wissen.

»Wir besuchen Sie«, sagte Friedrich.

Und Clara erläuterte: »Ich habe Ihre Frau angerufen und nach Ihrer Arbeitsstelle gefragt.«

»Oh«, sagte er und sah in seinem dunkelgrauen Anzug seltsam fremd aus, »ist etwas passiert?«

Clara lächelte. »Nicht wirklich. Jedenfalls nichts Schlimmes. Haben Sie einen Computer hier?«, wollte sie wissen, und Sven nickte.

»Selbstverständlich«, sagte er und sah Clara in die Augen. »Ich muss mich noch einmal für die Stiefel bedanken, die Mädchen waren völlig aus dem Häuschen und lieben sie total!«

»Das freut mich«, sagte Clara und fasste Friedrich am Arm, »das freut mich besonders!«

»Ich habe schon gehört«, ergänzte Friedrich. »Sie scheinen eine wunderbare Familie zu haben!«

»Ja, das habe ich wirklich«, sagte Sven und musste niesen.

»Ich weiß ja nicht, wie gut Sie als Informatiker sind«, leitete Clara über. »Aber wir haben da auf der offiziellen Seite der Stadt Köln eine Freundin herumschwirren, die dieses Foto eigentlich nur für den privaten Gebrauch gemacht hat.«

»Ach ja?« Sven bat Clara und Friedrich zu einem Tisch in der Ecke, auf dem ein Laptop für die Gäste stand. »Dann schauen wir doch mal«, sagte er und zog zwei weitere Stühle heran. Während er die Kölner Homepage öffnete, erzählte Clara die ganze Geschichte, und Sven lächelte schräg. »Was es nicht alles gibt«, sagte er dazu und wollte dann wissen: »Hat sich schon jemand dazu geäußert? Will er Geld oder was sonst?«

»Das war auch unsere Vermutung«, erklärte Friedrich. »Aber bisher haben wir noch nichts gehört.«

»Es war bisher ja auch keine von den Frauen zu Hause und hat die E-Mails gelesen. Post hat bestimmt auch noch keine aufgemacht, der Fall ist ja noch total frisch.« Clara zuckte mit den Achseln. »Vielleicht gibt es in der Zwischenzeit ein Rundschreiben!«

Sven betrachtete die Postkarte, die sich drehte und von einer Ecke des Bildschirms in die nächste flog.

»Gut gemacht«, sagte er schließlich. »Aber für den Webmaster dürfte es eigentlich kein Problem sein, das Ding wieder zu entfernen.« Er schaute dem Bild noch einen Moment zu. »Obwohl es die Stadt natürlich gleich viel attraktiver macht.« Er lächelte Clara an.

»Der zuständige Webmaster ist gerade in seinem Jahresurlaub«, erklärte Clara.

»Aber vielleicht haben die Verantwortlichen in der Zwischenzeit auch gemerkt, dass dies eine perfekte Werbung für ihre Seite ist, und lassen ihn noch eine Weile im Urlaub«, bemerkte Friedrich ironisch.

Clara warf ihm einen Blick zu. »Wer weiß das schon«, sagte sie. »Das Hauptproblem«, sie wandte sich Sven zu, »ist aber, dass dieser Typ noch elf weitere Fotos in dieser Qualität hat. Es ist ein Kalender, den sich die Frauen aus meinem Bekanntenkreis gegenseitig zu Ostern schenken wollten.«

»Und der Kerl ist an diese Fotos rangekommen?«, fragte Sven und schnalzte mit der Zunge. »Dann kann es ja eigentlich nur der Fotograf sein.«

»Nein, es ist ein ganzer Aktenordner mit den Fotos gestohlen worden.«

»Raffiniert«, sagte Sven und schaute von Friedrich zu Clara. »Und was kann ich da tun?«

Clara spitzte kurz die Lippen, bevor sie antwortete. »Das ist ja nun eben die Frage, ob Sie auch Hackerqualitäten haben …« Sie suchte seinen Blick. »Mir wurde gesagt, dass nur Spezialisten den Weg zum Verursacher zurückverfolgen können.«

»Hm«, machte Sven.

»Und die Damen haben zusammengelegt. Im Erfolgsfall wären das dann vierzehnhundert Euro.«

»Das Geld käme mir natürlich gelegen«, meinte Sven nachdenklich und betrachtete noch einmal das auf dem Bildschirm herumfliegende Foto. »Schade eigentlich«, sagte er beiläufig mit einem angedeuteten Lächeln zu Friedrich. »Die elf anderen hätte ich mir auch gern angeschaut …«

Clara schüttelte leicht den Kopf, und Sven nickte ihr zu: »Okay, ich kann es versuchen. Nachts ist es hier sowieso eher ruhig, mal schauen, was ich da auf die Beine stelle.«

Friedrich legte ihm seine Visitenkarte auf den Tisch. »Gute Informatiker sind gesucht«, sagte er. »Zumal, wenn man dabei ist, eine neue Hotelkette aufzubauen.«

»Ach! Wo denn?«, fragte Sven interessiert.

»Immer woanders. Im Moment sind wir an den Vorplanungen für Mallorca.«

»Hat Mallorca nicht schon genügend Hotels?«

»Gute Hotels sind immer rar«, entgegnete Friedrich.

Sven schaute ihn kurz von der Seite an. »Meinen Sie das ernst?«

Friedrich ließ seinen Blick durch die Hotelhalle schweifen. »Ja!«, sagte er dann.

Sven war es anzusehen, dass er gespannt war. »Und Sie brauchen einen guten Informatiker?«

»Einen besonders guten …« Friedrich legte den Kopf schräg.

»Okay«, sagte Sven lächelnd, »ich sehe schon. Dieser Fall hier ist besonders wichtig …«

Friedrich nickte und reichte ihm die Hand. »Auf Wiedersehen, Herr Römer.«

Die Wohnung hallte leer, und Clara war es unheimlich, so allein an diesem verlassenen Ort. Mein Gott, wie anders es gestern noch gewesen war. Ihre Mutter … ihre Mutter! Die hatte sie ja total vergessen. War sie gut angekommen? Clara knipste alle Lichter an und zog ihr Handy hervor. Eine SMS von Andrés war eingegangen. Clara fühlte einen kurzen Stich in der Magengegend, dann drückte sie sie weg. Und da war noch eine, wenige Minuten alt: »Meine Tochter, warum bist Du nur so verbohrt? Das musst Du von Deinem Vater haben«, las Clara. Dann ließ sie sich auf eines der Sitzkissen fallen.

Sie schaute sich um. Die leeren Wände, die hellen Flächen, wo die Möbel gestanden und die Bilder gehangen hatten. Die dunklen Spuren oberhalb der gewaltigen Rippen der Heizkörper an der Wand. Der Parkettboden, der unendlich viele Verfärbungen aufwies. Hier hatte sich Jahre keiner gekümmert. Die Wohnung war völlig verlebt.

Clara zog die Beine an und stützte ihr Kinn auf die Knie.

Wenn es stimmte, dass Mauern die Seelen der Menschen speicherten, die darin gelebt hatten, wo war dann das Lachen ihrer Kindertage hin?

Sie versuchte, sich auf die Bilder ihrer Kindheit zu besinnen, aber es tauchten nur die Schattenbilder von Menschen auf, die im Kreis auf dem Boden saßen, viel redeten, viel rauchten und viel tranken.

Wo war sie dabei gewesen?

Sie sah sich nicht. Clara fing an zu heulen und wusste nicht einmal, warum. Sie schluchzte hemmungslos und schlief irgendwann einfach ein. Stunden später wachte sie auf, das Kissen noch immer umklammert und in voller Montur.

Andrés, dachte sie, warum hast du mir das angetan?

Um acht Uhr klingelte ihr Handy. Friedrich verkündete, dass sie in zwei Stunden fliegen würden.

»Ich will aber gar nicht!«, sagte sie trotzig.

»Du hast einen Vertrag«, erinnerte Friedrich sie.

»Ich will Andrés und dieser Küchenlola nicht begegnen«, beharrte Clara.

»Dann arbeitest du morgens zwischen zwei und sieben, da sind sie bestimmt nicht da!«

»Friedrich! Ich hasse Andrés! Und ich habe auch gar kein Ticket!«

»Wir fliegen mit meiner Maschine.«

»Und ich habe kein Geschenk für Katie.« Doch, die Form für das Osterlamm, dachte sie bei sich.

»Die Mutter ist das größte Geschenk.«

»Du bist –«

»– ja, bin ich!«

Clara rief sofort Britta an, aber da lief nur die Mailbox. Wahrscheinlich hatte sie gestern mit Ellen gefeiert, dachte Clara. Dabei fiel ihr der ganze gestrige Abend ein. Und auch der Besuch bei Sven im Hotel.

Sie stellte ihre nackten Füße nebeneinander auf den Fußboden, ihren Körper umhüllte sie noch immer mit der Decke. Am liebsten hätte sie sich wieder auf die Matratze zurückfallen lassen.

Okay, ich hole nur einen Kaffee und den Laptop, und dann sause ich gleich wieder ins Bett zurück, dachte sie. Der Gedanke gab ihr Auftrieb, und tatsächlich war sie fünf Minuten später wieder im Bett. Im Vorbeigehen zog sie die Jalousien hoch und ließ Licht herein.

Dann schaltete sie den Laptop ein. Die Postkarte war weg. Amelie hatte die Kölner Homepage verlassen.

Schade, dachte sie, und eigentlich hätte sie nun gern die nackte Luisa gesehen. Darüber musste sie lachen. Luisa, sich drehend und wendend, und ihre Religionskinder, die ihren

Augen nicht trauten. Das wäre eine ganz neue Art von Popularität geworden, dachte sie. Vielleicht hätte es ihr sogar gutgetan – obwohl, sie schüttelte den Gedanken ab. Die Eltern der Kinder hätten darüber sicherlich nicht lachen können. Die Kinder schon.

War Sven nun erfolgreich gewesen? Ging das noch, wenn das Corpus Delicti bereits verschwunden war? Sie hatte keine Ahnung und konnte ihn nun auch nicht anrufen, nach dem Nachtdienst war er sicher im Tiefschlaf.

Brutal, dachte sie, was die beiden da taten. Sven und seine Frau, das war ein echter Kinderschichtdienst. Wie hatte sie es in ihrem Leben doch immer gut gehabt.

Sie schaltete ihren Laptop aus und sprang auf.

»Ein neuer Tag, eine neue Chance«, sagte sie laut und schrieb Kitty, Lizzy und Tina eine SMS: »Hallo, meine Lieben, Friedrich entführt mich nach Mallorca. Amelie ist vom Bildschirm verschwunden. Was unser Informatiker erreicht hat, weiß ich noch nicht. Es war schön mit Euch, ich melde mich! Kuss, Eure Clara.«

Dann duschte sie und packte ihre kleine Reisetasche. Alles wieder auf Anfang, dachte sie. Doch der Abstand hatte gutgetan, sie wusste nun, dass sie mit Andrés über alles reden musste. Sie brauchte Antworten auf ihre Fragen. Was war da wirklich passiert? Was hatte er an ihr vermisst, was er bei Maria José gefunden hatte? War es die rein berufliche Ebene, das gemeinsame Bioprojekt, die Freude, die Dinge anders anzupacken als die Kollegen?

Oder war es der Sex? Das konnte sie sich nicht vorstellen.

Als Leon klingelte, zog sie die Wohnungstür zu und schloss ab. Der Monat war noch bezahlt, dachte sie. Vorsichtshalber nahm sie die Schlüssel mit.

An Friedrichs Seite war das Leben wirklich einfach, stellte Clara fest. Kein Ticketlösen, kein Zeitproblem. Nach dem Sicherheitscheck ging alles unaufgeregt und völlig problemlos seinen Gang. Der Jet stand abflugbereit da, ein Flughafenbediensteter transportierte das Gepäck, Clara, Friedrich und Leon gingen die wenigen Schritte zu Fuß.

Friedrich ließ ihr auf den Stufen zum Flugzeug hinauf den Vortritt, und oben begrüßte sie der Pilot, den sie schon von ihrer ersten Begegnung mit Friedrich kannte. »Schön, Sie zu sehen«, sagte er und schüttelte ihre Hand.

Ein Kopilot und eine junge Frau in Uniform nickten ihr freundlich zu.

Es gab einen kleinen Arbeitstisch mit vier Plätzen und vier breite Liegesessel, die an den Fenstern angeordnet waren.

Clara drehte sich fragend nach Friedrich um.

»Willst du schlafen oder arbeiten?«, erkundigte er sich.

»Arbeiten?«, fragte Clara nach.

»Nun, ich habe die ersten Studien über unsere neuen Hotels dabei.«

»Gern mal anschauen«, schlug Clara vor und spürte, wie sich ihr Herzschlag beschleunigte.

»Ich serviere Ihnen nachher ein Frühstück«, sagte die Stewardess zu Clara, »aber zum Start nehmen Sie bitte in einem der Sessel Platz, und schnallen Sie sich an!«

Clara bedankte sich und wartete, bis sich Friedrich in einen der Sessel gesetzt hatte, dann suchte sie sich den Sessel auf der anderen Seite des Ganges aus. Sie sank in handschuhweiches Leder und drückte auf die verschiedenen Knöpfe auf ihrer Armlehne. Der Sessel fuhr eine Fußstütze aus und ging dann in bequeme Liegestellung. Außerdem fand sie einen Massageknopf und eine Sitzheizung.

»Wieso ist deine Frau eigentlich nie dabei?«, wollte Clara wissen, nachdem sie wieder in ihrer Ausgangsposition war. An Friedrichs Seite würde sie überhaupt nur durch die Welt fliegen.

Friedrich hatte ihr schmunzelnd zugeschaut. »Der Affenzirkus ist ihr zu viel«, sagte er. »Sie kommt nur mit, wenn es unbedingt sein muss.«

»Wahrscheinlich hält dein Tempo sowieso kein Mensch lange durch«, meinte Clara und sah aus dem Augenwinkel, wie Leon, der sich hinter Friedrich niedergelassen hatte, grinste.

»Ich habe nur ein Leben«, erklärte Friedrich und zuckte mit den Achseln. »Und ich bin nicht reich geboren. Wenn ich in meinem Leben etwas erreichen will, muss ich mich also beeilen.«

»Du hast doch alles erreicht«, antwortete Clara.

»Ja.« Friedrich lächelte. »Darum nehme ich mich ja auch bereits zurück und suche mir Leute wie Andrés, die fähig sind, meine Läden zu führen.«

Clara schwieg.

»Und Menschen, denen ich eine Innenarchitektur zutraue und die mir keinen Stress machen«, fuhr Friedrich fort.

Sein strenger Blick brachte Clara dazu, beide Hände zu heben. »Dazu bin ich – falls du mich meinst – überhaupt nicht fähig. Im Leben hatte ich es noch nie mit so einem großen Projekt zu tun.«

»Du bist sechsunddreißig. Wenn nicht jetzt, wann dann?«

Gute Frage, dachte Clara.

»Nie«, sagte sie, aber es klang eher unentschlossen.

»Das bist du nicht«, befand Friedrich und schnallte sich an, weil der Pilot die Triebwerke anließ.

»Was weiß ich, wer ich bin«, erwiderte Clara.

Sobald sie in der Luft waren, setzten sie sich an den Tisch, aber Clara war ständig abgelenkt. »Ich bin überhaupt noch nie so tief über die Alpen geflogen«, sagte sie und schaute zum Fenster hinaus. »Ich dachte immer, man fliegt von Köln über Frankreich nach Mallorca.«

»Es gibt noch eine zweite Route, die führt über den Genfer See und die Alpen«, sagte Friedrich mit einem leisen Lächeln. »Und da ich die Alpen liebe ...«

»Das war eine wunderbare Idee.« Clara rückte näher ans Fenster. »Es ist so beeindruckend. Und zeigt einem wieder einmal, dass wir nur ein Staubkorn im Universum sind. Dabei fühlen wir uns so mächtig und unbesiegbar!«

»Sprichst du jetzt von dir oder der Menschheit an sich?«, fragte Friedrich und schaute lächelnd hinaus. Der Schnee auf den Bergspitzen glitzerte, und zwischen ihnen spannte sich eine durchgehende Wolkendecke wie ein weißer Teppich bis weit zum Horizont.

»Auch Staubkörner können was bewegen«, sagte Friedrich, »es kommt doch immer darauf an, wie die Umstände sind und was man daraus macht!«

»Ja, ja«, sagte Clara unwillig, »ich weiß. Hindernisse sind dazu da, um überwunden zu werden.« Sie pochte mit dem Zeigefinger auf den Plan, den sie vor sich liegen hatte. »Es gibt aber große und kleine Hindernisse!«

»Und es gibt kleine Hindernisse, die man sich groß redet.«

»Warum bist du eigentlich nicht Psychologe geworden?« Clara fixierte ihn mit zusammengekniffenen Augen.

»Weil ich nicht jeden behandeln will.«

Es war Mittagszeit, als sie in Palma landeten, und Clara spürte eine Mischung aus Vorfreude und Angst.

Friedrich steuerte sofort auf den nächsten Kiosk zu und deckte sich mit Zeitungen ein. »Magst du auch was?«, fragte er.

Aber Clara deutete nur auf den Packen, den er bereits an der Kasse vor sich liegen hatte, und sagte: »Du hast ja schon alles.«

Leon hatte sich um den Wagen gekümmert, und wenig später waren sie bereits auf dem Weg nach Puerto Portals.

»Ich gehe da nicht rein«, sagte Clara bestimmt. »Bei so einem Überfall mache ich nicht mit – wer weiß, was mich da erwartet.«

»Ich schicke ihn dir raus«, sagte Friedrich.

»Ich will ihn gar nicht sehen!«

Friedrich hatte die Zeitungen auf den Rücksitz zwischen sich und Clara gelegt, und Clara fischte die *Mallorca News* heraus, um sich einem weiteren Gespräch zu entziehen.

Eine Weile blätterte sie das Blatt mechanisch durch, dann warf sie Friedrich einen Blick zu. *»Amici miei«*, sagte sie und zeigte ihm die Seite. Ihr Puls beschleunigte sich, aber sie versuchte, sich nichts anmerken zu lassen.

»Schön.« Friedrich schaute von dem Artikel auf, in den er vertieft war. »Und was steht drin?«

»Er ist von Elena«, begann Clara und überflog den dreispaltigen Kasten. »Ich fliege zurück«, sagte sie dann. »Und wehe, du verrätst ihm, dass ich überhaupt hergekommen bin!«

»Sei nicht kindisch!« Friedrich nahm ihr das Blatt aus der Hand.

»Ist doch sehr poetisch«, sagte er dann. »Liebestrilogie. Sein neues Gericht. Wenn es ankommt, ist es doch gut!«

»Liebestrilogie!« Clara schnaubte. »Lies doch mal diesen Text, sie beschreibt ihn ja wie einen spanischen Zuchtbullen! Was treibt er denn da?«

»Sie macht PR, das wolltest du doch von ihr, immerhin hast du mir das so erklärt. Und solange er ein biologischer Zuchtbulle ist, passt es doch ganz genau in euer Konzept, nicht wahr?«

Clara klatschte ihm die Zeitung auf die Oberschenkel. »Sag mal, willst du mich veräppeln?«

»Nein, ich will dir nur sagen, dass ein Restaurant interessant sein muss. Das zieht die Leute an. Sie wollen etwas Besonderes. Und wenn Andrés als der tolle Hecht dargestellt wird, dann wollen sie alle von ihm als Chef begrüßt werden. Und schlagen sich um die Plätze. Genau diesen Weg verfolgt Elena, sie macht das gut!«

Clara holte tief Luft. »Na, ich weiß nicht. Das …« Sie brach ab. »Die Geister, die ich rief, werd ich nun nicht mehr los«, bemerkte sie schließlich.

Friedrich grinste. »Helft mir, ach! Ihr hohen Mächte!«, rezitierte er und legte seine Hand väterlich auf ihren Arm. »Vielleicht bin ich hier ja auch der alte Meister, der etwas besonnener sein sollte als die Jugend …« Er sah sie an. »Was möchtest du denn nun tun?«

»Heim nach Santa Ponça!«

Friedrich nickte kurz nach vorn, und Leon warf einen schnellen Blick in den Rückspiegel und nickte ebenfalls.

»Gut, Leon, du lässt mich nur kurz vorm *Amici miei* raus, und Clara wird die Bande zu Hause überraschen.«

Als Clara ausgestiegen war, schaute sie Leon nach, wie er die Limousine die Straße hinaufsteuerte, und blieb eine Weile unbeweglich auf dem Parkplatz vor den Apartmenthäusern stehen. Es war merklich wärmer als in Deutschland, fast schon Frühsommer, und trotzdem fröstelte sie.

Schließlich fasste sie sich ein Herz und schritt den schmalen Weg am Haus entlang auf ihr Apartment zu. Vielleicht sitzt Britta auf der Terrasse, dann konnte sie mit ihr gleich einen Willkommensdrink nehmen, überlegte sie, und im selben Moment verwarf sie diesen albernen Gedanken. So viel Aufregung verursachen und dann auf einen netten Willkommensdrink hoffen. Britta wird dir was husten, dachte sie.

Clara schaute an der Häuserwand hinauf und blieb stehen. In welchem Apartment wohnte denn nun ihre ausgeflippte Mutter?, fragte sie sich plötzlich.

Die Terrasse war leer, die Stühle standen einsam vorm Apartment. Sie schaute auf die Terrassentür und das große Fenster, konnte aber nicht hindurchsehen, weil sich alles in den Glasscheiben spiegelte. Wahrscheinlich war sowieso niemand in ihrer Wohnung, dachte sie. Wer sollte auch dort sein, Katie wohnte während ihrer Abwesenheit ja bei Britta. Und … Andrés? Hatte er seine Sachen schon mitgenommen? War er tatsächlich ausgezogen?

Sie zog ihren Hausschlüssel aus der Tasche und kam sich seltsam vor, als sie jetzt die Haustür aufschloss. Vom Hausflur gingen ihre beiden Wohnungen nach rechts und links ab. Clara lauschte. Alles war still. Sie ertappte sich, wie sie ein Ohr an die Tür zu Brittas Apartment legte. Sie hörte nichts. Dann lauschte sie an ihrer eigenen Tür und schloss leise auf.

Es roch ungelüftet und ein bisschen nach Farbe. Sie drückte die Tür vorsichtig hinter sich ins Schloss, stellte ihr Gepäck ab und ging ins Wohnzimmer. Die Wandmalereien erschlugen sie fast, so mächtig sprangen sie ihr ins Auge. Clara zögerte, dann strich sie mit der flachen Hand über den Barrakuda und fand die Malereien noch besser als vor ihrer Abreise. Der zeitliche und räumliche Abstand hatte ihren Blick darauf wohl geschärft. Clara setzte sich in einen Stuhl und ließ die Wandbilder auf sich wirken. Sie fragte sich, ob die Möbel, die sie in Köln ausgesucht hatte, tatsächlich dazu passten. Doch, fand sie schließlich, es würde ein gewaltiges Gesamtkunstwerk geben. Das *Amici miei* würde aus dem Einerlei der Designerrestaurants auf eine völlig neue Art herausstechen.

Sie stand auf. Jetzt musste sie sich überzeugen. Im Schlafzimmer starrte sie auf das Bett. Die beiden Kissen und die zurückgeschlagene Decke schienen auf sie beide zu warten. Clara sah sich und Andrés in liebevoller Umarmung und dann bei heftigem Sex und verfluchte ihr szenisches Erinnerungsvermögen. Warum musste sie ständig alles in Bildern sehen, wenn sie nur an etwas dachte? Clara wollte die Gedanken loswerden und drehte sich um. Direkt vor ihr prangte nun ein großes Herz in allen Farben an der Wand. Die überschüssige Farbe war an manchen Stellen in orangefarbenen, roten und pinkfarbenen Streifen nach unten gelaufen und vereinte sich in bunten Klecksen auf dem Fußboden. Quer über das Herz hatte eine Kinderhand in ungelenker Schreibschrift *Mama und Andrés* geschrieben.

Clara ließ sich auf das Bett plumpsen und starrte das Herz an. Sebastián hatte ihr gesagt, dass Katie im Schlafzimmer kreativ geworden war. Aber das? Wie ging es wohl ihrer Tochter, wenn sie Andrés so sehr mochte, dass sie ihn sogar mit ihrer Mutter in das Herz schrieb – und nicht ihren Vater?

Was sollte sie jetzt tun? Zu Friedrich ins *Amici miei* fahren und sich von den Tatsachen überzeugen lassen? Sie stand auf und öffnete den Einbauschrank, der die ganze Seite neben dem Bett einnahm. Andrés' Kleider waren fort. Er war tatsächlich ausgezogen.

Sie ließ sich wieder auf das Bett sinken und schaute zum Fenster hinaus. Vielleicht würde ihr ein Spaziergang am Meer guttun, die frische Luft würde sie auf andere Gedanken bringen.

In diesem Moment hüpften Hand in Hand Katie und Ines am Fenster vorbei. Sie lachten und sahen lustig aus mit ihren vielen kleinen Zöpfen, die wild vom Kopf abstanden. Hinter ihnen kamen Britta und Ellen, die sich angeregt unterhielten, Einkaufstaschen schleppten und offensichtlich gute Laune hatten. Clara hielt unwillkürlich die Luft an. Wenn sie nun hereinkämen, wie sähe das dann aus?

Wie eine Mutter, die nach Hause zurückgekehrt ist, sagte sie sich. Aber sie ging trotzdem ins Wohnzimmer und lauschte dort den Stimmen, die vom Flur hereindrangen. Dann schlug eine Tür zu, und die Geräusche erstarben.

Jetzt war es Zeit hinüberzugehen, »Hallo, ich bin wieder da« zu sagen, die Tochter in den Arm zu nehmen und Britta freundschaftlich auf die Wange zu küssen.

Clara ging ins Schlafzimmer zurück und legte sich aufs Bett. Es war noch früh, dachte sie. Und sie wollte wirklich erst ihre Gedanken sammeln. Und ganz offensichtlich schien sie auch niemand zu vermissen.

Elena sah Friedrich kommen, als er auf den Eingang des *Amici miei* zusteuerte. Sie sah auch die schwarze Limousine davonfahren und hatte bemerkt, dass im Fond noch jemand saß, wusste aber nicht, wer. Elena saß an der Bar und wartete auf ihr Getränk. Pablo war dabei, einige Drinks für die Gäste an den Tischen zu mixen, die übrigen Barhocker neben Elena waren unbesetzt.

»Wieso soll eigentlich Andrés der große Hengst hier sein?«, fragte Pablo, während er einen Shaker nahm und mit dem Kinn auf die Zeitung wies, die aufgeschlagen vor Elena lag.

»Ist er das nicht?«, fragte Elena süffisant und straffte ihren Oberkörper. Pablo warf einen kurzen Blick auf ihren Busen, der sich unter der aufgeknöpften Bluse abzeichnete, und wandte sich ab. Elena stand auf, um Friedrich zu begrüßen. »Sie müssen Friedrich sein«, sagte sie und streckte ihm die Hand entgegen.

»Ah.« Friedrich musterte sie kurz. »Steht das auf meiner Stirn geschrieben?«

»Nein, aber ich habe schon Fotos von Ihnen gesehen. Ich bin Elena.«

»Oh!« Friedrich gab seine Zurückhaltung auf. »Das ist ja ein erfreulicher Zufall!«

»Ja, tatsächlich.« Elena lächelte. »Ich wollte eigentlich nur die Zeitung von heute vorbeibringen. Fürs Archiv!«

»Ja, ich habe schon gesehen«, lächelte Friedrich. »Guter Coup. Wollen Sie sich vielleicht zu mir setzen?«

Elena nickte. Sie trug ihre dunklen Haare heute glatt mit einer Außenwelle und hatte ihre Augen mit einem Lidstrich und Wimperntusche geschminkt.

Friedrich betrachtete sie. »Ich bin ehrlich überrascht«, sagte er dann.

»Ach, ja? Weshalb?«

Elena machte einen Schritt zur Seite, denn in diesem Moment kam der Oberkellner, der ihnen einen Tisch empfahl und auch gleich darauf die Speisekarte und die Weinkarte brachte. »Soll ich Andrés auch gleich benachrichtigen?«, fragte er.

»Benachrichtigen schon«, lächelte Friedrich. »Aber er braucht noch nicht gleich zu kommen!« Und zu Elena gewandt fuhr er fort: »Machen Sie mir die Freude, mit mir zu essen?«

»Herzlich gern!« Elena setzte sich. »Und im Vertrauen«, fügte sie hinzu, »hier esse ich besonders gern …«

Friedrich lachte.

»Aber was hat Sie nun so überrascht?«, wollte Elena wissen.

Friedrich zuckte mit den Schultern, und sein Doppelkinn rollte sich in drei große Falten, als er verschwörerisch den Kopf in ihre Richtung senkte. »Journalistinnen sind für mich eher flachbrüstige Intellektuelle.« Er schüttelte ungläubig den Kopf. »Da fallen Sie ja völlig aus dem Rahmen!«

Elena sah ihn strafend an. »Vielleicht ist aber auch Ihr Bild einer Journalistin etwas veraltet?«

Friedrich lachte wieder. »Mag sein. Jedenfalls gefällt mir gut, wie Sie Ihren Job machen!«

»Ich mache das, was wir besprochen hatten, Clara und ich«, erklärte Elena und nahm das Glas Champagner, das eben als Aperitif serviert wurde, dankend in Empfang. »Wo ist sie überhaupt?«, wollte sie wissen, während sie mit Friedrich anstieß.

»Sie hat sich in Deutschland um die neuen Möbel gekümmert«, wich Friedrich aus und erhob sich, weil nun Andrés auf ihn zukam.

»Wie schön, Sie zu sehen«, sagte Andrés und drückte seine Hand.

»Finde ich auch«, entgegnete Friedrich. »Haben Sie Zeit, um mit uns zu speisen?« Er wies auf den leeren Stuhl neben sich.

»Gern. Ich habe nur noch eine Bestellung für morgen zu klären, dann komme ich sofort.«

Andrés ging durch das Restaurant zurück, und Friedrich schaute ihm nach. »Täusche ich mich, oder ist er schmaler geworden?«, fragte er Elena.

»Das könnte ich nicht sagen. Ich habe ihn vorher nie so genau betrachtet!«

Friedrich nickte. »Es ist ja auch ein ganz schöner Stress, so einen Laden umzubauen. Haben seine Bioideen auf Mallorca denn eine Zukunft?«

Elena nickte. »Ganz bestimmt«, sagte sie. »Alle Deutschen hier legen Wert darauf, und nicht zuletzt durch sie wird das auch in den europäischen Nachbarländern zu einem immer größeren Thema.«

»Schön wär's«, sagte Friedrich. »Und sonst gäbe es nichts, was Andrés erschöpfen könnte?«

»Was meinen Sie?«, fragte Elena, musste aber auf eine Antwort warten, da nun der Kellner ihre Bestellung aufnehmen wollte.

Friedrich erklärte, er gebe sich ganz in die Hand des

Hauses, ein Fisch möge aber dabei sein, und Elena schloss sich ihm an.

»Nun«, fuhr Friedrich fort, »da gab es ein Foto in Ihrer Zeitung, das doch sehr nach einer Liaison mit der Köchin aussah, um es mal direkt zu sagen.«

»Ja. Clara hat mich damals auch gleich angerufen, aber ich kann ja nichts dafür, wenn es zwischen Andrés und Maria José offensichtlich gefunkt hat.« Sie spielte mit ihrem Champagnerglas, dann blickte sie auf und schaute Friedrich in die Augen. »Mal ganz ehrlich, was kann es für ein Restaurant Besseres geben als eine solche Verbindung?« Sie überlegte kurz. »Falls es Clara belastet, tut es mir leid. Aber für unsere Werbestrategie ist es ein Glücksfall!«

Friedrich nickte und nahm die Weinkarte zur Hand. »Dann brauche ich mit Andrés wohl nicht mehr darüber zu sprechen.«

»Nein«, sagte Elena und hob ihr Glas, »wirklich nicht.«

Clara saß auf dem Bett, hatte sich an das Rückenteil angelehnt, ihren Laptop auf den ausgestreckten Beinen, und rief ihre E-Mails ab. Dann surfte sie ein wenig durchs Internet, schaute sich die Kölner Homepage an und war fast ein wenig enttäuscht, kein weiteres Foto vorzufinden. Sie schaute auf die Uhr. Vierzehn Uhr vorbei, da waren alle bei der Arbeit. Sie könnte aber eine SMS schicken. Sven konnte sie um diese Uhrzeit auch schlecht erreichen, wahrscheinlich schlief er noch. Sie könnte höchstens Amelie anrufen, die arbeitete nicht. Aber war das dann nicht die pure Neugier? Sie musste geduldig sein.

Was macht bloß Friedrich so lange, dachte sie. Und wann ist wohl die beste Zeit, um bei Britta aufzutauchen?

Oder sollte sie heimlich hier kochen, den Tisch schmücken und am Abend eine Kurznachricht schicken: Kommt doch rüber?

Das war genial. Und die Idee gab ihr direkt Auftrieb. Das war die richtige Art, wieder in der Gemeinschaft anzukommen.

Clara schnappte sich Geld und Schlüssel und schlich sich aus dem Haus.

Um zum Einkaufszentrum zu kommen, musste sie eine ewig breite Straße hinauflaufen, die kein Ende nehmen wollte. Sie ärgerte sich, denn das Auto hätte ihr diesen Gewaltmarsch erspart. Auf der anderen Seite hätte Britta sofort die Polizei alarmiert, wenn ihr Wagen vom Parkplatz verschwunden wäre. Das Risiko war ihr zu hoch. Aber nachdem sie bekommen hatte, was sie brauchte, war sie wieder versöhnt: verschiedene Vorspeisen, schöne Kartoffeln, frischen Salat und Steaks und dann Käse zum Ausklang. Für Katie hatte sie noch etwas Süßes gekauft, und beim Gedanken an ihre Tochter zog sich ihr Herz vor Freude zusammen.

Clara gelangte ungesehen in ihre Wohnung zurück und machte sich, leise vor sich hin summend, ans Werk.

Es machte Spaß, mal wieder so ganz ungestört in der eigenen Wohnung herumzuwerkeln. Sie vergaß darüber Andrés und war voller Pläne und Ideen, während sie eine Platte mit Vorspeisen richtete, Brot aufschnitt, Kartoffeln für das Gratin schälte und die herrlich saftigen Weintrauben für den Käse wusch. Dann rückte sie die Möbel zurecht, deckte den Tisch, faltete Servietten und bestückte den Kerzenhalter neu. Schließlich ging sie ins Badezimmer, duschte und richtete sich und setzte sich schließlich in einen bequemen Sessel mit Blick aufs Fenster. Clara sah hinaus und entspannte sich zum ersten Mal an diesem Tag. Es war ganz still, und sie genoss das Gefühl, völlig bei sich zu sein. Eine tiefe Zufriedenheit überkam sie, und sie fühlte sich vollkommen wohl in ihrer Haut.

Schließlich stand sie auf. Draußen war es jetzt fast schon dunkel, sie würde jetzt *You'll never walk alone* von Barbra Streisand auflegen und die Kerzen anzünden. Anschließend wollte sie hinübergehen, ganz offiziell klingeln und dann einfach bei Britta auf der Türschwelle stehen und auf ihre offen stehende eigene Tür zeigen.

Clara nahm die CD aus der Hülle und ging zu dem CD-Player, der auf der Fernsehkonsole stand. In diesem Augenblick sah sie ihn. Er ging nur wenige Meter entfernt an ihr vorbei. Instinktiv trat sie einen Schritt zurück und stand ganz still mit der CD in der Hand. Dann stürzte sie ans Fenster und sah ihm nach. Er schloss die Eingangstür auf, ihr Herz überschlug sich fast, und sie starrte wie gebannt auf die Apartmenttür, aber nichts tat sich.

Es war Andrés gewesen, da war sie sich sicher.

Aber wo war er hin?

Sie legte die CD hin, ging langsam zur Tür und schaute durch den Spion. Das Licht im Flur war an, aber sie sah niemanden. Auch Brittas Tür war zu.

Clara konnte einfach keinen klaren Gedanken fassen, so sehr schossen sie in ihrem Kopf hin und her. Ganz ruhig, sagte sie sich. Ganz ruhig. Vielleicht war er zu Ellen? Einen Antrittsbesuch machen?

Clara wusste nicht einmal, welches Apartment ihre Mutter gemietet hatte. Und wie sollte sie das jetzt herausfinden?

Das Flurlicht schaltete sich automatisch ab, jetzt lag alles wieder im Dunkeln. Clara ging ins Wohnzimmer zurück und öffnete leise die Terrassentür. Es war kühler geworden, und der Wind zog durch ihr leichtes Kleid hindurch. Sie drückte sich an der rauen Hauswand entlang, an der Eingangstür vorbei, zu den erleuchteten Fenstern auf der anderen Seite, zu Brittas Apartment. Wie ein Spion kam sie sich vor, aber der Drang, wissen zu wollen, wo Andrés steckte, war stärker als jedes Gefühl der Scham.

Sie hatten keine Vorhänge zugezogen, und wieder stand Andrés nur wenige Meter von ihr entfernt. Katie hatte ihn offensichtlich angesprungen, denn sie umklammerte seinen Körper mit ihren Beinen und hatte die dünnen Arme um seinen Hals geschlungen. Clara musste schlucken. Ellen stand lachend daneben, und Britta schenkte ihm eben ein Glas Sherry ein. Andrés stützte Katies Hinterteil mit dem linken Arm ab und nahm das Glas mit der Rechten in Empfang. Sie prosteten sich zu, und Andrés sagte etwas, worauf sie alle herzlich lachten. Sie wirkten wie eine große, glückliche Familie. Clara stand wie gebannt. Sie schaute auf den liebevoll gedeckten Tisch und die brennenden Kerzen und dachte an ihren eigenen Tisch. Sie wachte erst auf, als sie unvermutet hinter sich das Klackern hoher Absätze hörte. Schnell schlich sie hinter den nächsten hohen Busch, duckte sich und sah der Gestalt entgegen, die sich jetzt aus der Dunkelheit löste und den schmalen Weg auf die Haustür zukam.

Clara hielt den Atem an. War das etwa Maria José? Nein, dachte sie und beruhigte sich, das konnte nicht sein. Maria José musste um diese Uhrzeit kochen, und außerdem war diese Gestalt graziler.

Vor der Haustür blieb die Fremde stehen, drückte den Lichtschalter, und die Laternen auf dem Weg flammten auf: Es war Elena. Clara atmete auf. Elena suchte nach der richtigen Klingel, und gleich darauf sah Clara, wie Britta aus dem Wohnzimmer ging. Katie rutschte von Andrés' Arm herunter und lief hinter Britta her, neugierig, wie sie war.

Gut, dachte Clara, Elena macht Sinn. Also war es eine Art Arbeitsessen, Britta, Elena und Andrés. Und weil Britta abends wegen Ellen und Katie nicht fortwollte, fand es eben bei ihr im Apartment statt.

Es beruhigte sie, trotzdem spürte sie jetzt die ganze Enttäuschung. Sollte sie jetzt in ihr Wohnzimmer zurückgehen? Sollte sie sich das antun?

Elena kam herein, sie trug mörderische Absätze zu einem dunklen, schmal geschnittenen Mantel, den Andrés ihr jetzt abnahm. Darunter kam ein superkurzes Kleid mit sexy Schnitt und breitem Gürtel zum Vorschein. Ihre Haare trug sie in einem spanischen Knoten, und der knallrote Lippenstift leuchtete aus ihrem Gesicht. Sie sah aus wie frisch aus einem Modemagazin entstiegen. Clara dachte an ihr eigenes Kleid, das sie zur Feier des Tages trug, es war ein einfaches Hemdblusenkleid. Schwarzes Leinen zu flachen Schuhen. Gegen Elenas Auftritt wirkte sie wie eine Grundschullehrerin beim Elternabend. Clara sah, wie Elena die Komplimente lächelnd annahm und sich dann ein Glas Sherry reichen ließ.

Andrés rückte den Damen die Stühle zurecht, ganz der Gentleman, und hielt fürsorglich den Kinderstuhl fest, in den Katie jetzt flink hineinkletterte. Clara musste lächeln. Es gab immer ein Mordsgeschrei, wenn man Katie dabei helfen wollte. Sie war schon vier, fast fünf, und also erwachsen genug, um selbst in den Stuhl zu steigen. So sah Katie das.

Andrés setzte sich zwischen Katie und Britta, Ellen und Elena drehten Clara jetzt den Rücken zu. Ellen scherzte über den Tisch hinweg offensichtlich mit Katie, denn Katie lachte auf und warf ihre blonden Locken zurück. *Meine Tochter*, dachte Clara zärtlich.

Clara blieb noch eine Weile stehen und schaute in ihr altes Leben: Britta reichte den Brotkorb zur Vorspeisenplatte herum, und Andrés kümmerte sich galant um jede der Frauen, schenkte nach und kitzelte zwischendurch Katie, die nur darauf zu warten schien. Clara studierte ihn. Er war schmaler geworden. Konnte das sein, in den wenigen Tagen? Aber er sah gut aus, seine Zähne schimmerten weiß, und Clara sah seinen schrägen Vorderzahn vor sich – ein warmes Gefühl durchflutete sie.

Am liebsten hätte sie einfach geklingelt. Aber dann sah sie wieder das Zeitungsfoto mit Maria José vor sich, und ihre Lippen wurden schmaler. Wenn sie mit ihm zusammentreffen sollte, und das war bei der neuen Ausstattung des *Amici miei* unausweichlich, dann sicherlich nicht in einem so intimen, familiären Rahmen. Am besten in seinem Büro, wo sie sachlich über die anstehenden Malerarbeiten und die neue Möblierung sprechen konnten. Es graute ihr jetzt schon davor.

Sie hatte genug gesehen. Und die Rolle der Voyeurin behagte ihr auch nicht mehr. Aber sie konnte sich auch nicht recht überwinden hineinzugehen. Sie wollte ihren gedeckten Tisch nicht sehen, nicht mit ihren falschen Hoffnungen konfrontiert werden. Jetzt brauchte sie etwas anderes. Sie warf noch einen letzten Blick auf Andrés, der in diesem

Moment den Kopf hob und genau in ihre Augen sah. Nur kurz, aber Clara durchzuckte es wie ein Blitz.

Das kann nicht sein, sagte sie sich, er kann hier draußen überhaupt nichts erkennen. Das Außenlicht war längst erloschen. Trotzdem ging sie seltsam berührt zu ihrer angelehnten Terrassentür zurück.

Der Gedanke hatte nichts Außergewöhnliches an sich, aber für Clara war er revolutionär: Sie würde einkaufen gehen. Lizzy und Kitty hatten es immer und immer wieder gesagt: Mach mehr aus deinem Typ. Wozu, hatte sie sich gefragt. Die, die sie liebten, liebten sie so, wie sie war. Wozu sollte sie sich also in unbequeme Kleider und Schuhe werfen, wenn ihr Typ doch eher sportlich war und sie sich in gedeckten Farben und unauffälligen Schnitten wohlfühlte? Sie wollte sich nicht verkleiden, hatte sie immer wieder zu ihrer Rechtfertigung gesagt. Sie war einfach nicht der Typ Frau, der viel Aufhebens um sich machte.

Vielleicht war das falsch?

Sie ging in ihr Wohnzimmer, schaltete das Licht ein, stellte alles, was verderben konnte, in den Kühlschrank und schaute auf die Uhr. Es war noch nicht sehr spät. Die großen Boutiquen in Palma würden noch geöffnet sein.

Clara zog ihr Kleid aus, schlüpfte in eine Jeans und einen hellgrauen Kaschmirpullover, lächelte sich im Spiegel zu, überprüfte den Inhalt ihres Geldbeutels, nahm den Autoschlüssel, klemmte sich eine leichte Jacke unter den Arm und ging. Diesmal nahm sie nicht einmal Rücksicht darauf, ob es jemand bemerken könnte oder nicht, es war ihr egal.

Clara suchte nach dem kleinen Leihwagen, den Britta und sie sich teilten, und hatte ihn schnell entdeckt. Es standen kaum noch Autos auf dem Parkplatz, und die Lichter ihres Twingo blinkten nur wenige Meter entfernt, nachdem sie den Funkschlüssel gedrückt hatte. An dem Landrover, der ganz vorn stand, blieb sie kurz stehen. Ob sie wollte oder nicht, sie musste ihn kurz anfassen. Sie strich mit der Hand über den Lack. Der Wagen passte zu Andrés. Er war schon der Mann, der ihr gefallen hätte.

Aber andererseits war es Paul auch gewesen. Und beide hatte sie an eine andere Frau verloren.

Das nächste Mal würde es anders sein, das wollte sie sich jetzt beweisen. Ab sofort würde sie eine Femme fatale sein und die Kerle zum Teufel schicken. Was die können, kann ich schon lang, dachte sie und kehrte dem Jeep den Rücken zu.

Clara mied normalerweise Boutiquen, die sie nicht kannte, weil sie sich dort stets völlig überfordert fühlte. Entweder hingen die Ständer voller Ware, und sie wusste nicht, welches Teil sie für sich herausziehen sollte, oder es war einem sofort eine Verkäuferin auf der Spur, die einem klarmachte, dass man dieses Geschäft anstandshalber nur mit gekaufter Ware verlassen konnte. In Köln hatte sie eine einzige Boutique, in der man sie kannte und in der sie keine Experimente durchleiden musste. Aber heute war alles anders. Sie wusste, welche Boutique »in« war, Kitty, Lizzy und Tina hatten oft genug darüber gesprochen, ohne jemals einen Fuß hineingesetzt zu haben. Zu teuer. Viel zu teuer. Das war Clara heute egal, sie war jetzt wild entschlossen, nicht zu zögern, wenn ihr etwas gefallen sollte.

Wahrscheinlich war ihr diese Entschlossenheit anzusehen, denn kaum war sie im Geschäft, strömten gleich drei junge Verkäuferinnen auf sie zu.

»Nur mal umschauen«, wehrte Clara ab und schaute sich wirklich um: nach einer älteren Verkäuferin. Sie sollte das Gefühl einer gedemütigten Frau kennen und ihr keinen Babykram aufdrängen wollen. Und tatsächlich, hinten bei den Schuhen fand sie das Verkäufermodell, das ihr behagte. Sie war schätzungsweise Anfang vierzig, schlank und groß und würde ihr die Wünsche von den Lippen ablesen.

Sie packte gerade einer Kundin Schuhe ein, die Clara auch gut gefallen hätten. Als sie damit fertig war, trug Clara ihr Anliegen vor, und die Verkäuferin lächelte und nickte wissend. Nach einem kurzen Blick auf ihre Figur vergewisserte sie sich noch einmal: »Also dann lieber mondän?«

Mondän, das gefiel Clara. Ja, auch sie wollte mal mondän sein. Sie konnte sich das an sich selbst nicht so richtig vorstellen, aber sie würde sich jetzt einfach überraschen lassen.

»Größe 38?«

Clara nickte.

»Und die Schuhgröße?«

»39.«

Einkaufen als Medizin für die Seele, dachte sie kurz. Schokolade hätte es auch getan, aber sie verwarf den Gedanken gleich wieder. Heute würde sie sich verwöhnen, genau so, wie es dem Klischee entsprach: neue Kleider als Ersatzbefriedigung.

Die Verkäuferin war ihr auf Anhieb sympathisch. Und eigentlich wäre sie am liebsten mit ihr direkt in die nächste Bar gegangen und hätte eine Flasche Champagner geleert. Auf das Leben. Aber vielleicht kam das ja noch …

»Ich bin Renata«, stellte die Verkäuferin sich jetzt vor, und da Clara ihr »Flockheimer« zu förmlich war, sagte sie einfach: »Freut mich, ich heiße Clara.«

»Setzen Sie sich doch einfach«, sagte Renata und wies auf eine Couch. »Ich suche Ihnen etwas heraus.«

Das gefiel Clara, und kaum saß sie, kam eine junge Frau und servierte ihr ein Glas Champagner. Ja, dachte Clara, so ließ es sich leben. Einfach mal nur an sich selbst denken.

Kurz danach kam Renata mit einem fahrbaren Kleiderständer, an dem bereits einige Kleidungsstücke hingen. Darunter standen die Schuhe, die Renata zu den verschiedenen Teilen ausgewählt hatte, und rechts und links hingen zwei passende Taschen.

Taschen nicht, dachte Clara. Ich bin einfach kein Taschentyp, aber sonst: perfekt! Sie stand auf und ging in die Umkleidekabine.

Ein Kleid war ihr am Ständer schon ins Auge gestochen, ein Etuikleid. Weißer Kreppstretch, der sich dehnte und federleicht um ihren Körper schmiegte. Es endete eine Handbreit über dem Knie und hatte einen verführerischen Ausschnitt. Etwas ratlos sah sich Clara im Spiegel an.

Renata fragte nach, schaute herein, reichte ihr die entsprechenden Schuhe und lächelte kurz. Während Clara noch dabei war, in die Schuhe zu schlüpfen, ging der Vorhang wieder etwas zur Seite, und an Renatas Hand baumelte eine Dessoustüte. Clara schaute kurz auf, dann griff sie danach. Unglaublich. In der Tüte fand Clara einen weißen, feinen Push-up-BH, der genau ihrer Größe entsprach. Sie schlüpfte noch einmal aus dem Kleid, legte ihn an und drehte sich vor dem Spiegel. Donnerwetter. Darauf hätte sie früher schon mal kommen können, damit sahen manche Kleider eben gleich ganz anders aus. Erwartungsvoll schlüpfte sie erneut in das Kleid und – bingo – hatte plötzlich ein Dekolleté.

Clara öffnete den Vorhang und trat hinaus. Es war auf den hohen Absätzen ein bisschen ungewohnt, aber sie fühlte sich gleich ganz anders.

»Darf ich?«, fragte Renata, kam näher und legte ihr ein Collier um den Hals.

»Modeschmuck«, sagte sie dazu. »Hochwertiger Modeschmuck, aber trotzdem nicht so teuer, wie er aussieht.«

Es sah tatsächlich exklusiv aus.

Clara drehte sich vor dem Spiegel und bemerkte, dass eine Frau, die nun ebenfalls auf dem Ledersofa saß, aufmerksam zu ihr herüberschaute.

»Sieht sehr schön aus«, sagte sie ungefragt, und Clara wusste, dass es stimmte.

Renata reichte ihr einen Mantel mit Reverskragen, der in der Taille geschnürt war. Er fasste sich wunderbar an.

Clara ließ die Hand darübergleiten. »Traumhaft«, sagte sie.

»Eine edle dünne Kaschmirqualität«, erklärte Renata. »Und zudem«, fuhr sie fort, »sportlich zur Jeans und mondän zu diesem Kleid.«

Der war es, das war Clara klar, bevor sie ihn angezogen hatte. Das war ein Stück, das keiner Mode und keinem Wandel unterworfen war, das war klassisch schön.

Clara zog den Mantel an, er endete wenige Zentimeter über dem Kleid, sodass es weiß hervorblitzte und aufregend war. Clara drehte sich, und der Mantel schwang mit.

»Der hat mich gesucht«, sagte sie lächelnd zu Renata, worauf die Frau vom Sofa »Und gefunden« ergänzte und aufstand. Sie war gut zwanzig Jahre älter als Clara, kleiner und rundlicher und trug eine dunkle, fast bodenlange Strickjacke zu dunkelroten Lederstiefeln im Reiterstil.

»Das ist perfekt«, sagte sie, und Clara fragte sich, ob sie die Chefin oder bloß eine Claqueurin war. Und als ob sie es gespürt hätte, stellte Renata sie vor: »Señora Schedler ist eine unserer liebsten Kundinnen. Sie ist Ärztin und reist viel um die Welt.«

»Angenehm.« Die beiden Frauen reichten sich die Hände.

»Nennen Sie mich Karin«, bot die Ärztin lächelnd an und fuhr fort: »Ich bin in meiner Meinung völlig neutral, ich freue mich nur, wenn die Dinge so wunderbar zusammenkommen.« Ihre beiden Hände zeichneten ein vages Bild von Clara. Und dann deutete sie auf Claras Haare. »Wenn Sie dieses Outfit heute Abend noch ausführen wollen, brauchen Sie jetzt allerdings noch eine Hochsteckfrisur und den roten ›Paloma Picasso‹-Lippenstift.«

Clara schaute in den Spiegel und lächelte sich zu. »Ja«, bestätigte sie, »da haben Sie recht, aber wo bekomme ich jetzt noch einen Friseur und einen entsprechenden Lippenstift her?«

Die beiden Frauen schauten sich an.

»Renata weiß da bestimmt eine Lösung«, erklärte Karin.

»Und wo soll ich danach dann hingehen?«, setzte Clara nach.

Beide Frauen schauten nun Clara an. Das Erstaunen war ihnen ins Gesicht geschrieben.

»Kein Mann?«, wollte Señora Schedler wissen.

»Jedenfalls keinen, der mich jetzt ausführen könnte«, konkretisierte Clara und blickte schnell zu Renata. »Oder kennen Sie auch noch einen Begleitdienst?«

Renata musste lachen. »Nur Karins Sohn, aber der ist tatsächlich sehr gut aussehend. Wollen Sie jemanden ärgern?«

Clara schwieg und überlegte. »Der Gedanke kommt mir erst jetzt. Eigentlich erst jetzt, wo Sie das sagen.« Sie lächelte verschmitzt. »Vielleicht sollte ich wirklich mal jemanden ärgern!« Clara zögerte kurz. »Ginge das denn?«, wollte sie dann wissen. »Ich meine, das mit Ihrem Sohn? Fände er das nicht komisch?«

Karin Schedler zuckte mit den Achseln. »Wir haben hier in der Nähe eine Wohnung, und er ist für ein paar Tage zum Golfspielen angereist – wenn er nichts vorhat ... Ich meine, Sie sind ja eine sehr gut aussehende Frau, da wäre so ein Abend doch ein Glückstreffer für ihn. Ich werde ihn ganz einfach fragen.«

»Ich übernehme natürlich die Rechnung«, sagte Clara schnell. »Und was sonst noch anfällt ...«

Karin lachte, und Clara schaute auf ihre Uhr. »Wird das jetzt nicht alles zu spät?«, wollte sie ehrlich besorgt wissen.

»Ach.« Renata zuckte mit den Achseln und lächelte. »Die Uhren gehen hier anders als in Deutschland. Das kann manchmal nervend sein, hat aber auch was Gutes ...« Sie winkte bereits einer der jungen Frauen. »Lippenstift und Friseur – das haben wir gleich ...« Sie lachte und zwinkerte Karin zu. »Für deinen Sohn bist allerdings du zuständig.«

Da hatte sie in der Boutique also gleich das Gespür gehabt, sich die Chefin auszusuchen. Manchmal musste Clara über sich staunen. Zumal jetzt, da sie neben Tom im Auto saß und die letzten zwei Stunden begreifen wollte. War es der Champagner, war es die Atmosphäre? Nie im Leben hätte sie so etwas von sich gedacht. Sie traute sich kaum, zu ihm hinüberzusehen, denn er war eigentlich der Typ Mann, den man nur aus Filmen kannte. Rock Hudson, dachte sie. Und wahrscheinlich schwul. Oder Pierce Brosnan, fiel ihr ein. Aber das waren Traummänner, so etwas lief einem nicht wirklich über den Weg. Aber hier, neben ihr, saß einer. Zu schön und zu jung, um wahr zu sein.

»Ich glaub's immer noch nicht«, sagte sie und sah jetzt doch hinüber. »Muss Ihnen das nicht völlig schräg vorkommen?«

»Ach«, sagte er und zeigte blendend weiße Zähne. »Ich darf eine wunderschöne Frau ausführen, und das auch noch im geheiligten Auto meiner Mutter.« Er lachte. »Ich denke, bei so viel Frauenpower kann ich als Mann doch nicht zurückstehen. Und außerdem«, er warf Clara einen Blick zu, dass es ihr heiß und kalt durch die Glieder fuhr, »freue ich mich wirklich, Ihnen diesen kleinen Liebesdienst erfüllen zu können.«

Clara schwieg. Liebesdienst? Das hörte sich schon ziemlich verwegen an. »Ach ja«, sagte sie unbestimmt.

»Und ich war schon lange nicht mehr im *Amici miei*«, sagte er. »Ist es Ihr Stammlokal, dass Sie ausgerechnet dort hinwollen?«

Clara schüttelte den Kopf. »Nein«, sagte sie schließlich in sachlichem Ton. »Mein Freund ist der Geschäftsführer und hat ein Verhältnis mit der Köchin.«

Er warf ihr einen kurzen prüfenden Blick zu. »Na«, sagte er nach kurzer Pause, »das kann ja spannend werden. Hat er eine Karateausbildung oder so etwas Ähnliches?«

»Er ist gar nicht da, er sitzt bei meiner Mutter und meiner Tochter in unserem Apartment.«

Tom nickte. Nach einer Weile der absoluten Ruhe fragte Clara: »Habe ich Sie jetzt erschreckt?«

Er schüttelte langsam den Kopf. »Dass es irgendeine Ausnahmesituation sein würde, dachte ich mir schon. Eine

Frau wie Sie hat ja gemeinhin genügend eigene Kerle an der Hand.«

Clara streckte sich ein wenig. Das hörte sich jedenfalls gut an. Und sie kam sich auch gut vor. Renata hatte tatsächlich aus dem nahe gelegenen Friseurgeschäft einen Visagisten kommen lassen, der bei ihren Modeschauen die Models schminkte. Und er machte aus der promovierten Kunsthistorikerin in kürzester Zeit eine top gestylte Diva.

»Danke«, sagte sie und lächelte ihm zu. »Leider stimmt es nicht. Ich bin eher bieder und ziemlich konservativ – jedenfalls wenn ich mich mit meiner Mutter vergleiche. Die ist eine Altachtundsechzigerin und völlig durchgeknallt!«

Tom lachte schallend.

»Und was machen Sie so?«, wollte Clara wissen. »Begleitservice wird ja nicht Ihr Hauptjob sein«, sagte sie in bewusst kokettem Tonfall.

»Wenn wir für Ihren Freund eine falsche Fährte legen sollen, dann wäre vielleicht ein Du angebracht«, sagte er statt einer Antwort. »Denn sonst interessiert das keinen Menschen. Und vielleicht sollten Sie auch noch kurz den Marilyn-Monroe-Blick üben, so schön von unten herauf, ja? Lasziv durch die Wimpern hindurch – so ein Blick kommt immer gut! Vor allem für andere!«

»Aha«, sagte Clara und übte es gleich einmal, obwohl sie sich dabei ziemlich dämlich vorkam. Aber vielleicht würde es ihr nach einem weiteren Glas Champagner leichter fallen.

»Denken Sie einfach an eine Katze«, sagte Tom. »Wenn Sie sich heute Abend wie eine Katze benehmen, dann haben Sie gewonnen.«

»Wie eine Katze?« Claras Ton war höher als gewollt. »Soll ich etwa schnurren?«

Tom schaute zu ihr hinüber, obwohl es Clara lieber gewesen wäre, wenn er mehr auf die Fahrbahn geachtet hätte.

»Haben Sie noch nie eine Katze beobachtet? Katzen sind stolz. Sie schreiten. Und sie gewähren ihre Gunst nur Menschen, die ihnen würdig erscheinen. Im Gegensatz zum Hund suchen sich Katzen ihre Freunde selber aus.«

»Sie sind also ein Katzenliebhaber.«

»Ich liebe auch Hunde. Aber Katzen sind unbestechlich. Und keine Befehlsempfänger. Katzen sind zugleich Diva und Boss. Wenn Sie sich diese Mentalität zu eigen machen, liegen Ihnen die Männer zu Füßen.«

»Mir? Was?« Clara strich über den Stoff ihres neuen Kleides, das auf den Oberschenkeln etwas nach oben gerutscht war. Es war ungewohnt, dass ihre Unterschenkel durch die hohen Absätze plötzlich so lang waren. Das brachte die Oberschenkel in Schräglage. Clara betrachtete ihre Beine und schüttelte dann den Kopf.

»Ich bin sechsunddreißig Jahre alt«, sagte sie. »Ich war von der Mentalität her wohl immer eher der Hund. Und jetzt befürchte ich, dass mir der Katzenblick nicht so wirklich steht.«

»Wenn Sie Männer aus dem Gleichgewicht bringen wollen, müssen Sie anders sein, als die Männer es von Ihnen erwarten.«

»Ach?« Clara schaute ihn erstaunt an. »Haben Männer eine Erwartungshaltung? Ich dachte, nur Frauen hätten so etwas.«

»In Bezug auf Sex schon. Da haben Männer eine sehr deutliche Erwartungshaltung.«

»Aber darin erschöpft sich das Thema dann wohl auch.«

»Richtig.« Er warf ihr einen Blick zu, und Clara dachte,

dass er sicherlich zehn Mädchen an jedem Finger hatte. Er sah einfach umwerfend aus. Und jeder seiner Blicke war so urmännlich testosteronhaltig, dass er sicher einstudiert war. Möglicherweise so, wie sie nun den Marilyn-Monroe-Blick üben sollte. Irgendetwas an ihm konnte nicht stimmen. Schon die Tatsache, dass er sich für eine solche Exkursion Zeit nahm, war eigentlich alarmierend.

»Wenn Sie sich wie ein Mann benehmen, werden Sie durchschlagende Erfolge haben.«

»Ach.« Clara schaute nach vorn auf die Straße, weil Tom gerade ziemlich schnell auf einen vor ihnen fahrenden Wagen aufschloss. »Was heißt das?«

»Minimieren Sie alle Ihre Bemühungen auf das, was Ihnen selbst guttut. Machen Sie sich keine Gedanken darüber, womit Sie Ihrem Partner eine Freude machen könnten. Wenn er was will, sagt er es schon. Versuchen Sie nicht, ihn zu irgendetwas anzustoßen – es ist nicht nur mühsam, sondern auch unfruchtbar. Lesen Sie keine Gedanken, und hören Sie nur das, was gesagt wird. Interpretieren Sie nicht. Ich schwöre Ihnen, Sie leben glücklicher!«

Clara antwortete nicht. Sie dachte darüber nach. Ja, dachte sie, vielleicht. Ich habe immer die Geschenke zu allen Geburtstagen in der Familie oder im Freundeskreis besorgt, die Aufmerksamkeiten für die Gastgeberin, wenn man eingeladen war, die Urlaubsreisen zusammengestellt, den Bürokram rund ums Haus erledigt, ihn an seinen Zahnarzttermin und an die neuen Socken erinnert. Was Tom da sagte, traf zumindest auf ihre Zeit mit Paul voll und ganz zu. Und wenn sie ihn damals nicht so ins Kreuz getreten hätte, wäre er heute noch ein kleiner Architekt. Die erste Immobilie hatte sie ausgegraben, weil sie in ihm einen

Mann sehen wollte, der seine Familie angemessen ernähren kann.

»Du hast recht«, sagte sie voller Inbrunst. »Du hast verdammt noch mal recht!«

»Oh«, sagte er, »jetzt klappt das ja auch mit dem Du. Also gehen wir es an, da vorn leuchtet schon das Ziel!«

Einen solchen Auftritt war Clara nicht gewohnt. Sie hatte sich im beleuchteten Spiegel der Sonnenblende noch schnell die feuerroten Lippen nachgeschminkt und war dann neben Tom ins *Amici miei* stolziert.

»Haben wir überhaupt reserviert?«, hatte er sie noch kurz vor dem Eingang gefragt.

»Sollte ich nicht die männliche Mentalität annehmen? Dann habe ich natürlich nicht reserviert. Um so etwas kümmert sich meine Frau«, verkündete sie, und Tom grinste.

»Gut gebrüllt, Löwe«, sagte er. »Dann werden wir um einen Platz streiten.«

Clara kannte alle Kellner und Kellnerinnen, aber ganz offensichtlich erkannten sie Clara nicht. Der Oberkellner begrüßte sie und Tom und bedauerte, dass der Geschäftsführer ausgerechnet heute nicht da sei, aber das war auch alles. Clara war sich sicher, dass er diesen Spruch bei jedem Gast aufsagte. Nicht zu fassen, dachte sie, nachdem auch Pablo ihnen, ohne mit der Wimper zu zucken, zwei Gläser Champagner serviert hatte. Sie musste mit der Frisur und dem Make-up tatsächlich eine andere Person geworden sein. Oder man vermutete sie einfach nicht hinter dieser Aufmachung und mit diesem Mann – selbst wenn sie vielleicht eine gewisse Ähnlichkeit erkannten.

»Und? Zufrieden?«, wollte Tom wissen und lächelte ihr zu.

»Mit dem Platz? Ja! Mit meiner männlichen Begleitung? Sehr! Nur das Essen würde ich jetzt gern versalzen und mich anschließend beschweren!«

»Wie können Frauen nur so gehässig sein. Es sind doch ansonsten hübsche und sanftmütige Wesen …«

Clara musste an sich halten, um nicht herauszuprusten. »Was?«, fragte sie. »Wenn Frauen ihre Felle wegschwimmen sehen, sind sie die gefährlichste Waffe, die man sich vorstellen kann.«

Tom schaute sie an. »Glaubst du?«

»Da bin ich mir ziemlich sicher«, sagte Clara, »denn Frauen arbeiten mit List, und das ist gefährlicher als der offene Kampf.«

»Du meinst den Giftbecher?«

»Zu profan. Ich denke, dass Frauen die bessere Phantasie haben und deshalb Wege beschreiten, auf die kein Mann kommen würde.«

»Und dann zappelt der Typ im Netz.«

»Exakt.« Clara nickte und hob das Glas. »Es heißt ja auch die Spinne und nicht der Spinne!«

»Auwei!« Tom stieß mit ihr an. »Dann weiß ich jetzt auch endlich, warum mich meine erste Freundin mit ihrer besten Freundin verkuppelt hat.«

»Ach so?«

»Ja, sie wollte mich loshaben!«

Clara verzog das Gesicht. »Oder war es nicht doch vielleicht so, dass du mit der besten Freundin deiner Freundin fremdgegangen bist und dir das nun einfach so zurechtlegst?«

»Das ist jetzt weibliche Logik!«

»Und männliches Ausweichen!«

Sie lachten beide, und Clara spürte, dass sie sich wohlfühlte. Na, so was! Mitten in der Höhle des Löwen, und ihre strapazierten Gefühlsnerven vermeldeten »positiv«.

»Was tust du eigentlich, wenn du nicht gerade die Rachegelüste wildfremder Frauen befriedigst?«, versuchte es Clara aufs Neue, nachdem der erste Gang, eine mallorquinische Knoblauchsuppe, serviert worden war.

Tom reagierte nicht gleich auf diese Frage, sondern kostete erst einmal von der Suppe und nickte dann. »Gut gegen Vampire«, befand er und fügte an, »und gegen alles, was sonst noch auf irgendeine Weise befriedigt werden will, denn das dürfte jetzt wohl klar sein: Diese Nacht gehört uns beiden. Zumindest sind wir nach dieser Suppe für fremde Nasen nicht mehr zumutbar.«

Clara überlegte, was er wohl genau damit sagen wollte, beschloss aber, diese Art von Überlegungen einfach sein zu lassen. Wenn sie etwas wissen wollte, sollte sie fragen, hatte er ihr gesagt. Interpretieren Sie nicht, das waren seine Worte gewesen. Gut, dachte Clara, so genau wollte sie es eigentlich auch nicht wissen. Sie würde es einfach auf sich zukommen lassen.

»Jetzt weiß ich aber immer noch nicht, was du beruflich tust«, hakte sie stattdessen nach.

»Wonach sehe ich denn aus?«, fragte er.

»Heiteres Beruferaten?«

Er nickte.

»Modelagentur!«

Er schüttelte den Kopf.

»Schauspieler.«

»Untalentiert.«

»Arzt. Wie deine Mutter.«

»Ich kann kein Blut sehen.«

»Werbedesigner.«

»Zu wenig Phantasie.«

»Golflehrer. Ein Pro.«

»Handicap 28. Mit wenig Aussicht auf Verbesserung.«

»Broker.«

»Ich bin kein Zocker.«

Clara holte tief Luft. »Jurist. Dann gebe ich es auf.«

»Gib's auf.«

Tom war belesen und kannte sich in der Welt aus. Besser jedenfalls als sie selbst.

Die Stunden vergingen, und erst als die Rechnung kam, fiel Clara wieder ein, weshalb sie eigentlich hier war. »Das Essen war verdammt gut«, sagte sie. »Schade!«

»Schade?« Er schaute sie erstaunt an und wollte nach dem Kästchen mit der Rechnung greifen, aber Clara war schneller. »Das hier«, sagte sie bestimmt, »ist mein Ding! Ich habe dich eingeladen, und dabei bleibt es auch, selbst wenn du ein Scheich aus Dubai wärst!«

»Negativ!«

»Wie?« Sie hob den Blick.

»Ich bin auch kein Scheich!«

Clara musste lachen. »Okay«, sagte sie, »ich will es auch gar nicht mehr wissen.« Sie griff nach ihrer Handtasche und holte den neuen Lippenstift, einen kleinen Spiegel und ihre Geldbörse hervor.

»Neu?«, wollte Tom wissen und zeigte auf die Tasche.

Clara runzelte leicht die Stirn. »Ja«, sagte sie dann. »Aber ich wollte eigentlich gar keine ...«

»Passt jedenfalls sehr gut zu dem Kleid!« Er lächelte und ließ seine ebenmäßigen Zähne sehen.

»Tja«, sagte Clara, »Renata hatte das wirklich schnell im Griff.«

Tom nickte. »Das Ergebnis spricht für sie. Und für dich!«

Als sie aufstand und ihr Kleid nach unten strich, spürte sie die Blicke einiger Gäste. Das war ein neues Gefühl. Ein Kellner brachte den Mantel, und Tom half ihr hinein. Der Mantel freute sie besonders. Und überhaupt war der ganze Abend ein unglaublicher Gewinn gewesen. Ihre negativen Gefühle hatten sich in Luft aufgelöst, und sie hoffte, dass alle noch bei Britta säßen, dann würde sie nämlich klingeln. Die Gesichter wollte sie sehen.

Sie hakte sich bei Tom ein und war gerade mit ihm durch die Eingangstür hindurch, als sie geblendet stehen blieb. Mehrere Blitze flammten auf und nahmen ihr die Sicht.

»Ach du je, wo kommen die jetzt her?«, schimpfte Tom. »So ein Ärger aber auch!«

»Was ist das?«, erschrak sich Clara.

»Paparazzi!«

»Hast du die organisiert?«

Tom musste herzhaft lachen und schaute sie dabei so entwaffnend an, dass sie mitlachen musste.

»Komm«, sagte er und nahm sie bei der Hand. »Wir gehen einfach!«

Weitere Blitze begleiteten ihren Weg, und Clara wurde zum ersten Mal klar, was mit »Blitzlichtgewitter« gemeint war.

»Steig einfach ein«, sagte er und öffnete ihr die Wagentür. Und als sie davonfuhren, blickte er in den Rückspiegel. »Jetzt haben wir sie am Hals«, fluchte er. »Da muss jemand aus dem Restaurant an einem Tipp verdient haben.«

»Tipp für was? Für wen?«, fragte Clara.

»An die Presse. Darum geht es ja.«

»Also …« Clara klappte die Sonnenblende herunter, um die nachfolgenden Autos im Schminkspiegel betrachten zu können. »Ich glaube, jetzt bist du mir eine Erklärung schuldig«, sagte sie und drehte sich ihm zu. »Was hat das zu bedeuten?« Sie klappte die Sonnenblende wieder hoch.

»Es ist mein Fehler«, sagte er. »Tut mir leid!«

»Bist du ein gesuchter Verbrecher? Oder so ein Banker, der die Leute geprellt hat? Hypo Real Estate? Oder ein Karstadt-Manager? Quelle? Opel? Nokia? Karmann?«

Tom wehrte ab. »Nichts von alledem. Ich kann mir morgens im Spiegel noch in die Augen sehen.«

»Dann weiß ich nicht! Aber jetzt will ich's wissen!«

Tom verzog das Gesicht. »Na, gut. Ist eigentlich unwichtig, aber sagt dir Offshore Powerboat Racing was?«

»Jedenfalls irgendetwas mit Rennen.«

»Richtig, das ist ein Motorsport mit Rennbooten. Da gibt es Meisterschaften in den einzelnen Klassen. Und mein Team hat vor Kurzem einen Titel geholt. Deshalb die Aufregung!«

Clara schaute ihn an. »Rennfahrer?«, fragte sie. »Darauf wäre ich nie gekommen!«

»Offshore-Rennfahrer. Wie gesagt, das hätte hier nun auch niemanden interessieren müssen, schließlich mache ich nur eine Stippvisite bei meinen Eltern.«

»Und da leiht dich deine Mutter einfach aus?«

Tom lachte wieder. »Ja«, sagte er, »dafür bin ich, glaube ich, alt genug.« Er warf ihr einen Blick zu. »Wollen wir noch in eine Bar?«

»Mit der Meute hinter uns?« Clara deutete mit dem Daumen nach hinten.

Tom zuckte die Achseln. »Das werden höchstens noch zwei, drei ganz Hartnäckige sein«, meinte er. »Die anderen haben ja, was sie wollten.«

»Heißt das, die Fotos von dir und mir werden irgendwo veröffentlicht?«, fragte Clara und hielt die Luft an.

»Davon gehe ich aus. Und sie werden sich die Frage stellen: Wer ist die Frau an seiner Seite?«

»Juhu!!« Clara jubelte und fiel ihm während des Fahrens um den Hals. »Das ist phantastisch! Vielen, vielen Dank! Jetzt darf ich dich noch zu einem Drink einladen!«

»Bei dir oder bei mir?«

»In der nächsten Bar!«

Der Blick weckte sie. Als Clara die Augen aufschlug, wusste sie zunächst nicht, wo sie war. Dann erkannte sie das Gesicht über sich, und die Umgebung wurde vertraut.

»Mama!«, sagte sie.

»Ich glaub, ich spinne!«, sagte Ellen und starrte sie an wie ein vom Himmel gefallenes Alien. Langsam ließ sie die Stablampe sinken, die sie mit beiden Händen umklammert hielt. »Bist du's wirklich?«

Clara fasste sich an die Stirn.

»Ich glaube schon …«

»Und wo kommst du her?«

»Aus der letzten Bar. Keine Ahnung, wie sie hieß …«

Ellen legte die Maglite auf die Decke und öffnete den Vorhang. »Du hast mich vielleicht erschreckt«, sagte sie. »Ich wollte nur schauen, ob du vielleicht eine Jacke für mich in deinem Schrank hast – und dann das!«

»Aber du kennst mich doch!« Clara richtete sich langsam auf.

»Ich hab dich doch hier nicht erwartet!« Ellen schüttelte den Kopf und schaute sie an. »Und wie du aussiehst!«

»Wie sehe ich denn aus?«, fragte Clara und überlegte krampfhaft, was gestern alles vorgefallen war. Tom fiel ihr ein. Du lieber Himmel. Und das *Amici miei*. Und die Fotografen. Und die Bar. Und noch eine Bar. Und dann?

Die Erinnerung setzte aus. Filmriss. Auch das noch!

»Schwarze Augenhöhlen wie ein Totenkopf! Man kann richtig Angst vor dir bekommen.«

Clara rieb sich das Gesicht. Und griff in ihre Haare. Die waren gestern für die Hochfrisur auftoupiert worden, und so standen sie jetzt auch ab. In alle Richtungen.

Ellen fing an zu lachen. »Beweg dich nicht! Ich hole meinen Fotoapparat. Das glaubst du sonst nicht!«

»Ich glaub's auch so«, sagte Clara. »Gib mir einfach ein paar Minuten, um klar zu werden!«

»Weiß Britta, dass du da bist?«

»Niemand weiß es!«

»Andrés auch nicht?«

»Der ganz bestimmt nicht!«

Ellen schüttelte den Kopf. »Da warst du ja fast schneller da als ich. Und wie ging das?«

»Mit Friedrich. In seinem Privatjet.«

»Tochter, Tochter!« Ellen schüttelte den Kopf. »Du fällst ganz offensichtlich immer wieder auf die Füße.«

Clara dachte an Tom. Die Füße waren wahrlich groß, auf die sie da gefallen war. Aber sie sagte nichts.

Sie stand unendlich lange unter der Dusche. Zum Schluss drehte sie auf Kalt, bis sie japste. Jetzt war sie wach. Zumindest für den Moment. Sie klatschte sich eine Tagescreme ins Gesicht, tuschte die Wimpern und trat einen

Schritt vom Spiegel zurück. Wenn man die roten Augen nicht so genau betrachtete, ging es fast schon wieder. Dann schlüpfte sie in eine Jeans und zog sich ein langärmeliges T-Shirt über. Im Hinausgehen hängte sie noch das weiße Kleid auf, das zerknittert auf dem Fußboden lag, und legte den neuen Mantel über einen Stuhl.

Diesmal dachte sie nicht lange darüber nach, sondern lief über den Gang und öffnete die Tür zu Brittas Apartment. Ellen hatte versprochen, kein Wort zu verraten, und sie hatte Wort gehalten. Britta saß mit Katie am Frühstückstisch, und ihr Mund klappte runter, als sie Clara sah.

»Das gibt es doch nicht! Ich dachte, Ellen käme vom Brötchenholen zurück.«

Katie drehte sich nach ihr um und krähte sofort: »Mami, Mami, meine liebe Mami!«

Augenblicklich schossen Clara Tränen in die Augen, und sie lief auf Katie zu, um sie in die Arme zu schließen.

Katie krabbelte aus dem Kindersitz heraus und hängte sich an Clara, wie sie es gestern noch mit Andrés getan hatte.

Ach, gibt es etwas Schöneres als ein eigenes Kind?, dachte Clara und roch in ihre Haare hinein.

»Hast du Knuffi gegrüßt?«, wollte Katie wissen. »Erinnert er sich noch an mich?«

»Und wie! Er kam gleich angerannt!«

»Und ist er nicht traurig, dass ich nie mehr komme?«

»Doch, sehr! Aber ich habe ihm ein Foto von dir dagelassen, und das fand er okay!«

»Wirklich? Und Sarah?«

»Bei der war ich zu Hause. Und mit ihr und ihren Schwestern in der Stadt beim Einkaufen. Und ihren Vater habe ich auch kennengelernt!«

»Au, toll!« Katie war beeindruckt. »Ich kenn nur ihre Mutter!«

»Und die versprochene Backform hast du auch mitgebracht?«, mischte sich Britta ein.

»Selbstverständlich!«

»Also alle Aufträge ausgeführt?«

»Gewissermaßen.«

»Dann ist es gut, dass du wieder da bist!« Britta kam um den Tisch und drückte ihr einen Kuss auf. »Wunderbar! Und wenn Ellen jetzt hoffentlich bald kommt, werden ihr die Augen aus dem Kopf fallen!« Britta lachte in fröhlicher Vorfreude und knuffte Clara.

»Wenn mich Ellen vorhin nicht überrascht hätte, würde ich jetzt wahrscheinlich noch schlafen …«, gestand Clara.

Britta schaute sie erstaunt an. »Ach«, sagte sie langsam. »Dann bist du gestern Abend schon gekommen? Und hast nichts gesagt?«

»Ich war nicht hier«, schwindelte Clara. »Und heute Nacht war es dann wirklich zu spät!«

»Egal, wie auch immer, schön, dass du wieder da bist! Und schau, wie deine Maus sich freut!« Britta fuhr Katie über die Wange. »Komm, setz dich! Ich mach uns einen schönen starken Kaffee. Und dann erzählst du mir, wie es unseren Mädels geht!«

Clara setzte sich, und Katie schmiegte sich an sie. »Und?«, fragte Clara. »Was hast du die Zeit über gemacht?«

»Gestern war Andrés da«, sagte Katie sofort und spielte mit Claras Haar. »Er sagt, er wohnt gerade in der Stadt, weil es praktischer ist. Aber jetzt kommt er doch wieder, wenn du da bist, Mami. Nicht?«

Clara überlegte sich gerade eine unverfängliche Antwort, als Britta mit dem Handy am Ohr aus der Küche geschossen kam. »Du, unser Auto ist geklaut worden. Ellen hat schon die Polizei alarmiert!«

»Ach, du lieber Himmel!« Clara verdrehte die Augen. »Das kann sie gleich wieder rückgängig machen. Das habe ich gestern mitgenommen.«

»Ich dachte, du warst nicht da?« Britta warf ihr einen strengen Blick zu, Clara schnitt hinter Katies Rücken eine Grimasse und wies mit dem Kinn energisch in deren Richtung.

»Ah.« Britta verstand den Hinweis. »Das ist ja interessant!« Und ins Handy: »Entwarnung, Ellen! Der Dieb war deine Tochter. Ja, komm einfach her.«

Clara dachte an Tom. Ach, konnte das Leben einfach sein. Und jetzt wurde es schon wieder kompliziert.

»Mami, hast du meine Überraschung schon gesehen?«

Welche Überraschung?, dachte Clara, scheute sich aber, danach zu fragen. »Wie groß ist denn die Überraschung?«, wollte sie wissen. Und in dem Moment fiel es ihr ein. Das Herz. Das große Herz in ihrem Schlafzimmer.

»Riesig«, freute sich Katie und wollte es ihr sofort zeigen.

»Weißt du was«, schlug Clara vor, »ich schließe die Augen, und du führst mich hin.«

»Und bis ihr zurückkommt, ist hoffentlich auch Ellen mit den Brötchen da«, sagte Britta und stellte zwei Becher dampfenden Kaffee auf den Tisch.

Um zehn Uhr wurde Katie von Ines und ihrer Mutter Felisa zum Spielen abgeholt, und Britta klopfte kurz auf den Tisch, nachdem die Tür hinter den dreien zugefallen war. »So«, sagte sie. »Jetzt mal raus mit der Sprache.«

»Alles in allem nichts Besonderes«, sagte Clara und blätterte nebenher die Zeitung durch, die Ellen vom Bäcker mitgebracht hatte.

»Hör auf, das macht mich nervös, erzähl lieber«, beklagte sich Britta.

In dem Moment hatte Clara das Foto gefunden. Eigentlich hatte sie nicht wirklich daran geglaubt, denn was konnte an ihnen beiden so wichtig sein, dass es am nächsten Tag in der Zeitung stehen musste, aber es gab keinen Zweifel. Die Frau, die sehr mondän in einem weißen Kleid, mit einer raffinierten Steckfrisur und extremen High Heels neben einem äußerst gut aussehenden Mann stand, war sie. Das Paar lachte sich fröhlich zu und wirkte zufrieden mit sich und der Welt.

Clara drehte einfach die Zeitung um, sodass das Foto vor Britta und Ellen zu liegen kam.

»Und?«, fragte Britta, ohne daraufzuschauen.

Clara tippte mit dem Zeigefinger auf das Bild.

Ellen schaute genauer hin. »Tom Schedler vom siegreichen Seatom-Offshore-Team in geheimnisvoller Begleitung gestern im *Amici miei*«, las sie vor. Dann schaute sie auf. »Es sieht nicht so aus, als ob du Andrés hättest besuchen wollen …«

Britta schaute ungläubig zu Ellen, dann zog sie das Blatt zu sich. »Unglaublich! Das bist ja tatsächlich du!« Sie schüttelte den Kopf. »Der arme Andrés, das wird ihm den Rest geben.«

»Spinnst du?«, fragte Clara. »Was heißt denn da ›der arme Andrés‹? Immerhin ist er hier doch flugs ausgezogen und vergnügt sich mit seiner Maria José in einer Stadtwohnung!«

»Das denkst aber auch nur du«, brummte Britta und studierte das Foto noch einmal genauer.

»Und was hast du mit diesem Typen da zu schaffen?«, wollte Ellen wissen. »Wo hast du den denn aufgegabelt? Und wie siehst du überhaupt aus?«

Clara holte tief Luft. »Okay«, sagte sie dann. »Ich erzähle euch alles. Aber zuerst holen wir uns noch einen frischen Kaffee. Meiner ist nämlich kalt geworden.«

Friedrich hatte Clara sofort erkannt. Er hatte in seinem Hotel gemütlich gefrühstückt und sich wie immer einen Stapel Zeitungen bringen lassen. Das liebte er. Frühmorgens, wenn die meisten Gäste noch schliefen, hatte er den Frühstücksraum meist für sich allein und konnte vom Orangensaft über die frische Ananas, das Omelette mit Schinken, Käse und Pilzen bis zum süßen Marmeladenbrötchen alles in Ruhe genießen. Dazu einen schaumigen Milchkaffee, und die Welt war für ihn in Ordnung. Eine Stunde nahm er sich meist für sein Morgenritual, dann hatte er auch alle Zeitungen so weit gelesen, dass er informiert war und sich eine eigene Meinung bilden konnte. Heute hatte er etwas länger gebraucht. Nachdem er in der Frau an Toms Seite Clara erkannt hatte, galt sein nächster Griff dem Handy.

»Sie schlafen noch?«, fragte er. »Das ist ein Fehler. Ein Blick in die Morgenzeitung, egal in welche, wird Sie recht schnell munter machen. Und dann könnten Sie auf einen Espresso zu mir kommen.«

Das schien Andrés zu alarmieren. Seine Stimme klang sofort anders.

»Ich bin allerdings um neun Uhr mit Elena verabredet. Sie wollte mir eine weitere Aktion zeigen, von der sie mir gestern erzählt hat.« Er hustete kurz. »Dann muss ich ihr absagen. Worum geht es denn?«

»Bringen Sie Elena mit. Ihre Aktion interessiert mich auch.«

Es dauerte keine Stunde, bis Andrés mit Elena erschienen war. Friedrich hatte sich in die Raucherlounge zurückgezogen und bestellte, nachdem sich Elena und Andrés zu ihm an den niedrigen runden Tisch gesetzt hatten, drei Espressi.

Andrés war wie vor den Kopf geschlagen.

»Ich wusste überhaupt nicht, dass sie hier ist«, sagte er.

»Und Clara wusste anscheinend nicht, dass Sie nicht im *Amici miei* waren«, entgegnete Friedrich und zündete sich eine Zigarre an. »Aber Sie wussten es offensichtlich«, sagte er zu Elena, »denn Sie haben Ihren Kollegen den Tipp gegeben.«

Elenas schlanke Figur sah in dem wuchtigen Ledersessel etwas verloren aus, aber sie machte es mit ihrer Präsenz wieder wett. Sie reckte sich und straffte den Oberkörper. »Ja, natürlich«, sagte sie. »Kann es eine bessere Werbung geben als Tom Schedler, der in mysteriöser Begleitung das *Amici miei* auswählt? Dieses Foto geht durch alle Blätter, und in jeder Bildunterschrift wird das *Amici miei* stehen. Das ist doch perfekt, oder nicht?«

Andrés starrte sie an. »Aber ich wusste nichts davon. Wer hat dir das denn gesagt?«

»Der typische Informationsweg: Einer der Gäste hat mich angerufen. Wegen Tom. Seine Begleiterin kannte er aber nicht.«

Andrés nickte. »Aber das hätte mich doch auch interessiert!«

»Ich dachte, es gibt eine gelungene Überraschung, und es freut dich, wenn du heute die Zeitung aufschlägst.«

Andrés schien noch nicht überzeugt zu sein. »Aber vielleicht hätte ich das gern selbst entschieden«, sagte er mit zusammengezogenen Augenbrauen. »Denn möglicherweise hätte ich einen so wichtigen Gast gern selbst begrüßt.«

»Gut, dass Elena das nicht getan hat«, warf Friedrich ein und nahm einen tiefen Zug an seiner Zigarre. »Das wäre unter diesen Umständen nicht so gut gekommen.«

Andrés holte tief Luft und ließ sich zurücksinken.

»Und ich finde, Clara macht an seiner Seite doch eine ganz gute Figur, oder etwa nicht?« Elena schaute Friedrich fragend an.

»Clara macht immer eine gute Figur«, sagte Friedrich langsam und dachte an die Clara, die er vor nur wenigen Tagen wie ein verstörtes Kind im Schlafanzug vorgefunden hatte. »Ich wollte nur geklärt haben, dass Clara weiter für mich arbeitet. Sie wird das *Amici miei* umgestalten, die entsprechenden Möbel hat sie bereits bestellt. Und wie ihr dabei miteinander klarkommt, ist nicht mein Problem. Ich wünsche aber, dass ihr miteinander klarkommt!«

»An mir soll's nicht liegen«, sagte Elena schnell. »Wir sind immer miteinander klargekommen.«

»Du warst ja auch ihre Idee«, erklärte Andrés nachdenklich.

»Und keine schlechte, wie man sieht«, gab Elena zurück.

»Wie wirst du damit umgehen?«, wollte Friedrich von Andrés wissen.

Andrés faltete die Hände im Schoß und betrachtete sie eine Weile, dann blickte er auf. »Ich habe ihr die Mailbox vollgequatscht, aber sie hat nicht reagiert. Auch auf keine einzige SMS von mir.«

»Sie ist noch von Paul ein gebranntes Kind, und die haben es in Beziehungen besonders schwer. Was ihre Mutter ihr vorgelebt hat, weiß ich auch nicht so genau – ich glaube, das war mehr Kommune als Familie«, versuchte Friedrich eine Erklärung zu finden.

»Aber ganz offensichtlich hat sie sich doch gefangen«, ließ sich Elena aus ihrem tiefen Sessel heraus vernehmen. »Auf dem Foto sieht sie jedenfalls sehr glücklich aus. Man angelt sich ja auch nicht alle Tage einen Tom Schedler.« Sie grinste.

»Hm.« Andrés sagte nichts darauf, aber Friedrich betrachtete ihn. Er sah tatsächlich unglücklich aus und hatte wirklich abgenommen.

»Und was ist an dieser Geschichte mit Maria José dran?«, wollte Friedrich dann unverblümt von Andrés wissen.

»Es war ein glücklicher Moment, wir haben uns einfach gefreut! Sonst nichts.«

»Ein sehr glücklicher Moment«, bestätigte Elena.

»Dich hat im Moment keiner gefragt«, fuhr Andrés sie an.

Clara war gerade bei der Schilderung ihres Boutiquebesuchs, als ihr Handy klingelte.

»Tina«, sagte sie und sah in die Runde.

»Tina?« Britta warf einen schnellen Blick auf ihre Uhr. »Um die Uhrzeit? Am Samstag? Das ist ungewöhnlich! Da ist in ihrem Laden doch am meisten los!«

»Tina?« Clara nahm das Gespräch an.

»Guten Morgen, meine Liebe«, rief Tina lachend. »Nicht

nur, dass du jetzt ein berühmtes Fotomodell bist – ich bin es auch!«

»Wie?« Clara runzelte leicht die Stirn. »Darf ich auf ›laut‹ schalten, ich sitze hier mit Britta und Ellen zusammen.«

»Um die Uhrzeit? Das trifft sich gut. Hi, Mädels!«, schallte Tinas Stimme aus dem kleinen Lautsprecher. »Eigentlich dürfte ich ja gar nicht darüber lachen, aber komisch ist es trotzdem!«

»Was ist denn komisch?«, wollte Ellen wissen.

»Und wieso bin ich ein berühmtes Fotomodell?«, schob Clara nach.

»Na, also! *Bild-Zeitung online*, noch nicht gesehen? Mit dem Playboy der Powerbootszene, wie hast du das denn geschafft? Hätte ich dir gar nicht zugetraut!«

»Und du hast mich gleich erkannt?«

»War nicht so schwierig, dein Name steht ja drunter.«

»Mein Name?« Hätte Clara gestanden, hätte sie sich setzen müssen, so fuhr es ihr in die Glieder.

»Dr. Clara Flockheimer, so heißt du doch, nicht wahr? Bekannt als Kunsthistorikerin, Innenarchitektin und ehemalige Lebensgefährtin des Kölner Immobilienkönigs Paul ...«

»Hör auf!«, sagte Clara. »Das glaube ich ja gar nicht! Woher haben die denn meinen Namen?«

»Keine Ahnung. Fingerabdruck oder so. Vielleicht bist du aber auch verkabelt oder sonst wie vernetzt, das weiß man heutzutage ja nie, kleine Datenspielerei, und du bist dabei.« Sie lachte wieder. »Orwell lässt grüßen. Aber mach dir nichts draus, zumindest bist du angezogen. Ich hingegen bin nackt!«

»Nein!« Clara schüttelte den Kopf. »Du willst jetzt aber nicht sagen, dass …«

»Doch! Mister Sexy Hexy hat wieder zugeschlagen. Und nicht etwa auf der Kölner Stadtseite, nein, auf der Homepage der Kölner Polizei. Dort fliege ich gerade herum, allerdings dreht sich mein Foto so schnell, dass es nicht jeder direkt erkennen wird …« Es war kurz still. »Luisa macht sich schon in die Hose!«

Clara und Britta schauten sich an.

Ellen stand auf. »Ich hole uns was zu trinken!«

»Und was passiert jetzt?«, wollte Britta wissen.

»Na, die Polizei ist garantiert dran, zumal es ja vor ihrer eigenen Haustür geschieht!«, erklärte Tina.

»Das ist ja ein frecher Kerl«, sagte Clara. »Da werden jetzt die anderen auch drankommen!« Sie überlegte. »Weiß denn die Polizei, wer ihr da vor der Nase herumflattert?«

»Noch nicht. Ich überlege noch, ob ich mich outen soll … So viel zu mir, jetzt zu dir. Was ist da los mit diesem Tom? Und was ist mit Andrés?«

Sven saß über seinen Laptop gebeugt, als die Delegation kam. Er hörte sie bereits im Treppenhaus und wunderte sich über den ungewöhnlichen Lärm an einem Samstagnachmittag. Als es an seiner Wohnungstür klingelte, stand er langsam von seinem Sofa auf und überlegte, ob er überhaupt öffnen sollte. Er fühlte sich noch immer nicht richtig wohl, deshalb war seine Frau mit den Kindern ausnahmsweise alleine ins Hallenschwimmbad gegangen. Sven war nicht unglücklich darüber, denn jetzt konnte er endlich einmal völlig ungestört daran arbeiten, diesen fremden Server zu knacken. Das war ihm in seinem Nachtdienst bisher nicht gelungen, es war doch ständig etwas los.

Er beschloss, erst mal durch den Spion zu schauen, um sich dann zu entscheiden. Drei Frauen standen davor, durch das verzerrende Bild sahen sie recht grotesk aus. Breite Körper, kurze Beinchen und das dann auch noch getigert und in rosa Plüsch.

Irgendwie amüsierte ihn der Anblick, und er öffnete die Tür.

»Sven Römer?«, wollte die im animalisch gestreiften Mantel wissen und streckte ihm die Hand entgegen. »Wir sind drei der zwölf Weight-Watchers-Damen … na, Sie wissen schon. Dürfen wir hereinkommen?«

Überrumpelt gab er die Tür frei.

Kitty, Lizzy und Tina folgten ihm ins Wohnzimmer, verloren kein Wort über die wilde Behausung, sondern quetschten sich direkt alle auf das Sofa, sodass für ihn kein Platz mehr blieb.

»Ich sehe schon«, sagte Kitty, »dass Sie mittendrin sind. Können Sie aus dem Programm mal raus?«

»Warum?«, wollte Sven wissen und schob sich einen Kinderhocker an den Tisch.

»Weil wir Ihnen etwas zeigen wollen. Der Fall weitet sich aus«, erklärte Lizzy.

»Und wird brisanter!«, legte Tina nach.

»Gut«, gab Sven nach und drehte den Laptop zu sich herum. »Und solange ich das tue, erklären Sie mir vielleicht mal, wer Sie überhaupt sind?«

Während die Frauen sich kurz vorstellten und Sven mit ernster Miene die nackte Tina auf der Polizei-Homepage betrachtete, piepste Tinas Handy. »Das wird Clara sein«, sagte sie und zog das Handy schnell aus der Brusttasche ihrer Lederjacke. »Sie ist sicher neugierig, was hier abgeht.«

»Eigentlich noch nichts«, resümierte Lizzy und griff in ihre große Umhängetasche. »Aber gleich!« Sie stellte eine Flasche Prosecco auf den Tisch, und alle klatschten in die Hände.

»Du bist einfach unschlagbar!«, sagte Kitty.

Und Tina fragte Sven, während sie ihr Handy bediente: »Haben Sie Gläser?« Dann johlte sie: »Nein!«

»Was nein?«, fragte Sven. »Keine Gläser?« Er sah in seiner weiten hellgrauen Jogginghose und dem weiten T-Shirt etwas ratlos aus.

»Sag schon!«, drängte Kitty, die eben anfing, sich aus ihrem Tigermantel zu schälen.

»Hey!«, fauchte Lizzy und brachte die Sektflasche in Sicherheit. »Willst du, dass sie gleich zu Bruch geht?«

»So dick bin ich nun auch wieder nicht!«

»So hört doch!« Tina hielt das Handy wie eine Fackel in die Höhe.

»Und?«, wollte Kitty wissen. »Erzähl halt schon, und lass dich nicht tausendmal bitten!«

»Du«, japste Tina und verschluckte sich vor Lachen. »Du! Bist! Auf! Der! Seite! Des! Tierheims!«, rief sie stakkatohaft. »Mitsamt dem Tigertuch, das du da so lasziv über deine Hüften gelegt hast.«

Kitty blieb der Mund offen stehen, und Lizzy sagte trocken: »Na, passt doch!«

»Jetzt schlägt der Mensch aber zu!« Sven kehrte mit drei Kindergläsern zurück und stellte sie mitten auf den Tisch. »Da gehe ich doch am besten gleich mal an die Tierheimversion ran, denn da komme ich wahrscheinlich am einfachsten rein!«

»Ja, aber schnell!« Kitty stellte die Flasche ungeöffnet ab. »Das muss ich jetzt sehen!«

»Nun bin ich ja mal gespannt, wo die anderen auftauchen«, sagte Lizzy.

»Du meinst, wo du auftauchst«, grinste Tina. »Bei der Müllabfuhr vielleicht?«

Lizzy verpasste ihr einen Stoß, während Sven den Laptop in ihre Richtung drehte. »Hier, bitte sehr. Sieht doch gut aus!«

Sie drängten sich vor dem Bildschirm und betrachteten Kitty, die mit vollen Brüsten und einem Tigertuch aus Chiffon über der Ankündigung zum Osterbasar schwebte. Unter der Ankündigung hatte das Tierheim eine niedliche Katze und einen Hund im Körbchen platziert, die nun der hin und her flatternden Kitty mit großen Augen hinterherschauten.

»Na?«, sagte Kitty und sah auffordernd in die Runde. »Kann sich doch sehen lassen! Alles noch gut in Schuss.«

Sven nickte. »Und tatsächlich«, sagte er. »Vielleicht hilft diese Aktion ja, wer weiß?«

»Sicher findet sich jetzt sogar der Typ meines Lebens, der direkt zum Tierheim fährt und mich haben will«, sagte Kitty.

»Ach«, winkte Lizzy ab. »Das ist die Euphorie des Anfangs. Nachher dreht er sich nicht einmal mehr um, um dir einen Gutenachtkuss zu geben!«

»Ach, du lieber Himmel!« Tina schaute sie an. »War das bei euch so?«

»Was glaubst du, weshalb ich mich getrennt habe?«

»Kenn ich«, nickte Kitty. »Kein nettes Wort mehr, kein Ton der Bewunderung, wenn ich mich hübsch zurechtgemacht habe.«

»Da muss ich mich ja vorsehen«, sagte Sven und schaute von einer zur anderen. »Aber Sie haben diese Erfahrungen wohl nicht gemacht«, sagte er zu Tina. »Das lässt mich hoffen.«

»Ich war nie lang genug mit einem Mann zusammen«, sagte Tina knapp. »Wenn das anfing, war ich weg.«

Kitty schaute Sven ernst an. »Drei Kinder«, sagte sie, »das ist tatsächlich eine Verantwortung. Und wenig Geld zu haben, das kennen wir alle. Aber manchmal geht es nicht um Geld, es geht nur darum, einer Frau zu sagen, was sie einem wert ist, dass man sie für das verehrt, was sie tut, und dass man sie als Frau liebt. Und zwischendurch ein paar Blumen – selbst wenn sie aus Nachbars Garten sind. Es geht einfach um die Geste.«

»Hm!« Sven kratzte sich im Nacken. »Ist das wirklich so? Ich dachte, mit dem Jawort ist alles gesagt. Damit weiß sie, dass ich sie liebe und verehre.«

»Toll!«, sagte Tina und zog die Stirn kraus. »Ist ja phänomenal. Und das weiß sie jetzt, bis sie stirbt. Keine weitere Anstrengung nötig.«

»Nein, wozu?« Svens Blick war ehrlich erstaunt.

»Oh, Mädels«, sagte Kitty, »vielleicht können wir hier ein wirklich gutes Werk für die Frau tun.« Sie richtete ihren Zeigefinger auf ihn. »Wie heißt sie? Wissen Sie das noch?«

»Annabel«, sagte er automatisch. Und als alle lachten, wehrte er mit beiden Händen ab. »Sorry, das ist uns Männern eben nicht so wichtig. Wenn es läuft, dann läuft's. Und das ist beim Fußball so, im Job und in der Familie. Ich sage meinem Fußballkumpel auch nicht jeden Tag, dass er der Größte ist.«

»Aber von Ihrer Frau hören Sie das doch schon ganz gern?«, fragte Kitty freundlich.

Sven überlegte. »Das ist ja auch was anderes«, sagte er schließlich und kam richtig in Fahrt. »Frauen sind es gewohnt, dass sie etwas anbeten. Sie beten ständig was an. Erst den Vater, dann den lieben Gott, dann den Lehrer, dann den Popstar, dann den ersten Liebhaber und schließlich den Mann. Und nebenher exzentrische Frauen wie Madonna, Schmuddelqueens wie Amy Winehouse und alle möglichen blöden Sternchen wie Paris Hilton, die in ihrem Leben, außer reich geboren zu sein, noch nichts erreicht haben. Da kennt sich doch kein Mann mehr aus.«

»Aber kleine Jungs beten keine Fußballstars an?«, konterte Tina. »Laufen mit T-Shirts herum, auf denen die Namen der Fußballgötter stehen, und kaufen sich später eine Harley, nur weil sie mal *Easy Rider* im Kino gesehen haben?«

»Tina arbeitet in einem Motorradladen«, flüsterte Lizzy ihm zu.

»Egal, wo ich arbeite«, fauchte Tina sie an, »die meisten jagen doch irgendwas hinterher. Und Männer plustern sich dabei gern auf, machen einen Mordsbuhei um alles, und wenn du genau hinschaust, passiert nämlich nichts. Rein gar nichts. Ich möchte wetten, dass diese ganzen Pleitemanager von vornherein Versager waren, sie waren nur schlau genug, die Besseren klein zu halten!«

»Na gut«, lenkte Sven ein, »in diesem Punkt sind wir einer Meinung.«

Tinas Handy piepste, und sie klappte es auf. »Ilse schreibt, wir sollen uns mal die CDU-Seite anschauen.«

»Nee, jetzt hör auf«, sagte Kitty. »Das glaubt ja nun keiner mehr!«

»Doch, sie schreibt: ›Das ist so eine Bleiwüste, denen tut Djala richtig gut!‹«

»Djala? Ach, du mein Goooootr!« Lizzy wollte vor Lachen vom Sofa rutschen.

»Wer ist denn Djala?«, wollte Sven wissen, während er die Internetadresse eingab.

»Unsere hübsche junge Schwarzhaarige«, erklärte Kitty, und alle warteten gespannt, bis sich die CDU-Startseite geöffnet hatte.

»Tatsächlich«, sagte er und ließ sich einige Sekunden Zeit, bevor er den Bildschirm zum Sofa drehte. »Schwarzhaarig, die passt jedenfalls zur CDU!«

Alle starrten die nackte Djala an, die fröhlich vor den Lettern der Christlich Demokratischen Union und den kleinen Fotos, die ausschließlich Männer zeigten, herumtanzte.

»Au, au, das wird denen aber nicht gefallen«, sagte Lizzy.

Tina zuckte die Schultern. »Wer weiß? Wenigstens eine Frau auf der Seite!«

»Aber ich finde, sie macht sich gut«, urteilte Kitty. »Jedenfalls mindestens so gut wie ich!«

Alle drei betrachteten sie ausgiebig, was schwierig war, weil sich das Foto so schnell bewegte.

»Endlich mal Frauen mit Kurven«, sagte Sven. »Und dazu noch gut in Szene gesetzt, das muss man sagen. Toller Fotograf!«

»Der wird's auch sein«, sagte Tina schnell. »Der macht ganz einfach Werbung für sein Studio!«

»Keine schlechte Idee«, sagte Sven. »Aber das finde ich

raus, es wird ja immer einfacher, und alle Spuren werden zu einer einzelnen Person führen.«

»*Tatort*«, sagte Kitty und summte die Titelmelodie.

»Lasst uns mal bei der SPD reinschauen«, schlug Lizzy vor.

»Gute Idee!« Sven googelte und lachte dann. »Bingo«, sagte er und drehte den Bildschirm um. »Das ist ja eine richtige Invasion!« Und mit einem Blick auf die leeren Gläser: »Wollen Sie gar nichts trinken, meine Damen?«

»Uns schenkt ja niemand etwas ein«, klagte Lizzy.

»Ach, dafür sind wir dann wieder gut?«, scherzte Sven und nickte sofort mit ergebenem Hundeblick. »Aber okay, ich habe schon verstanden, ich werde heute Abend Annabel in den Arm nehmen und ihr sagen, dass sie alles ganz phantastisch macht. Macht sie ja auch wirklich!«

»Hört, hört«, sagte Tina und grinste in die Runde. »Hat sich der Besuch doch schon gelohnt!«

»Zumindest für Annabel«, sagte Lizzy mit Inbrunst.

In Santa Ponça saßen Clara, Ellen und Britta am Laptop und schauten sich die Seiten an, die Tina gerade per SMS durchgegeben hatte.

»Ich weiß nicht, ich kann nichts daran finden«, erklärte Ellen. »In der DDR waren auch alle am liebsten nackt.«

»Ja«, sagte Clara, »das war auch praktisch. Da konnten die SED-Spitzel zumindest keinen Fotoapparat verstecken und keine Wanzen anbringen. Aber, liebe Mama, viele junge Leute wissen überhaupt nicht mehr, dass es je ein geteiltes Deutschland gab.«

»Das ist das Beste, was passieren kann«, sagte Britta. »Dann gibt es keine Barrieren mehr. Auch nicht in den Köpfen!«

»Ewiggestrige wird es immer geben«, erklärte Clara. »Und nicht nur im Osten, sondern auch im Norden und Süden. Geh doch mal in die bayerische Provinz, da wirst du staunen.«

»Schon gut, schon gut«, wehrte Ellen ab und hob beide Hände. »Ich wollte ja nur sagen, dass ich bisher alle...«, sie suchte nach einem passenden Wort, »Weight-Watchers-Modelle...«, sagte sie schließlich, »sehr ansprechend fand.«

Claras Handy piepste.

»Noch eine?«, mutmaßte Britta schnell. »Wir müssen mal durchzählen, wie viele noch fehlen.«

»Nein«, Clara hob die Hand. »Es ist Tom. Er möchte mich sehen.«

»Hört, hört.« Ellen nickte. »Zumindest wäre er eine gute Partie, wie's scheint.«

»Mutter! Ich hatte schon mal eine gute Partie. Jetzt brauche ich einen guten Mann!«

»Kann man das nicht miteinander kombinieren?«

Britta prustete. »Schön wär's«, sagte sie. »Wenn du einen gefunden hast, sag mir Bescheid.«

Eine Stunde später saß Clara im Auto. Sie dachte noch einmal über Toms SMS nach.

»Sorry für den Medienrummel«, hatte er geschrieben, »wenn du magst, könnten wir gemeinsam Palma entdecken?«

Sie ging stark davon aus, dass er Palma sehr gut kannte, aber umso mehr freute sie sich über das Angebot. Nur vor dem Spiegel hatte sie Probleme. Gestern hatte sie unbestreitbar sehr gut ausgesehen. Das bekam sie mit ihren einfachen Mitteln so nicht mehr hin. Aber heute sollte es ja auch eher sportlich sein, sagte sie sich, bürstete ihr volles Haar, bis es locker fiel, und schminkte sich dezent. Dazu wählte sie schwarze Jeans, einen cremefarbenen, flauschigen Pullover mit einem Rundhalskragen, den sie sehr gern mochte, und auberginefarbene Stiefel. Der neue Mantel lag nun auf dem Beifahrersitz, und Clara fuhr kurz mit der Hand darüber. Wie schnell sich die Dinge im Leben doch ändern konnten, dachte sie. Vor Kurzem war sie noch kreuzunglücklich, und jetzt freute sie sich doch tatsächlich schon wieder auf den Tag.

War es tatsächlich der Tag, fragte sie sich, oder war es eher Tom? Und was war mit Andrés? Übertünchte das neue Gefühl ganz einfach nur den Schmerz?

Sie kam nicht dahinter, wurde selbst nicht so wirklich schlau aus sich und beschloss, als der Verkehr vor Palma stärker wurde, das Problem zu vertagen.

Sie hatte Glück und fand gleich einen Parkplatz, was sie als gutes Omen sah. Tom hatte als Treffpunkt die Bronzeplastik des Steinschleuderers vorgeschlagen, die am Eingang zum Königsgarten stand. Clara war das recht, denn den Garten mit seinen Statuen und Wasserspielen kannte sie schon, da hatte sie noch vor wenigen Wochen mit Andrés unter einem der weit ausladenden Ahornbäume auf einer Bank gesessen und von der Zukunft geträumt. Den Gedanken verkniff sie sich jetzt, jetzt war Tom da, der, an den arabischen Bogen des Drassana Musulmana gelehnt, auf den kleinen Teich schaute, der dahinter lag. Anscheinend hörte er ihre Schritte, denn er drehte sich um, winkte ihr kurz zu und kam ihr entgegen.

»Schön, dich zu sehen«, sagte er und küsste sie zur Begrüßung rasch auf beide Wangen.

»Dass du mich gleich erkannt hast?«, wunderte sich Clara. »Ich sehe heute doch völlig anders aus.«

»Finde ich nicht.« Tom musterte sie. »Und außerdem ist es derselbe Mantel«, erklärte er aufgeräumt, »und der hat mir gestern schon extrem gut gefallen.«

»Dass du so etwas überhaupt siehst«, wunderte sich Clara. »Ich kenne keinen Mann, der sich je erinnern konnte, was ich vor fünf Minuten noch anhatte, geschweige denn gestern.«

»Was hatte ich denn gestern an?«

Clara musste lachen. »Ein weißes Hemd mit leicht rosafarbenem Ton, eine schwarze Jeans, handgemachte Schuhe, würde ich mal sagen, und ein gut sitzendes Kaschmirjackett, so hat es sich zumindest angefühlt.«

»Ach?« Tom hakte sich bei ihr ein, und sie gingen durch den kleinen Park hindurch. Clara bemühte sich, nicht zu der Bank zu schauen. »Ist ja unglaublich!« Tom warf ihr einen beifälligen Blick zu. »Aber an dem rosafarbenen Stich ist meine Mutter schuld, sie hat es mit einem roten Slip gewaschen. Hat sie mir gesagt. Aus Versehen natürlich.«

»Mamahotel also«, sagte Clara und schüttelte tadelnd den Kopf.

»Oh, nein, hier auf Mallorca drängt mir meine Mutter ihre Dienste förmlich auf, und ich kann mich nicht wehren, weil ich hier keine eigene Wohnung habe. Also bin ich machtlos!«

»Ach, Gott! Du Ärmster!«

»Wo wollen wir denn hin? Magst du dir eine Kirche ansehen? Vielleicht die Kathedrale La Seu? Oder eine Kunstsammlung? Oder ein paar von diesen wunderschönen Innenhöfen?«

»Ich will so viel mitnehmen, wie wir können«, unterbrach ihn Clara und steuerte auf die Bronzeskulptur von Joan Miró zu, die hohlbäuchig auf dem Weg zur steilen Treppe der Costa de la Seu stand.

»Das ist eine Herausforderung!« Tom drückte sie leicht.

»Pass auf, dass das keiner sieht«, sagte Clara und deutete zu dem Café am Fuß der Treppe. »Eventuell sind das keine harmlosen Touristen, sondern lauter Paparazzi, die auf den Schuss der Schüsse lauern.«

»Das können sie haben.« Er küsste Clara auf die Stirn und stieg dann die ersten Treppenstufen hinauf. »Nein«, sagte er, »wir sind offensichtlich nur für die Wasserspeier interessant.« Er deutete grinsend auf die großen Steinköpfe rechts und links der Treppe. »Das gestern war ganz sicher ein gezielter Tipp an die Presse. Da hat jemand mit einem schnellen Anruf Schicksal gespielt. Im Normalfall passiert das nicht. Da erkennen mich wirklich nur Insider.«

Vom Treppensteigen war Clara warm geworden, und sie zog den Mantel aus und legte ihn sich über die Schultern. »Verrückt«, sagte sie, »es fühlt sich an wie Sommer.«

»Es sind achtzehn Grad«, erklärte Tom. »Für März ist das nicht ungewöhnlich.«

Sie hatten Glück, das Palau-March-Museum hatte geöffnet, und sie waren offensichtlich die einzigen Besucher. Im Innenhof blieb Clara vor purer Bewunderung stehen. Auf weiter Fläche mit Blick über die Stadt und den Hafen standen Skulpturen aus Marmor, Bronze und Granit. Mitten auf dem Platz glänzte ein monumentales Kunstwerk aus Säulen und golden ineinanderfließenden Kugeln, das Clara an die Zeitlupenstudie eines überdimensional großen Tropfens Öl erinnerte, der schräg zu Boden fiel. Clara war begeistert.

»Das wäre was für meinen Vorgarten«, witzelte Tom und breitete die Arme aus.

»Dann würde ich bei dir einziehen«, sagte Clara sofort. »Aber schau dir das mal genau an, die Idee ist phantastisch!« Sie ging zu der Inschrift und las laut vor: »*Orgue del Mar* heißt das Werk, von Xavier Corberó, 1973. Und es ist aus Marmor und Polyester. Was heißt denn Orgue?«, wollte sie wissen.

»Ich weiß es nur auf Französisch«, sagte Tom. »Da ist Orgue eine Orgel.«

»Meeresorgel?«, versuchte Clara zu übersetzen und ging zu einer Stele aus rosafarbenem Marmor, die, zart und schmal bearbeitet, gut zwei Meter hoch aufragte. »Auch von Xavier Corberó«, rief sie. »So völlig anders. Fast durchscheinend. Und es liegen nur drei Jahre zwischen den beiden Arbeiten, diese hier ist von 1976!«

Tom war zu einer Inschrift an der Wand gegangen und las laut vor: »Also, hier wird eine Vielzahl der Tendenzen in der Gegenwartskunst repräsentiert, die eine Übersicht über die verschiedenen Strömungen des 20. Jahrhunderts gewähren sollen.«

»Ja, spannend!« Clara schlenderte von Kunstwerk zu Kunstwerk. Vor einem verschlungenen Marmorblock blieb sie stehen. »Ich habe mein Lieblingsstück gefunden«, winkte sie ihm zu, »das hier nehme ich mit.«

»Warum gerade das?«, wollte er wissen.

»Es heißt: *Passé et présent.* Von Agustín Cárdenas, 1975«, sagte Clara. »Es passt zu mir. Vergangenheit und Gegenwart.« Sie warf Tom einen vielsagenden Blick zu. »Für mich heißt das, lass die Vergangenheit ruhen, konzentriere dich auf die Gegenwart!«

»Das wäre in diesem Fall ich«, sagte Tom, legte ihr seine Arme um die Schultern und rieb seine Stirn an ihrer. »Ich hätte eher gedacht, du nimmst dir diesen jungen Herrn dort drüben mit!«

»Welchen?« Clara schaute in seine Richtung.

»Den ohne Kopf, Beine und Arme, den Torso von Auguste Rodin.«

Clara nickte. »Ja, lass uns den mal genau anschauen. Jedenfalls sieht er kernig aus. Gut gebaut! Und ohne Kopf kann er einen nicht ärgern.«

Tom grinste und ging mit ihr zu der Bronzeplastik.

»Torse d'homme qui tombe.« Clara umrundete den Torso mehrmals. »Von 1882. Strammes Kerlchen. Knackiger Hintern. Schöner Brustkorb. Jede Sehne, jeder Muskel wie gemeißelt. Aber wieso ›l'homme qui tombe‹? Der stürzt? Oder gefallen ist?«

»Vielleicht bezieht sich das auf den Deutsch-Französischen Krieg von 1870/71? Und überhaupt – bist du die Kunsthistorikerin oder ich?«

Clara musste lachen und nahm Tom an der Hand. Sie gingen in das Museum hinein, streiften durch die prachtvollen Räume, und als sie wieder herauskamen, ging es Clara richtig gut.

Sie warf dem Gitarristen, der an der Treppe saß und ein klassisches Stück von Fernando Sor spielte, fünf Euro in den Gitarrenkasten.

»Kunst ist einfach ein Zaubermittel«, sagte sie zu Tom, »wenn man etwas sieht oder hört, was einem gefällt, fühlt man sich gleich besser!«

»Mir geht es mit Menschen so«, sagte Tom, »Manche Menschen berühren einen sofort, andere lassen einen kalt.«

Clara dachte an Andrés. Hatte er sie gleich berührt? Er hatte sich eher nach und nach in ihr Herz geschlichen. Und wieso brauchte es diesen Anlauf? War es ihr Misstrauen, das sie da blockierte?

»Denkst du an mich oder an dich?«, wollte Tom wissen und warf ihr einen forschenden Blick zu.

»An Andrés«, sagte Clara wahrheitsgemäß. »Und warum ich das so schwernehme.«

»Das liegt wahrscheinlich nicht einmal an Andrés«, mutmaßte Tom. »Dein Bild von Andrés ist zerbrochen, daran liegt es. Und was dich fertigmacht, ist nicht dieses Foto von Andrés mit seiner Köchin, sondern deine Erwartungshaltung. Du hast eure Beziehung auf einen Sockel gestellt, und wenn sie dann runterfällt, tut es weh.«

»L'homme qui tombe«, murmelte Clara.

Sie waren vor der Kathedrale mit ihrem mächtigen Eingangsportal angelangt. Leider war es geschlossen.

»Schade«, sagte Tom. »Aber morgen ist sie für die Messe geöffnet.«

Clara nickte. »Richtig«, stimmte sie zu, »ich war schon drin. Sie ist beeindruckend.«

»Von hier außen auch.« Sie gingen am Kirchenschiff entlang, und Tom zeigte nach oben. Über ihren Köpfen hingen sprungbereite Wesen. »Man denkt, es wären Löwen …«, fand Tom.

»Aber wenn man genau hinschaut, sind sie völlig unterschiedlich, die Figur da vorn ist doch eine Eule«, deutete Clara. »Und schau, das Ding genau über uns ist ein Affe!«

»Hauptsache, er fällt nicht runter, sonst ist unser Schicksal direkt besiegelt.«

Clara griff nach Toms Hand. »Lass uns weitergehen. Vielleicht entdecken wir noch ein paar schöne Innenhöfe.«

»Ganz bestimmt.« Tom drückte sie. »Die Altstadt ist voll davon und auch voll von Loggias, die früher zur Belüftung dienten und heute meist verglast sind. Sie sind für die Bewohner wunderbare Beobachtungsplätze, während sie Kaffee trinken oder die Zeitung lesen. Und sie spenden in den hohen, dunklen Räumen auch ganz gut Tageslicht.«

Sie liefen durch die vielen engen Gassen und blieben immer wieder stehen, um zwischen den fast aneinanderstoßenden Dächern noch ein winziges Stück des blauen Himmels zu entdecken.

»So viele Überhänge, Simse und Balkone ...« Clara schaute nach oben und legte dabei ihren Kopf ganz in den Nacken. »Es wird einem ganz schwindlig davon.«

»Und ich liebe die vielen alten Portale mit ihren kunstvollen Eisenbeschlägen«, sagte Tom und deutete auf ein mittelbraunes Tor, das verschwenderisch mit silbernen Sternen gesäumt war. »Ist das nicht wunderbar?«, fragte er. »So etwas würde ich mir auch wünschen. Du schließt das Tor, hast deinen Innenhof für dich, und die Welt bleibt draußen!«

»Kleiner Einsiedlerkrebs, was?«, neckte ihn Clara, betrachtete ihn dabei und staunte wieder einmal über sein Aussehen. »Dir müssen die Mädchen doch scharenweise nachlaufen«, sagte sie unwillkürlich und fuhr mit den Fingerspitzen über seine Wange. »So wie du aussiehst. Dazu noch Geld, der Sport und Erfolg – gibt es einen Haken? Warum läufst du ausgerechnet mit mir durch Palma?«

»Vielleicht, weil du mir nicht nachläufst?«, lächelte er, pflückte ihre Hand von seinem Gesicht und küsste ihre Fingerspitzen. »Aber wenn wir schon dabei sind, dann zeige ich dir jetzt einen Mann, der wirklich spektakulär war.«

»Da bin ich ja gespannt.« Clara lächelte. »Vor allem, ob man in diesem Gassengewirr überhaupt etwas finden kann.«

»Und ob.« Tom zeigte nach vorn. »Gleich am Ende dieses Gässchens biegen wir rechts ab und kommen in das Hausmuseum von ...«

»... von?«, echote Clara, aber sie bekam keine Antwort.

Tom lief bereits voraus. »Überraschung«, sagte er.

Es war tatsächlich eine Überraschung. Dass der Maler Joaquín Torrents Lladó in der Altstadt von Palma ein Studio gehabt hatte, wusste Clara. Aber dass es in sein Wohnhaus integriert war und den Eindruck vermittelte, als lebte er noch, war phantastisch. Der weiträumige Salon mit dem großen offenen Kamin und den verschiedenen Sitzinseln, die ihn wohnlich machten, war in dämmriges Licht getaucht. Clara fühlte sich, als wäre sie Gast und nicht nur Besucherin. Sie hörte Klaviermusik, und erst direkt am Flügel erkannte Clara, dass die klassischen Stücke, die den Raum erfüllten, elektrisch gespielt wurden. Die Tasten bewegten sich wie von Geisterhand und fesselten Claras Blick für eine Weile. An den Wänden hingen die in dunklen Farben gehaltenen Porträts schöner Frauen. Teilweise lag das Kleidungsstück, die Stola oder der Handschuh, den die jeweilige Frau auf dem Gemälde trug, wie flüchtig hingeworfen auf einem der Stühle vor dem Bild, so als hätte sie eben, nur für kurz, den Rahmen und das Zimmer verlassen. Mercedes, las Clara die Namen, Virginia Lopez, Boceto Olga Gomila, Martina Escalas, aber sie wusste auch, dass die wirklichen Auftraggeber die Großen und Berühmten dieser Welt waren: Caroline von Monaco, Mitglieder des Kennedy-Clans, Linda Gate White, die First Lady aus Texas, die Könige von Spanien. Torrents Lladós Porträts waren begehrt, und er genoss den Ruf eines »Jetsetmalers«; er selbst sagte, er male den, der ihn beauftrage. Aber er arbeitete auch für das Theater und half UNICEF.

»Da hast du mir wirklich eine riesige Freude gemacht«, sagte Clara zu Tom. »Und die Krönung ist, dass wir hier vollkommen alleine sind, so, als ob wir tatsächlich Freunde des Hauses wären.«

»Komm weiter, es wird noch besser«, sagte Tom und führte sie durch einen kleinen Raum mit Torrents Lladós Schreibtisch, durch ein Ankleidezimmer voll wunderbarer Frauenkleidung, das Badezimmer und zeigte ihr den verglasten Durchblick auf die offene Bibliothek mit einer hohen Lichtkuppel. Und überall Bilder, Landschaftsbilder, Aquarelle von Venedig und unzählige Selbstporträts. Eines stammte aus dem Jahr 1962, da war Torrents Lladó gerade mal sechzehn Jahre alt und studierte bereits seit sechs Jahren an der Academia Valls in Barcelona. »Er scheint immer seinen eigenen Weg gegangen zu sein«, sagte Clara.

Tom nickte. »Ungewöhnlich, nicht?!«, sagte er und deutete auf die Fotos, die von ihm ausgestellt waren. »Schau, wie wandelbar sein Gesicht war. Mal wilder Seewolf, dann wieder der absolute Dandy, der perfekte Salonlöwe. Kein Wunder, dass sich Fotografen wie David Hamilton und Lord Snowdon um ihn gerissen haben!«

Clara betrachtete die Fotos eingehend. »Vielleicht hat ihm der unerschütterliche Glaube an sich selbst geholfen, keine vorgegebenen Richtungen einzuschlagen. Er machte sein eigenes Ding.«

»Siehst du!« Tom strich ihr leicht über den Oberarm. »Das wollte ich dir zeigen. Wenn du an dich selbst glaubst, findest du deinen Weg. Dabei Angst zu haben ist legitim, wer keine Angst kennt, ist ein Idiot. Aber der Feind lauert immer in einem selbst. Den zu besiegen ist die größte Herausforderung.«

Clara strich sich eine Strähne hinters Ohr. »Okay«, sagte sie. »Ich glaube, ich hab's kapiert.«

»Dann können wir ja jetzt was trinken gehen«, lächelte Tom.

»Und wohin?«, wollte Clara wissen.

»Ins Café *Moderno*. Das wird dir gefallen.«

Vom Café *Moderno* hatte Clara schon gehört, aber sie war noch nie drinnen gewesen. Im Sommer, wenn die Altstadt überlaufen war, musste das wie ein Zufluchtsort sein, dachte Clara, als sie über den hübschen Platz mit der Kirche Santa Eulalia und den Platanen auf das *Moderno* zugingen. Die Tische, wie auch die eines angrenzenden Cafés, waren gut besetzt, aber Tom steuerte direkt auf den Eingang zu.

»Ich mag es drinnen so gern«, sagte er und hielt ihr die Tür auf. Sie fanden einen Platz an einem der kleinen Tische am Fenster. Clara ließ den Blick über die Einrichtung schweifen, betrachtete die geschwungene Form der Bar mit dem großen Flaschensortiment und die Holzstühle, deren Armlehnen elegant in die Rückenlehne übergingen.

»1914 gebaut«, sagte Tom. »Die Leute wussten damals schon zu leben.«

»Ich denke manchmal, sie wussten es damals besser als wir heute.«

»Jedenfalls hatten sie mehr Zeit.«

»Dafür ein kürzeres Leben«, wandte Clara ein.

»Es ist immer irgendwo ein Haken dabei!«

Tom bestellte in fließendem Spanisch Cappuccino und Wasser, dann zog er den Aschenbecher zu sich her. »Erzählst du mir jetzt, was da in eurem *Amici miei* eigentlich abgeht?«

»Wie meinst du das?« Clara schaute auf.

»Ja, der Chef mit der Köchin, und du bist aber seine Freundin und zugleich die Frau, die das Lokal neu gestalten soll – wie geht das alles zusammen?«

Clara schaute Tom an und musste lachen. »Hast du mir nicht vorhin eine Lektion in Lebensweisheit erteilt? Marke: Glaub an dich selbst, dann klappt es auch?«

»Das war beruflich gemeint. Aber was treibt ihr da Seltsames in eurem Restaurant?«

Clara musste wieder lachen: »Lachen vertreibt alle bösen Geister!«

»Aber nur, wenn es aus tiefer Seele kommt!«

»Das kam es gerade!« Sie streckte sich und strich mit beiden Händen ihre Haare zurück. »Durch deine Augen betrachtet, bekommt man da eine ganz andere Sichtweise«, sagte sie dann, »alles wirkt plötzlich so ...«, Clara suchte nach dem passenden Wort, »... profan.«

»Hmm.« Der Cappuccino wurde serviert, und Tom bestellte noch Gebäck dazu. »Ich weiß nicht. Wenn man selbst drinsteckt, sieht immer alles anders aus!«

»Sag bloß, du hast auch schon Liebeskummer gehabt ...« Clara nahm einen Schluck und leckte sich mit der Zungenspitze den cremigen Milchschaum von den Lippen.

»Ja, was denkst denn du? Ich war als Teenager super schüchtern. Und schmal. Und da gab es wilde Kerle in meiner Klasse, die hatten viel mehr Chancen. Wenn mich ein

Mädchen angesprochen hat, hab ich rote Ohren bekommen …«

»Kann ich mir gar nicht vorstellen.« Clara betrachtete ihn aufmerksam. Seine wachen Augen, sein klar geschnittenes Gesicht, seine gebräunte Haut – alles an ihm wirkte wie direkt aus einem Männermagazin. Titelblatt. Mindestens.

»Ja, sie mochten mich nicht wirklich«, fügte er hinzu. »Das hat sich erst im Studium geändert. Da kannten sie meine Eltern nicht.«

»Deine Eltern?« Clara hielt inne. »Was ist mit deinen Eltern? Deine Mutter jedenfalls ist sehr nett!«

Tom zuckte die Schultern. »Mein Vater war der Arbeitgeber für die Väter einiger Mitschüler. Das hat die Dinge ziemlich erschwert. Wenn im Betrieb was war, hab ich's abgekriegt. Im Studium war ich Mister Nobody, einer unter vielen, das war wunderbar!«

»Ach, du lieber Himmel«, Clara schüttelte den Kopf, »der Fluch des silbernen Löffels!«

Tom grinste. »Ja, kann man schwer nachvollziehen, wenn man um jeden Cent kämpfen muss«, gab er zu. »Aber zumindest für ein Kind kann Reichtum tatsächlich ein Fluch sein.«

Der Ober servierte Gebäck, und Tom steckte sich einen Maiskeks in den Mund, bevor er weitersprach. »Aber was ist nun mit deinem Kuddelmuddel im *Amici miei*?«

»Ach, es entknuddelt sich gerade«, sagte Clara und fischte sich ein Schmalzgebäck vom Teller. »Du tust mir offensichtlich gut …«

»… aber hoffentlich nicht zu gut«, wehrte Tom sofort ab. »Ich bin beziehungsresistent.«

»Ha!« Clara warf ihm einen Marilyn-Monroe-Blick zu.

Genauso, wie er es ihr am Abend zuvor gesagt hatte, schön von unten nach oben, durch die Wimpern hindurch.

»Oje«, sagte Tom. »Du lernst mir ein bisschen zu schnell.«

»Nein, keine Sorge«, korrigierte Clara schnell, »du tust mir gut, weil ich die Dinge nun etwas anders sehe. Ich denke jetzt, dass ich mich ganz einfach mit Andrés treffe und die Probleme auf den Tisch lege und dann mit Britta und Elena die Erfolgsstory vom *Amici miei* vorantreibe.«

Tom schaute auf. »Hört sich gut an!« Er betrachtete das Gebäckstückchen in seiner Hand. »Frauenpower. Du, Britta und wer noch?«

»Elena. Sie ist Journalistin und –«

»– was hat Elena mit euch beiden zu tun?«

»Sie macht die PR, soll unsere Einweihungsparty mit ein paar VIPs verschönern, Artikel streuen, das neue *Amici miei*, sag ich jetzt mal, noch attraktiver machen. Ein Muss für jeden, der dazugehören will.« Clara schaute auf Toms Hand, die das Gebäck noch immer hielt. »Ist was?«, fragte sie. »Kennst du Elena vielleicht?«

»Elena Louisa Fernandez?«

»Exakt die!« Clara legte die Stirn in Falten. »Du bist plötzlich so komisch. Warum? Was ist mit ihr?«

»Woher kennt ihr Elena?«

»Ich habe per Zufall ihren Vater kennengelernt.«

»Ah ja, gut. Den alten Jorge. Ist ein guter Typ, macht alles, damit seine Kinder glücklich sind.«

»Uns hat er außerplanmäßig zwei Piña Colada zubereitet, obwohl der Kiosk noch gar nicht geöffnet hatte und er eigentlich erst mal aufräumen wollte.«

»Das sieht ihm ähnlich.«

»Du kennst ihn gut?«, wollte Clara wissen. »Woher?«

»Eigentlich kenne ich seinen Sohn besser, und seine Strandbar kennt ja eigentlich wirklich jeder. Da tobt im Sommer das Leben, Miguel hat für jeden das Richtige auf Lager – und nicht nur Piña Colada.«

»Ach …« Clara hob die Tasse an den Mund, trank aber nicht, sondern wartete ab. »Also Koks, Ecstasy … was noch?«

»Mädchen, beispielsweise.«

Clara erstarrte. »Du willst aber nicht sagen, dass er seine eigene Schwester … vermarktet?«

»Das muss er nicht, das tut sie schon ganz alleine.« Tom nahm einen Schluck aus seiner Tasse und sagte nichts mehr.

Clara schaute ihn an. »Na, ja«, sagte sie schließlich. »Hätte ich ihr zwar nicht zugetraut, aber … sicher verdient sie ganz ordentlich, so wie sie aussieht.« Sie überlegte noch einmal. »Und natürlich geht es mich nichts an, solange sie ihren Job für uns gut macht. Und das tut sie ja bisher.«

»Ja, wenn sie für euch arbeitet, war das Foto von uns beiden einer ihrer Meisterstreiche.« Toms Mundwinkel verzogen sich ironisch.

Clara stellte ihre Tasse endgültig ab. »Wieso? Was hat sie damit zu tun?«

»Ich nehme mal stark an, dass ihr jemand den Tipp gegeben hat und dass sie es war, die die Fotografen losgeschickt hat. War ein cleverer Zug.« Tom nahm noch einen Schluck. »Ich frag mich nur, warum.«

»Warum?«, wiederholte Clara langsam und zuckte dann mit den Achseln. »Ich weiß gar nicht, ob ich das so toll finde. Aber sie hat wahrscheinlich gedacht, dass dein Besuch eine perfekte Werbung fürs *Amici miei* ist. Sicher wusste sie nicht, dass du mit mir dort warst. Noch nicht einmal Pablo hat mich erkannt.«

Tom sagte nichts darauf.

Dann trank Clara doch einen Schluck. »Oder? Sag mir doch bitte, was du denkst.«

»Männer denken doch nicht«, antwortete Tom sofort.

»Du siehst aber so aus, als würdest du im Moment ganze Scharen von Zellen beschäftigen.«

Tom lachte. Er steckte sich einen Keks in den Mund. »Darüber muss ich erst selbst nachdenken.«

»Und wie lange dauert so etwas?«

»Solange es dauert.« Er griff nach Claras Hand. »Lass uns weitergehen und noch irgendwo ein paar Tapas essen und einen Wein dazu trinken. Gebäck macht hungrig, finde ich. Geht es dir nicht auch so?«

Sie gingen wieder durch die Gassen, aber die unbeschwerte Stimmung war vergangen.

Sie schauten sich im Vorbeigehen noch einige Häuser an, die sie besonders schön fanden. Vor einer Fassade mit skurrilem Wandschmuck blieben sie stehen, und Tom erzählte ihr zu den Figuren die eine oder andere Geschichte, aber Clara spürte, dass er nicht richtig bei der Sache war.

»Warum stößt sich diese Frau einen Dolch in die Brust? Das ist als Fassadenschmuck ja nicht gerade einladend«, wollte Clara wissen.

»Solche Darstellungen waren in der Renaissance beliebt«, erklärte Tom. »Man sagt, es beziehe sich auf die römische Lucretia-Legende.«

»Lucretia?«, wunderte sich Clara. »Die, die vom Königssohn Sextus vergewaltigt wurde und sich deshalb umgebracht hat?«

»So sagt es die Legende.« Tom legte den Arm um sie. »Du kennst dich aber gut aus!«

Clara lächelte ihn an. »Haben wir nicht vorhin schon festgestellt, dass ich Kunsthistorikerin bin?« Sie zwinkerte ihm zu. »Ein bisschen was hab ich dann doch behalten – solche Renaissancebildnisse sind mir durchaus bekannt. Und Lucretia hätte natürlich besser Sextus umgebracht als sich selbst. Aber dann gäbe es auch keine Legende von der sittsamen Gattin.«

»Da hast du recht!« Tom fasste sie an der Hand. »Komm, lass uns weitergehen. Im Gehen kann ich besser denken. Und ich weiß die ganze Zeit, dass da was anderes ist, aber ich komm nicht drauf.«

»Was meinst du?«, fragte Clara, obwohl sie die Antwort schon kannte.

»Da ich Elena kenne, denke ich mir, dass da noch etwas anderes dahintersteckt.«

»Warst du auch …«, sie schaute ihn schräg an, »… ihr Freier? Oder wie soll man das nennen?«

Tom warf ihr erst einen erstaunten Blick zu, bevor er kurz auflachte. »Nein, um Gottes willen, nein, sie ist keine Hure. Da habe ich mich vorhin offensichtlich falsch ausgedrückt. Sie tut es nicht für Geld.«

»Ach, nein?« Irgendwie fühlte sich Clara erleichtert, obwohl sie das Gefühl nicht zulassen wollte. Aber dann drängte sich ihr eine andere Frage auf. »Aber ihr seid zusammen gewesen? So oder so?«

»So nicht und so auch nicht und überhaupt …« Tom blieb stehen und fasste Clara am Oberarm.

»… geht es mich nichts an«, vervollständigte Clara seinen Satz.

»Erzähl mir doch, wie du draufkommst, dass dein Andrés was mit der Köchin hat«, fragte Tom, ohne auf ihre Bemerkung einzugehen.

»Das war ziemlich offensichtlich«, sagte Clara kühl und schilderte kurz, welcher Ruf Maria José vorauseilte und wie sie genau so auf Clara gewirkt hatte.

»Und was für ein Ruf war das?«, wollte Tom wissen.

»Ein furioser wegen ihrer Männergeschichten«, kam es wie aus der Pistole geschossen.

»Und wer hat das behauptet?«

»Elena in unserem ersten Strategiegespräch.« Clara schaute zu ihm hoch. »Warum?«

»Und wer hat das Foto geschossen?«, fragte Tom ungerührt weiter, und zu Claras Erstaunen sah sie, wie ein Lächeln über sein Gesicht huschte.

»Elena«, antwortete Clara, und ihr Blick wurde fragend.

»Da ist er, der Knackpunkt«, triumphierte Tom und drückte Clara einen Kuss auf die Stirn.

Tina, Kitty und Lizzy waren schnurstracks in ihre Kneipe bei ihrem Weight-Watchers-Treffpunkt gefahren und hatten Ilse Laudinger angerufen.

»Am heiligen Samstag?«, wollte Ilse wissen.

Und Tina hatte geantwortet: »Was ist denn an deinem Samstag heilig?«

Darauf hatte Ilse keine Antwort gewusst und war sofort gekommen.

Nun saßen sie am Stammtisch und wurden vom Wirt hofiert wie noch nie. »Meine Damen kommen«, tönte er, kaum waren sie durch die Tür, und scheuchte ein paar Männer vom Tisch weg.

»Ich glaube, wir müssen uns ein anderes Lokal suchen«, zischte Lizzy.

»Sie werden ja berühmt«, freute sich das bärtige Schwergewicht und stellte ihnen sofort Salzletten und Erdnüsse auf den Tisch.

»Mein Gott, jetzt übertreibt er es aber«, zischte Tina. »Friedrich muss ihm ein unglaubliches Trinkgeld gegeben haben.«

»Quatsch, das sind unsere fliegenden Fotos!«, erklärte Kitty lautstark. »So was bekommt er halt nicht alle Tage zu sehen!«

»Zweifelhafte Berühmtheiten«, grinste Lizzy.

»Nur kein Neid!« Kitty setzte sich und steckte sich unter Ilses strafendem Blick sofort drei Salzletten in den Mund. »Ich zähle«, sagte sie dazu.

»Und ich bestelle«, fügte Tina an. »Bloß was?«

Lizzy schaute auf die Uhr. »Mädels«, sagte sie. »Zeit für ein Kölsch und eine kleine Mahlzeit. Es ist fast Sonntag, und der liebe Gott möchte, dass es uns gut geht!«

Aber Ilse wurde ungeduldig. »Dann lasst mal hören, weshalb ihr euch heute trefft. Gibt es was Neues?«

»Wir haben einen Verdacht«, fing Kitty an, erzählte dann aber erst mal ausführlich, wie sie bei Sven gewesen waren und was sie bewirkt hatten.

»Also«, nickte Ilse Laudinger schließlich. »Sven ist ja jetzt auf die Geschichte angesetzt. Aber wenn ihr einen Verdacht habt, brauchen wir ihn vielleicht gar nicht mehr?«

»Und können unser Geld behalten?« Kitty grinste schräg. »Nee, nee, das hat er sich verdient, allein für seine Gastfreundschaft. War wirklich nett bei ihm!«

»Und wer ist es?«, kürzte Ilse Laudinger ab.

»Nun …« Lizzy sah dem Wirt entgegen, der ihre Kölsch brachte. »Clara hat doch einen Mann mit Aktenordner gesehen, der ihrer Meinung nach bei ihrem Anblick erschrocken ist. Also hatte er was zu verbergen.«

»Vielleicht war's der Buchhalter vom Stock unter uns, der seinem Chef auf die Schliche gekommen ist …«

»Hi, hi«, machte Tina. »Oder der Osterhase in Büroverkleidung!«

»Wen habt ihr denn nun im Sinn?«, unterbrach Ilse Laudinger sie.

Lizzy lehnte sich über den Tisch und zupfte an ihrem Bierdeckel. »Weißt du, wie Amelies Freund aussieht?«

Ilse Laudinger schüttelte den Kopf. »Nein«, sagte sie schließlich. »Weder Freund noch Mann.«

Kitty klopfte mit der flachen Hand auf den Tisch. »Es könnte doch sein, dass der Knabe sich aufspielen wollte. Amelie produziert sich gern, das wissen wir alle. Dass sie sich für Marion Furtwänglers Kalender *Schattenfarben* beworben hat, weiß ich allerdings erst seit Kurzem …«

»Was für ein Ding?«, unterbrach Ilse sie.

»Nackte Frauen über vierzig. Also eigentlich unser Thema, nur dass wir noch ein paar Pfunde mehr auf den Rippen haben.«

»Und längst nicht alle vierzig sind!«, reklamierte Tina.

»Ja, aber die Idee war da. Und dann schlug sie uns einen eigenen, privaten Kalender vor.«

»Du meinst, sie ist … bei diesem offiziellen Kalender … nicht genommen worden?«, fragte Ilse Laudinger nach.

»Offensichtlich nicht.«

»Und was hat das mit ihrem Freund zu tun?«, rätselte Ilse Laudinger und griff nach ihrem Glas. »Wie aufregend!«

»Der will sich doch sicherlich profilieren, wer spielt schon gern die zweite Geige!«, sagte Tina und trank das schlanke Glas in einem Zug leer. »Puuh, tut das gut«, sagte sie und wischte sich mit dem Handrücken über den Mund.

»Könnte wirklich sein«, sagte Ilse Laudinger, »aber all die anderen Modelle, warum fliegen die jetzt durch die Gegend?«

»Um abzulenken«, mutmaßte Kitty. »Aber die Premiere, der viel beachtete Auftritt, der als Erster den Weg in die Presse gefunden hat, das war doch unsere Amelie.«

»Hm.« Ilse Laudinger wiegte den Kopf. »Und wenn es genau umgekehrt war? Vielleicht kämpft ihr Mann ja um sie und wollte ihr etwas Besonderes bieten?«

»Wir könnten beide fragen«, schlug Lizzy vor.

»Bombenidee«, meinte Tina ironisch und gab Lizzy einen Klaps auf die Schulter. »Wenn der eine vom anderen nichts weiß. Ich denke, das gibt dem Fotoauftritt dann noch die gewisse Würze.«

Lizzy zuckte die Schultern. »Wie sollen wir es sonst machen?«

»Den Kerl fotografieren«, schlug Ilse Laudinger vor. »Da Clara ihn doch gesehen hat, erkennt sie ihn vielleicht wieder.«

Clara hatte alles versucht, aber Tom blieb eisern. Er wollte seine Vermutung nicht preisgeben.

»Wir fahren jetzt einfach hin«, sagte er. »Ich habe sowieso Hunger. Du etwa nicht?«

Wie konnte man Hunger haben, wenn es um Leben und Tod ging. Clara konnte nur den Kopf schütteln. »Ganz und gar nicht«, erklärte sie ungehalten. »Du schließt mich aus. Das kann ich nicht leiden!«

»Es ist mein Gedanke. Und den geb ich nur freiwillig her.«

Sie gingen die Straße entlang auf Claras geparkten Wagen zu.

»Wenn ich jetzt ein Druckmittel hätte, würde ich es gnadenlos einsetzen«, überlegte Clara und bedauerte im selben Atemzug: »Leider habe ich überhaupt keine Macht über dich!« Sie blieb stehen und drückte auf die Schlüsselautomatik. »Da steht mein Transportmittel!« Clara warf ihre Handtasche nach hinten auf den Rücksitz und wollte gerade starten, als ihr Handy klingelte. Tom reichte ihr die Handtasche wieder vor, und Clara warf einen Blick auf das Display. »Friedrich«, sagte sie. »Das passt ja.«

»Hallo, Friedrich«, sagte sie und amüsierte sich trotz allem über Tom, der für den Kleinwagen eine Nummer zu groß war. »Treffen?«, sprach sie nach und schaute Tom fragend an. Der nickte.

»Wir fahren gerade … ja, wir heißt Tom und ich, woher weißt du …?« Sie kniff die Augen zusammen, um kein Wort zu verpassen. »Aha!«, sagte sie schließlich. »Ja, so sieht es auch aus, ich gebe dir völlig recht«, erklärte sie und schaute dann Tom ins Gesicht. »Aber Tom will keine Beziehung, also besteht da keine Gefahr!«

»Keine Gefahr?!?«, wiederholte Tom und warf ihr einen draufgängerischen Männerblick zu. Aber dann nickte er ergeben und murmelte: »Aha! Also keine Gefahr!« Und seine Miene wechselte zu männlich-gekränkt.

»Ja, wir wollten gerade ins *Amici miei*, ganz recht.« Sie tätschelte seine Hand. »Nein, ohne Vorankündigung, Tom liebt Überraschungen.«

Sie lauschte wieder. »Ja, das kann was werden. Nein, es ist prima, wenn du auch kommst.«

Als sie das Handy wieder zurücksteckte, holte sie tief Luft. »Ob das eine so glückliche Entscheidung ist, möchte ich bezweifeln!«

»Ich nicht«, sagte Tom und legte ihre Handtasche wieder nach hinten. »Ich frag mich nur, ob wir mit dem Tretauto hier jemals heil ankommen werden.«

Sven hatte, kaum dass er die Tür hinter Tina, Kitty und Lizzy geschlossen hatte, nur die benutzten Gläser in die Geschirrspülmaschine geräumt und sich dann an seinen Laptop gesetzt. Das versprach ein Samstagnachmittag ganz nach seinem Geschmack zu werden: endlich mal wieder eine Aufgabe, die ihn forderte und zugleich Geld brachte. Das war wie Weihnachten und Ostern an einem Tag.

Er hatte sich als Gehirnnahrung eine Literflasche Wasser hingestellt und eine große Tüte mit Studentenfutter. Nüsse schmierten gut, das war schon immer seine Devise gewesen, und er liebte die Mischung aus weichen Cashewkernen und harten Haselnüssen.

Er ging davon aus, dass die Seiten der CDU und der SPD vorbildlich gesichert waren, von der Homepage der Kölner Polizei ganz zu schweigen. Die fliegende Postkarte mit der nackten Tina war dort auch schon wieder verschwunden.

Leider, dachte Sven und betrachtete nun stattdessen das Foto der nackten Kitty mit ihrem Tigertuch. Irgendwie erinnerte es ihn an einen Fisch im Aquarium, dem man auch ewig zuschauen konnte, ohne Kontakt aufnehmen zu müssen.

Sven fischte sich einige Nüsse aus der Tüte. Am liebsten hätte er das Passwort des Tierheims ganz ohne Technik geknackt, denn sicherlich, so dachte Sven, war es der Name eines vierbeinigen Lieblings, sei es Hund oder Katze. Vielleicht war es aber auch der Gründer des Heims. Oder der Sponsor. Ihre Namen könnte er durch einen Anruf schnell herausfinden. Oder es war ein vorbildlicher Tierschützer, beispielsweise der heilige Franz von Assisi. Aber das würde Zeit kosten, und Sven wollte es schneller schaffen als die Polizei, das war sein Ehrgeiz. Er griff noch einmal tief in die Tüte mit dem Studentenfutter und steckte sich diesmal eine ganze Handvoll Nüsse in den Mund. Die verwenden sicher nur ein simples unverschlüsseltes Passwort, das aus wenigen Zeichen und Buchstaben besteht. Da gehe ich erst mal mit meiner Standard-Passwort-Bibliothek dran. Das geht am schnellsten. Er grinste. Das machte wirklich Spaß. Nichts gegen das Spielen mit seinen Kindern, aber das hier brachte ihm eine tiefe innere Freude zurück. Wenn es wirklich ein einfaches sechsstelliges Passwort aus Kleinbuchstaben und Ziffern sein würde, wäre es in fünf Minuten passiert. Was fast schade wäre. Wenn er es genau überlegte, würde er lieber ein komplexeres Passwort knacken. Dann müsste er mit der Brute-Force-Attacke zu einem anderen Werkzeug greifen, wo alle Variationen von allen möglichen Buchstaben- und Zeichenkombinationen für variable Wortlängen durchprobiert werden. Das wäre zeitaufwendiger, aber spannender.

Sven trank einen Schluck Wasser und legte los. Und in kürzester Zeit war er im System. »Schutz« war das Passwort. Schutz von Tierschutz, dachte Sven, wie originell.

Nun galt es, den Weg des Hackers zurückzuverfolgen. Wenn der Rechner mit der Webseite des Tierheims eine

Firewall mit einer Logfunktion besaß, war der Zugriff im Logfile eingetragen worden. Falls hier keine Spuren verwischt worden waren, wäre das ein erster Ansatz. Sven griff noch einmal in die Tüte und warf sich eine weitere Handvoll Nüsse in den Mund. Aber, dachte er, warum ging er nicht einfach zu dem Tierheim und bot seine Hilfe an? Dann konnte er die Homepage von Kitty befreien und ganz legal nach dem Verursacher suchen. Er stand spontan auf und holte das Telefonbuch, fing an zu blättern und lächelte nebenbei über den Anachronismus. Ein Telefonbuch war ja wirklich ein Überbleibsel aus der alten Welt. Jede Suche im PC wäre schneller gewesen.

Er setzte sich wieder aufs Sofa, während er die Nummer wählte. Die Frau am anderen Ende war schneller am Telefon, als Sven gedacht hatte. Er wusste ganz und gar nicht, was er eigentlich sagen wollte. Sie klang aufgeregt, aber nicht genervt. »Ja, ja«, sagte sie. »Die Tigerlady, die da über unseren Hundekörbchen schwebt, ich weiß schon.« Sie hörte kurz zu, dann lehnte sie zu Svens Erstaunen ab.

»Sie haben ja keine Ahnung, was hier los ist«, sagte sie im breitesten Kölsch. »Hier ist so ein Rummel und Interesse an unseren Tieren, wie ich es noch nie erlebt habe! Lassen Sie die Lady bloß drauf, das wird unsere Schutzpatronin!«

Sven traute seinen Ohren nicht, dann musste er lachen und lehnte sich zurück. Was sollte er jetzt tun? Sein Auftrag hieß ja nicht, Kitty zu entfernen, sondern den Verursacher zu finden. Das würde er tun. Aber erst wollte er Kitty fragen, ob sie überhaupt Schutzpatronin spielen wollte.

Das letzte Stück nach Puerto Portals liebte Clara. Man fuhr durch einen Kreisverkehr und diese langweilige Straße entlang, dann bog man rechts ab und hatte plötzlich, wumm, wie eine Erscheinung, den Hafen mit den Luxusjachten vor sich liegen.

Clara ließ ihren Wagen das kurze Stück hinunterrollen und fand vor dem Fußgängerüberweg einen Parkplatz an der Straße. »Kaum zu glauben«, sagte sie zu Tom, »muss an der Jahreszeit liegen. Wir sind noch zu früh in der Saison!«

Tom nickte nur, denn ganz offensichtlich war er im Moment nur an seiner schnellen Befreiung aus dem engen Fahrzeug interessiert.

»Uff«, sagte er, nachdem er sich auf dem Gehsteig auseinandergefaltet hatte und genüsslich streckte. Es war noch immer recht warm, obwohl die Sonne bald untergehen würde.

Clara schaute auf ihre Uhr. »Halb sechs«, sagte sie. »Das ist fürs *Amici miei* eine blöde Zeit!«

»Da hast du recht!« Tom nickte. »Dann lass uns doch die Jachten der Superreichen anschauen und in *Tristans Bar* einen Aperitif nehmen.«

»Ich glaube, dazu bin ich zu aufgeregt«, sagte Clara. »Ich gehe lieber gleich hin!«

»Na gut, hoffentlich ist Andrés überhaupt schon da!«

»Aber schau«, sie deutete die Straße hoch, »da kommt Friedrich.«

Tatsächlich fuhr die Limousine langsam die Straße herunter, und Clara trat an den Straßenrand, um auf sich aufmerksam zu machen. Leon winkte ihr zu und hielt an. Friedrich ließ das Fenster herunter.

»Willst du den Rest des Wegs mitfahren?«, fragte er, aber Clara schüttelte den Kopf.

»Ich muss ein paar Schritte gehen!« Sie drehte sich nach

Tom um. »Das ist Tom«, sagte sie und stellte ihn Friedrich vor.

»Ja, der Mann ist mir bekannt.« Friedrich nickte ihm freundlich zu. »Freut mich. Also, dann gehen wir zu dritt? Sehe ich das richtig?«

Friedrich stieg aus, und Clara dachte, dass er sich dringend mal um sich selbst kümmern müsste. Er war einfach zu dick und sein Gesicht vor Anstrengung rot.

»Jetzt freue ich mich auf ein kaltes Pils«, sagte er und nahm Clara zur Begrüßung in den Arm. Dann gab er Tom die Hand. »Ziemlich viel Aufregung in letzter Zeit, was?«, meinte er und lachte, dass sein Doppelkinn in Wallung geriet. »Und jetzt bin ich gespannt, wie sich die ganze Geschichte hier auflöst!« Friedrich warf Tom einen schrägen Blick zu. »Eine Schlägerei will ich aber nicht erleben.«

»Schlägerei?« Tom zog die Augenbrauen hoch und legte seine Hand auf Claras Arm. »Deinetwegen? Das könnte schon passieren …«

»Ach, du lieber Himmel!« Clara lief los. »Das wäre eine Premiere«, sagte sie. »Das will ich sehen!«

»Die Premiere hast du schneller, als du glaubst«, hörte sie Friedrich sagen.

Clara verlangsamte ihren Schritt. »Wie meinst du das?«

»Oliver Hoffmann hat mich angerufen, weil er dich nicht erreicht hat. Sein Lieferant ist Mallorcafan. Und vor allem liebt er Puerto Portals – er zieht unsere Bestellung gern vor. Das heißt, wenn ihr beide, Sebastián und du, euch ranhaltet, könnten wir Ostern neu eröffnen!«

»Nein!« Clara riss die Augen auf. »Das ist ja sensationell! Gewaltig! Dann müssen wir nun auch sofort an die Einladungen ran!«

Friedrich nickte. »Ja, das hört sich gut an. Ostern ist eine perfekte Zeit für eine rauschende Eröffnungsparty!«

Nun ging Claras Puls schneller. Und je näher sie dem *Amici miei* kamen, umso mehr wuchs ihre Aufregung. Beruhige dich, sagte sie sich ein ums andere Mal, aber besser wurde es davon auch nicht. Sie würde demnächst mit der Renovierung loslegen können: was für eine Herausforderung. Und gleichzeitig Befreiung! Endlich ging es los. Aber Andrés? Was würde sie empfinden, wenn sie ihn jetzt sah? Würde er sie völlig kalt lassen? Das wäre fürchterlich, dachte sie, aber sie wollte ihm auch nicht gleich an die Gurgel springen. Woher kam die Aufregung? Wieso schlug ihr Herz so schnell?

Sie gingen auf der Straße an den Restaurants vorbei. Die Menschen saßen bei einem Cappuccino oder einem Drink in der Sonne und strahlten eine Zufriedenheit und Gelassenheit aus, die Clara im Moment nicht teilen konnte. Im Gegenteil. In ihr zog sich alles zusammen.

Dann standen sie vorm *Amici miei*. Die Eingangstür stand offen, und sie gingen hinein. Clara kam es vor wie ein Traum. Alles hier drinnen hatte sie schon so oft gesehen, alles war ihr vertraut, über jedes einzelne Möbelstück hatte sie sich Gedanken gemacht, und selbst die Wände sah sie schon in den neuen Farben – es war wie Heimkommen, und sie spürte, wie ihre Nervosität nachließ.

An der Bar stand Pablo, wischte den Tresen und schaute auf, als er ihre Schritte hörte. Sofort erkannte er sie und lächelte ihnen entgegen. »Na, das ist eine schöne Überraschung«, sagte er in einem Tonfall, der nicht verriet, wie er es meinte. Aber er schob ein aufgeräumtes »Herzlich willkommen, die Herrschaften!« nach.

Friedrich gab ihm die Hand. Er deutete auf die gut besuchte Terrasse. »Ist ja schon ziemlich was los, Gott sei Dank!«

Er hatte es kaum ausgesprochen, als die Tür zur Küche aufglitt und Andrés herauskam, gefolgt von Maria José. Die beiden sprachen miteinander. Maria José blieb stehen, als sie Clara sah. Andrés stutzte. Es war ihm deutlich anzumerken, dass er nicht sofort wusste, wie er reagieren sollte. Aber er fasste sich schnell und kam entschlossen auf die drei zu, während Maria José im Türrahmen stehen blieb.

»Aha«, sagte Andrés und schaute Clara an. »Eine interessante Konstellation!«

»In jeder Hinsicht«, ergänzte Friedrich und streckte ihm die Hand entgegen.

Andrés ergriff sie, sein Blick glitt kurz von Friedrich zu Tom und ruhte dann auf Clara.

»Schön, Sie zu sehen«, sagte Andrés und begrüßte nun auch Tom mit Handschlag. »Und besonders dich«, sagte er zu Clara und fasste sie kurz an den Oberarmen. Es durchzuckte sie. Wie ein leichter Stromschlag pulsierte die kurze Berührung durch ihren Körper.

Die Anziehung war da, sie war noch immer da. Dann hörte sie, wie Friedrich Maria José einlud dazuzukommen. Jetzt war es an der Zeit, Stärke zu beweisen. Sie hatte sich in all den vielen Tagen selbst gesucht, und sie hatte sich gefunden. Den Feind hast du in deinem Kopf, das hatte Tom ihr mit auf den Weg gegeben. Sie spürte Toms Blick auf sich und erwiderte ihn kurz, dann sagte sie zu Maria José: »Ja, das fände ich auch gut.«

»Haben Sie kurz Zeit?«, wollte Friedrich wissen, und Maria José nickte, während sie näher kam und Clara die Hand reichte.

»Die Vorbereitungen in der Küche sind abgeschlossen. Wir können uns unterhalten«, sagte sie.

Andrés rückte mit einigen schnellen Bewegungen ein paar Sessel um einen niedrigen Tisch. »Ich denke nicht, dass wir uns raussetzen wollen?«, fragte er, ohne eine Antwort zu erwarten.

»Nein, gern hier drinnen«, entschied Friedrich für alle und setzte sich als Erster.

»Champagner?«, schlug Andrés vor. »Es wäre mir danach.«

»Für mich ein Pils«, lehnte Friedrich ab. »Die Sonne macht durstig!«

»Gleich geht die Sonne unter, dann tut ein Glas Champagner gut«, sagte Maria José mit rollendem Akzent.

Clara konnte nicht umhin, sie sexy zu finden. Sie war einfach eine rassige Frau, wie sie hier saß mit ihren zurückgebundenen schwarzen Haaren, der weißen Bluse, die ein makelloses Dekolleté zeigte und leicht über dem Busen spannte. Der Feind ist in deinem Kopf, beschwor sich Clara, die schon wieder das heiße Gefühl der Eifersucht in sich aufsteigen spürte und sofort darauf achtete, wie Andrés mit Maria José umging. Schwang in seiner Stimme etwas mit? Waren seine Bewegungen anders, bedeuteten die Blicke, die er mit Maria José tauschte, etwas? Aber Andrés blieb völlig gelassen, sah Clara an, so als wollte er ihren Standpunkt prüfen, ihren Gemütszustand auskundschaften.

»Wollen wir das jetzt ein für alle Mal klären?«, begann Friedrich und hielt einen der Salzstängel hoch, die Pablo in einem Glas auf den Tisch gestellt hatte. Es wirkte wie ein Taktstock. »Also, ich bin der Mediator. Und wir haben hier Andrés und Maria José auf der einen Seite und Clara und

Tom auf der anderen. Und ganz offensichtlich ist da was durcheinandergeraten. Jetzt möchte ich mal wissen, was.«

»Warte«, sagte Andrés schnell. »Pablo soll Elena noch kurz Bescheid sagen. Sie sitzt in meinem Büro und wartet, weil wir gerade an einem Artikel für den *Feinschmecker* waren. Sie kann dann ja besser gehen, und wir machen das später.«

Friedrich nickte.

Aber Tom grinste nur. »Das trifft sich gut«, sagte er. »Sie soll doch ganz einfach dazukommen.«

»Wieso denn das?« Andrés furchte die Stirn. »Ich möchte nicht, dass sie etwas über mein Privatleben erfährt.«

Maria José warf Clara einen Blick zu. »Kann es sein«, fragte sie ruhig, »dass Männer manchmal von einer erstaunlichen Begriffsstutzigkeit sind?«

»Meinst du mich?«, fragte Andrés, und Clara überlegte, was Maria José wohl meinen könnte. War sie am Ende auch begriffsstutzig?

Pablo stellte schwungvoll einen Eiskühler mit einer Flasche Champagner mitten auf den Tisch und zog dann die in seiner Linken baumelnden Gläser einzeln zwischen den Fingern seiner Hand heraus.

»Sehr eindrucksvoll«, sagte Friedrich. »Aber ich brauche trotzdem erst ein Pils.«

»Ist schon in Arbeit«, sagte Pablo.

»Und dann bitten Sie Elena zu uns, sie ist in Andrés' Büro!«

Elenas Absätze waren zu hören, bevor sie zu sehen war, und dann kam das hohle »Klackklack« der High Heels um die Ecke auf sie zu. Ihr glänzender schwarzer Pferdeschwanz wippte, und als sie die Situation erfasste, lief sie hocherfreut auf den Tisch zu. »Alle beieinander«, rief sie, »da könnte man doch ein super Foto machen!«

»Setzen Sie sich doch erst mal zu uns«, lud Friedrich sie ein und zeigte auf Pablo, der eben die Gläser eingoss. »Mögen Sie ein Gläschen mittrinken?«

»Aber gern doch, worauf trinken wir? Geht es jetzt los mit dem Umbau?«

Andrés zog ihr einen der schmalen Klubsessel heran, Elena ließ sich graziös sinken und schlug ihre langen Beine in der engen Jeans so übereinander, dass ihre Riemchenschuhe gut zur Geltung kamen. Ihre Fußnägel hatte sie in tiefem Lila lackiert, und der linke große Zeh trug einen Silberring.

Mein Gott, dachte Clara und löste ihren Blick. Was bin ich doch für ein schrecklich einfaches Wesen im Vergleich zu all den Frauen hier. Aber immerhin, dachte sie, wusste sie nach dem nächtlichen Auftritt mit Tom nun auch, wie sich so etwas anfühlt. Extravagant zu sein, etwas kapriziös und unberechenbar, das schien anzukommen.

»Also«, sagte Friedrich, nachdem nun auch sein frisch gezapftes Pils gekommen war, »dann trinken wir doch mal auf diese gemütliche Runde. Ist immerhin eine Premiere in dieser Besetzung.« Er lächelte Tom zu und hob dann seine Biertulpe. Alle taten es ihm gleich, und Clara fragte sich, wie sie überhaupt so ruhig dasitzen konnte. Und wie Andrés das fertigbrachte. Hätten sie einander nicht direkt in die Arme fallen und abhauen müssen? War das hier nicht viel zu zivilisiert für eine leidenschaftliche Liebe? Wenn es denn noch eine war?

»Also«, begann Tom, »ich habe ja gar nichts damit zu tun, außer dass ich hier mit Clara einen sehr schönen Abend genießen durfte.«

»War kaum zu übersehen«, brummte Andrés.

»Und sehr effektiv«, meinte Elena süffisant.

»Das war es«, sagte Friedrich.

»Das Foto mit Andrés und Maria José war auch sehr effektiv«, stellte Tom fest und schaute Maria José an. »Immerhin hat Clara daraufhin ihren Koffer gepackt und ist nach Deutschland geflogen.«

Andrés beugte sich vor. »Ich wollte es dir erklären«, sagte er zu Clara. »Aber du hast mich ja nicht angehört.«

»Wir haben uns einfach nur riesig gefreut«, richtete sich Maria José jetzt an Clara. »Es hatte sich ein sehr wichtiger Testesser angesagt, und ich habe Andrés erklärt, dass dieser Besuch uns die Tür in die Upperclass der Gourmetrestaurants öffnet. Das war der Grund. Wir waren beide einfach glücklich, wir haben viel gearbeitet, haben uns viel vorgenommen, und plötzlich schien die Strategie aufzugehen.« Ihre Augen funkelten. »Das war alles. Es war ein unglücklich aufgenommenes Bild, es wirkt anders, als es wirklich war.«

Clara sagte nichts. Sie musste nachdenken.

»Dieses unglücklich aufgenommene Bild war sicherlich genau in der Absicht aufgenommen, die es dann ja auch erfüllt hat«, fuhr Tom ruhig fort.

»Das Foto hat Aufmerksamkeit erregt, das sollte es«, erklärte Elena mit leicht verärgertem Unterton. »Genauso wie das Foto von Tom und Clara. Wir wollen Kunden anlocken, das ist mein Job und mein Ziel, und danach suche ich meine Fotos aus und schreibe die Artikel. Bisher ist die Rechnung aufgegangen, bisher habe ich sehr gute Arbeit geleistet!«

»Liebe Elena«, sagte Tom und richtete sich auf. »Wenn ich dich nicht so gut kennen würde, wäre ich tief beeindruckt. Aber wenn du mich fragst, lag dir weniger daran, das *Amici miei* hochzubringen, als vielmehr Clara aus dem Feld zu schlagen. Und zu diesem Zweck war sogar ich dir recht, denn das Foto mit mir und Clara sollte ja nur Andrés beweisen, dass sich Clara schon anderweitig vergnügt! Das bedeutete freie Fahrt für dich!«

Alle starrten Tom an, und dann gingen die Blicke zwischen ihm und Elena hin und her.

Die war blass geworden und stellte nun die Beine nebeneinander. »Was soll denn dieser bodenlose Unsinn!«, fuhr sie ihn an. »Wozu sollte ich Clara aus dem Feld schlagen?«

»Weil du dir vielleicht Andrés ausgeguckt hast?«

»Und du meinst, ich würde Andrés nicht auch so bekommen, wenn ich das wollte? Gegen so eine graue Maus aus Deutschland?«

»Jetzt werden Sie aber bitte nicht unverschämt«, wies Friedrich sie zurecht, während Andrés sie völlig erstaunt anschaute.

»Nein«, sagte er. »Natürlich nicht. Wieso sollte ich dich haben wollen, wenn ich Clara haben kann? Entschuldige, aber das ist doch ein himmelweiter Unterschied, wie kommst du nur auf eine so bizarre Idee?«

»Ach so!« Elena sprang auf und wischte dabei ihr Champagnerglas vom Tisch. »Aber um eure Hütte zu vermarkten, bin ich gut genug? Ihr werdet sehen, wo ihr ohne mich bleibt! Ich habe die Kontakte! Ihr werdet noch bereuen, nicht mehr mit mir zu arbeiten!«

Sie funkelte Andrés an und lief hinaus.

Alle schauten ihr hinterher, dann wandte sich Andrés an Tom. »Sie wollen sagen, Elena hat das inszeniert, um mich zu kriegen?«

»Nicht überraschend, wenn man weiß, dass Elena unbedingt einen Mann heiraten will, der ihre Zukunft sichert und einen gesellschaftlichen Status hat. Mit mir hat sie es schon versucht, nur so komme ich drauf. Damals hat sie ihre Lunte ähnlich raffiniert gelegt, aber gegen meine Homosexualität kam sie nicht an – das konnte sie schlicht nicht wissen ...« Er lächelte Clara zu. »Und vor mir gab es einige andere Fälle. Und jetzt hat sie ihre Chance erkannt, auf dieser Insel doch noch jemand zu werden.«

»Aber sie ist doch jemand«, schüttelte Clara den Kopf. »Sie ist Journalistin und macht das gut. Ich verstehe wirklich nicht ...«

»Sie will den passenden Mann an ihrer Seite und keinen Insulaner, der nichts darstellt und der ihr nicht gefällt.« Tom griff Clara neben sich leicht in den Nacken. »Und fast hätte sie es auch geschafft. Sie kannte deine Vorgeschichte und hatte ein gutes Gespür dafür, was dich bis ins Mark erschüttern würde.«

Andrés' und Claras Blicke begegneten sich, dann hielten sie sich fest.

»Ich glaube, Chef«, sagte Maria José zu Andrés, »heute Abend hast du dienstfrei ...«

Andrés sah in alle Gesichter, dann stand er auf und ging zu Clara. Er streckte einfach die Hand aus, und Hand in Hand gingen sie hinaus.

Eine Weile liefen sie nebeneinanderher und sprachen nicht. Clara spürte ihren Gefühlen nach. Andrés an ihrer Seite fühlte sich ein bisschen fremd an, aber auch aufregend. Da war eine Distanz zwischen ihnen, die sie früher nie gespürt hatte.

Sie liefen die ganze Straße am Hafen entlang, eigentlich

war es egal, ob es ein Ziel gab oder nicht. Die Dunkelheit hatte sich über die vielen Jachten gesenkt, nur wenige waren beleuchtet. Auch die Terrassen der Restaurants waren jetzt leer, die Gäste waren hineingegangen. Es war kühl geworden, und vom Meer wehte der salzige Geruch nach Tang und Muscheln herüber.

Der gleichmäßige Rhythmus ihrer Schritte ließ Clara ruhiger werden, er tat ihr gut. Andrés schaute zu ihr hinüber.

Clara spürte, wie seine Finger fester zugriffen.

»Besonders weh tut, dass du mir nicht vertraut hast«, sagte er dann. »Ich hätte gedacht, für unsere Beziehung ist ein solches Foto kein Thema.«

Clara überlegte. »Ich habe einmal einen Vertrauensbruch erlebt«, begann sie zu erklären, »und auch damals war ich von der gesunden Basis unserer Beziehung überzeugt.« Sie erwiderte Andrés' Blick. »Ich konnte nicht damit umgehen. Ich wollte die Wahrheit nicht hören, weil ich befürchtete, es wäre wie bei Paul. In kürzester Zeit hat mich Diana ersetzt. Diese Erfahrung reicht fürs ganze Leben, das braucht man kein zweites Mal.«

»Wenn du mich angerufen hättest …«

»Das konnte ich nicht. Ich musste mir erst über mich selbst klar werden. Das habe ich in Köln getan. Jetzt bin ich hier.«

Sie gingen weiter, ihre Schritte wurden schneller. An Claras Auto waren sie längst vorbei, und auch die beleuchtete Hafenmole lag bald hinter ihnen.

»Ich hatte Angst, dich zu verlieren«, sagte Andrés und blieb stehen. Sie wandten sich einander zu, und er legte beide Hände auf ihre Schultern. Eine Weile standen sie so da und schauten einander an.

Er ist auf eine besondere Art schön, dachte Clara. Nicht wie Tom, anders, von innen heraus. Sein ganzes Gesicht mit den warmen braunen Augen und dem schön geschnittenen Mund strahlte sie an, es war wie das Gefühl, an einen ganz vertrauten, schützenden Ort heimzukommen.

Sie legte ihren Mund auf seine Lippen, und Andrés zog sie an sich. So standen sie eng umschlungen und küssten sich zärtlich, dann immer inniger und schließlich leidenschaftlicher. Clara spürte, wie ihr ganzer Körper an Andrés drängte und ihr Blut heiß in ihren Schoß lief.

Das Handy piepste. Erst Claras und kurz darauf das von Andrés. Sie ließen langsam voneinander ab und lächelten einander zu.

»Hört sich an, als wäre das kein Zufall«, sagte Andrés und zog sein Handy hervor. »Katie fragt mich, wann du kommst, Gruß, Britta«, las er laut vor.

»Gut«, sagte Clara und klappte ihres auf. »Katie fragt mich, wann du kommst, Gruß, Britta.«

Sie lachten. »Wenn das mal keine Intrige ist?« Andrés legte den Arm um Clara. »Komm«, sagte er. »Es wird kühl, und die beiden haben recht. Lass uns nach Hause fahren, schließlich habe ich heute Abend frei!«

Über die Schnellstraße waren sie rasch in Santa Ponça.

»Findest du es hier eigentlich schön?«, fragte Andrés.

»Nein, aber Britta findet es praktisch«, erklärte Clara. »Ich hatte kürzlich sogar Mühe, zwischen all den Souvenirläden so etwas Einfaches wie einen Bäcker oder einen Lebensmittelhändler zu finden.«

Andrés fuhr in einen Kreisverkehr ein und zog noch eine zweite Runde.

»Diese Straße hoch gibt es einen Supermarkt«, erklärte er

und zeigte in eine breite, von Geschäften flankierte Straße, die völlig ausgestorben dalag.

»Ja, das habe ich dann auch bemerkt«, entgegnete Clara. »Aber ich hätte lieber irgendwo einen gewachsenen Ortskern.«

»Sprichst du etwa von einem gemeinsamen Haus?« Andrés warf ihr einen kurzen Blick zu.

»Für alle? Da haben wir sie dann auch alle am Hals. Das würde dir schnell zu viel werden.«

»Mir oder dir?«

Sie musste lachen. »Dir. Mir nicht, es ist ja meine Familie.« Sie korrigierte sich: »Oder zumindest Fastfamilie.«

»Höre ich da raus, dass du tatsächlich mit mir zusammenziehen würdest?« Er fuhr immer langsamer und schaute irgendwann überhaupt nicht mehr auf die Straße.

»Aber nur, wenn du noch lebst...« Clara deutete nach vorn. »Da steht ein parkendes Auto, pass auf!«

»Würdest du?«

»Würde ich!«

Andrés drückte auf die Bremse, blieb mitten auf der Straße stehen und umarmte Clara. »Wunderbar«, sagte er und ignorierte, dass ein entgegenkommender Wagen aufblinkte, weil Andrés zwei Fahrspuren blockierte. »Ich liebe Großfamilien! Dann werde ich nun auch meine Eltern einweihen. Ist dir das recht?«

»Aber gern«, lachte Clara.

Andrés fuhr an und winkte dem Fahrer des wartenden Wagens freundlich zu.

»Trotzdem«, sagte er dann. »War da was mit Tom? Nur so, zum Abschluss. Für mich. Für mein Seelenleben.«

»Mindestens so viel wie mit Maria José«, erwiderte Clara

sofort. »Und außerdem hast du doch gehört, dass er sich als schwul bezeichnet.«

»Ja, eben«, sagte Andrés. »Und das war die größte Lüge, die Mallorca je gehört hat.«

»Ehrlich?« Clara musste lachen. »Na, so was«, sagte sie. »Ich hätte es mir sogar vorstellen können.«

»Na, so oder so«, sagte Andrés und suchte einen Parkplatz vor dem Apartmenthaus, »wir werden eine wunderbare Nacht mit Rotwein, Musik und vielen Fragen verbringen. Ich denke, wir müssen über alles in Ruhe reden.«

»Und das sagst du als Mann?«, wunderte sich Clara. »Reden? Ich glaub's ja nicht.«

»Wieso nicht?«

»Klingt so weiblich.«

Er schaute sie verschmitzt an und zog den Schlüssel ab. »Na gut«, gab er zu, »hat mir Maria José geraten, falls es wieder ins Lot kommt …«

Clara musste lachen, und eng umschlungen gingen sie den schmalen Weg entlang zum Haupteingang.

»Und wo gehen wir jetzt hin?«, fragte Andrés vor der Haustür.

»Am liebsten gleich zu uns!«, erklärte Clara und küsste ihn.

»Nein«, entschied Andrés und fuhr ihr zärtlich durchs Haar. »Erst die Pflicht, danach die Kür.«

»Gut!« Clara schloss die Haustür auf. »Aber höchstens eine Stunde!« Andrés warf ihr einen Blick zu, der ihr durch Mark und Bein ging. »Höchstens«, sagte er dazu und klingelte bei Britta.

Als Britta öffnete, standen Clara und Andrés küssend vor ihr.

»Nein!«, stieß sie hervor. »Ellen, komm schnell! Das musst du sehen!«

Die kleine Frauenrunde hatte sich in der Zwischenzeit erweitert. Lizzy und Kitty wollten eigentlich längst zu Hause sein, aber wie immer, wenn die Frauen zusammenkamen, wurde es einfach gemütlich und später als gedacht. Ilse Laudinger hatte einen Rundruf gestartet, und alle Frauen, die sich für den Kalender hatten ablichten lassen, waren gekommen.

Zur großen Freude des Wirts bestellten sie nicht nur Kölsch, sondern für die Nerven auch eine üppige Platte mit Käse und Wurst und nahmen die Kurzen, die er ihnen danach ausgab, dankend an.

»Die Polizei müsste ja eigentlich am schnellsten dahinterkommen«, überlegte Lucia.

»Ja, ich bin auf deren Seite ja auch schon wieder weg«, sagte Tina mit leisem Bedauern. »Eigentlich fand ich das einen ziemlich gelungenen Auftritt!«

»Und hast du dich dort gemeldet?«, wollte Ilse Laudinger wissen.

»Wollte ich erst, habe es mir dann aber anders überlegt«, sagte Tina. »Oder ruft ihr bei den Betreibern der Homepage an, um eure Adressen zu hinterlassen? Tierheim, CDU, SPD? Und was ist übrigens mit dem Dom, fliegt da noch keine von uns um die Türme?«

»Nur nachts die Vögel«, sagte Kitty trocken. »Und im Übrigen muss ich bald nach Hause, meine Kids kommen vom Sport zurück, dann schieben die Kohldampf!«

»Aber du isst nichts mehr«, mahnte Ilse Laudinger. »Dein Soll ist für heute mehr als erfüllt!«

»Ehrensache«, sagte Kitty und schaute in die Runde. »Noch ein Kölsch?«

Amelie sah auf die Uhr. »Ich habe noch eine Verabredung«, überlegte sie laut, »aber für ein Kölsch reicht es noch.«

»Mit deinem Mann oder mit deinem Freund?«, wollte Kitty wissen.

Amelie zuckte mit den Schultern.

»Wie sieht dein Freund eigentlich aus?«, fragte Tina. »Hast du mal ein Foto für uns, damit wir uns ein Bild von ihm machen können?«

»Wozu denn das?«, wollte Amelie wissen, kramte aber bereits in ihrer Handtasche.

»Was fürs Auge halt«, erklärte Lizzy und zwinkerte Ilse Laudinger zu. »Wir sind ja nicht alle so gut bestückt. Gleich zwei Männer. Wer hat das schon?«

»Und beide rank, schlank und muskulös wie der junge David, stimmt's?«, setzte Kitty nach.

Amelie lachte. »Da werdet ihr euch aber wundern!« Sie zog eine ziemlich knittrige Farbkopie aus ihrer Handtasche, die einen jungen Mann im dicken Wollpullover zeigte. »Letztes Jahr an der Nordsee«, sagte Amelie dazu. Aber auch der dicke Wollpullover kaschierte nicht, dass der Typ eher gedrungen und beleibt war.

Sie reichte das Bild herum, und Tina gab das Foto enttäuscht zurück. »Jung ist er ja«, sagte sie, »aber offensichtlich auch ein Kandidat für Weight Watchers.«

Amelie lachte noch immer. »Neben ihm sehe ich so herrlich schlank aus«, sagte sie und steckte das Foto wieder ein.

»Und dein Mann?«, wollte Ilse wissen. »Hab ich den schon mal gesehen?«

»Nein, bestimmt nicht.« Amelie war in ihrem Element. »Der hätte Angst, dass du ihn nicht mehr fortlässt!«

Ilse Laudinger warf Kitty einen Blick zu. »Ach, ist er auch so … stattlich?«

»Nein, er wäre ein Vorzeigemodell für den Erfolg einer Schlankheitskur. Er kann alles essen, und nichts setzt an, das macht mich wahnsinnig.«

»Hast du da auch mal ein Foto?«, bat Lizzy. »Ich kann mir das gar nicht so richtig vorstellen.«

Sven hatte sich in seinem Glück so richtig eingenistet, als er die Kinder hörte. Sosehr er sie liebte, jetzt konnte er sie überhaupt nicht gebrauchen.

Annabel kam herein, und ihr Gesicht glühte. Sie sah so herrlich frisch und fröhlich aus, dass er am liebsten sofort mit ihr ins Bett gegangen wäre, aber jetzt zählte einfach jede Minute.

»Hallo, Schatz«, sagte er, »du siehst toll aus! Es muss riesig Spaß gemacht haben, aber jetzt geht es um unsere Zukunft, halt mir die Ungeheuer vom Leib!«

Annabel lachte, und direkt hinter ihr schossen Juliane, Sina und Sarah ins Zimmer, jede mit einem roten Luftballon in Herzform.

»Schau, Papa«, krähte Sarah, »das haben wir geschenkt bekommen. Das war ein ganz netter Mann!«

»Ach, du je«, sagte Sven, »auch noch nette Männer! Ich hatte hier nette Damen, und ich erzähle dir nachher alles im klitzekleinsten Detail, aber jetzt muss ich einen Auftrag erfüllen, der uns retten könnte.«

»Hört sich irgendwie dramatisch an«, fand Annabel, scheuchte die Kinder in die Küche und kam gleich wieder zurück. »Sekt? Soll ich die Gläser der Damen schon mal spülen? Lippenstift geht immer schlecht ab. So roter ganz besonders.«

»Schon in Ordnung, Schatz«, winkte Sven ab. »Wir können auch einfach tauschen. Ich ziehe mich an den Küchentisch zurück, und ihr spielt noch irgendein Abenteuerspiel. Aber es ist wichtig, und du musst mir einfach glauben!«

Annabel nickte. »Gut«, sagte sie. »Dann bleibe ich mit den Kindern in der Küche, und wir kochen leckere Spaghetti, und sie dürfen mir bei der Sauce helfen.« Sie blieb an der Türschwelle stehen. »Und wenn es wirklich für eine bessere Zukunft ist, dann bekommst du von mir die ganze Nacht!« Sie zögerte. »Auch wenn es unsere einzige ist. Morgen hast du wieder Dienst!«

Sven seufzte ergeben. »Wenn es klappt, holen wir alle Nächte nach!« Er schickte ihr einen Kuss hinterher und widmete sich dann wieder seinem Programm.

Er wusste, dass er es schaffen würde, er war kurz davor. Und er würde auch nicht lockerlassen, selbst wenn es die ganze Nacht kosten sollte. Es traf sich, dass er gerade heute dienstfrei und Annabel Zeit für die Mädchen hatte. Als Annabel ihm einen Teller Spaghetti und ein Glas Rotwein brachte, stieß er mit ihr an.

»Du bist einfach phantastisch«, sagte er. »Mit dir würde ich sofort noch einmal drei Kinder haben wollen!«

»Und ich mit dir einfach nur mal einen Urlaub«, sagte sie, und beide lachten.

Eine Stunde später griff er nach dem Blatt, auf dem die drei Besucherinnen vom Vormittag ihre Handynummern notiert hatten. Er wählte die oberste Nummer.

»Ja?«, hörte er eine weibliche Stimme.
»Kitty?«
»Nein, Lizzy.«
»Sind Sie noch mit Ihren Freundinnen zusammen?«
»Wir wollten demnächst gehen.«

Sie kamen mit ihren Überlegungen einfach nicht weiter und wollten deshalb eben nach der Rechnung fragen, als das Handy von Lizzy klingelte.

»Kitty?«, hörte sie eine männliche Stimme.

»Nein, Lizzy«, sagte sie.

»Sind Sie noch mit Ihren Freundinnen zusammen?«

Erst jetzt erkannte sie Sven und griff nach Tinas Arm.

»Wir wollten demnächst gehen.«

»Gut, ich habe hier die E-Mail-Adresse des Verursachers. Wollen Sie sie hören?«

»Und ob«, erklärte Lizzy atemlos.

»info@weightwatchers-zeppelin.de. Ich nehme mal an, das sagt Ihnen etwas.«

»Und ob!« Lizzy schaute in die Runde. »Sind Sie sicher?«

»Ganz sicher!«

»Das ist ja ein Ding! Ich melde mich gleich zurück!«

Es war still geworden am Tisch, alle schauten sie an. »War das Sven?«, wollte Tina wissen.

Lizzy nickte, dann faltete sie die Hände und beugte sich etwas vor. »Mädels«, sagte sie, »jetzt wird es ganz mysteriös.« Sie legte eine Kunstpause ein und ließ dann die Bombe platzen: »Es ist unsere eigene E-Mail-Adresse. info@weightwatchers-zeppelin.de. Weight Watchers Zeppelinstraße. Und jetzt seid ihr dran!«

Ilse Laudinger schaute von einer zur anderen. »Das würde ja bedeuten«, schlussfolgerte sie, »dass sich jemand an unserem Computer zu schaffen gemacht hat!«

»Oder dass jemand legal Zugriff hat«, erwiderte die Blonde, »und wer könnte das sein?«

Alle schauten Ilse Laudinger an, aber die schüttelte den Kopf.

»Ich sicher nicht! Dafür gibt es gar keinen Grund – und ich wäre auch viel zu unerfahren für eine solche Manipulation.«

»Spannend«, erklärte Amelie. »Kann ein Fremder in die Räume? Ein Computerfreak? Ein Mann?«

»Denkst du an deinen?«, fragte Tina schnell.

»Der schreibt noch von Hand und liebt sein Faxgerät«, sagte Amelie.

Es war so still, dass der Wirt besorgt an den Tisch kam.

»Stimmt was nicht?«, wollte er wissen. »Oder vielleicht noch eine Runde Kölsch?«

Tina nickte. Dann fiel ihr auf, dass Ilse Laudinger zu Luisa hinüberschaute und Luisa ihrem Blick auswich. Außerdem war sie rot geworden.

»Hast du mir nicht gesagt, dein Computer sei ausgefallen und du müsstest für deinen Religionsunterricht noch einiges vorbereiten?«, fragte Ilse, und nun schauten auch die anderen zu Luisa hinüber. »Was hast du da denn gemacht?«

»Vorbereitungen«, erwiderte Luisa, und ihre Wangen glühten. »Ganz so, wie ich es gesagt habe.«

»Heiligenbildchen?«, hakte Ilse nach. »Fliegende Heiligenbildchen vielleicht?«

Luisa schwieg und wischte mit der flachen Hand über die Tischplatte. Der Wirt kam und stellte zwei neue Gläser mit Salzletten und Nüssen auf den Tisch.

»Also gut«, sagte Luisa. »Tut mir leid. Es war eine spontane Idee. Es kam einfach so über mich, als ich den Ordner über mir im Regal stehen sah. Ich war nicht mal sicher, ob das klappen würde, es war wie ein Spiel. Ein Computerspiel.«

»Donnerwetter!« Tina starrte sie an. »Ich wüsste noch nicht mal, wie man ein einfaches Computerspiel bedient. Wie hast du das denn fertiggebracht?«

Luisa hob den Blick etwas. Aber sie schaute niemanden an. »Ursprünglich wollte ich Informatik studieren«, begann sie leise. »Aber weil mein Vater Studienrat war, erzkatholisch dazu, sollte es unbedingt Theologie sein. Ein anderes Studium wollte er mir nicht finanzieren, also fügte ich mich.« Sie verzog das Gesicht, und ihre honigfarbenen Locken betonten das Rot ihrer Wangen.

Sie sah aus wie ein Rauschgoldengel, fand Kitty und schüttelte den Kopf. »Aber warum dann der Schrott mit dem angeblichen Anruf in deiner Schule? Und dem Mann, der eine anonyme Drohung hinterlassen hat? Das war doch völlig unnötig!«

Luisa schüttelte den Kopf. »Ich bin doch selbst so über mich erschrocken«, sagte sie. »Tatsächlich habe ich eigentlich diese Materialien für die Schule zusammengestellt. Und dann sah ich den Ordner über mir. Und dann hat mich der Teufel geritten. Ich kann es euch auch nicht erklären, ich schlug ihn auf und sah als Erstes Amelie, die ihren Mann betrügt, und dachte, dass man Ehebrecherinnen früher auch nackt bloßgestellt hat. Es war eine gerechte Strafe, fand ich!«

»Du hast sie ja nicht mehr alle«, sagte Djala und machte dem Wirt Platz, damit er sein Tablett abstellen konnte.

»Und was habe ich verbrochen, dass ich auf der CDU-Seite durch die Gegend schieße? Ich bin Single. Ist es das? Ist der Status vielleicht nicht gottgewollt, oder was?«

Der Wirt schaute sie interessiert an.

»Ja, danke, es ist gut«, verscheuchte Tina ihn.

Luisa schüttelte den Kopf. »Nein«, sagte sie, »Quatsch. Als ich Amelie auf der Kölner Homepage so hin und her flitzen sah, fand ich es ja auch eher lustig!«

»Ja, und dann?«, wollte Ilse Laudinger schroff wissen.

»Dann habe ich den Aktenordner mitgenommen, damit der Verdacht vielleicht auf einen Außenstehenden fällt, denn dass gleich danach gesucht werden würde, war mir klar. Er musste also aus dem Büro raus.«

»Und warum wir dann noch?«, fragte Kitty.

»Es wurde mein eigener Jahreskalender«, sagte Luisa, und langsam bekam ihr Gesicht wieder eine normale Farbe.

»Und zu Ostern hättest du dich dann selbst um den Dom geschickt, stimmt's?«, fragte Lizzy.

»Das hatte ich vor!«, gab Luisa zu. »Ich wollte auch mal ausbrechen! Und das war meine Möglichkeit.«

»Da hast du uns aber ein ganz schönes Theater vorgespielt mit deiner Angst um deinen Ruf, deine Kandidatur im Kirchenrat und sonst noch was …«

Luisa nickte. »Ich hatte wirklich Angst«, sagte sie leise. »Aber am meisten vor mir selbst. Und meinen Taten.«

Clara und Andrés saßen mit Ellen und Britta am Tisch, und alle erzählten seit knapp einer Stunde durcheinander, vor allem Katie, die zwischen Andrés und ihrer Mutter in ihrem Kindersitz gethront hatte und mit ihren Geschichten kaum noch hinterherkam. Schließlich war sie müde geworden, zu Clara auf den Schoß gekrabbelt und dort eingeschlafen.

»Lasst nur«, sagte sie, als Ellen ihr das Kind abnehmen und auf das Sofa legen wollte. »Ich genieße es, sie zu spüren.«

Britta hatte eben zum Abschluss des Essens noch Käse aufgedeckt, und Andrés war auf die Suche nach einem guten Rotwein in Claras Küche gegangen. »Und was machen wir jetzt wegen Elena?«

Clara schaute Britta an und verzog das Gesicht. »Ja, das wird alles ganz schön eng. Aber wenn die Möbel tatsächlich demnächst kommen, krieg ich das hin. Und Sebastián ist schnell. Aber die Presse? Die Einladungen?«

Britta überlegte kurz. »Also, mit Elena läuft da nichts mehr, das ist sicher. Wir überweisen ihr eine Aufwandsentschädigung, und damit gut.« Sie legte ihre Hand auf Claras Arm. »Und Clara, ich habe da noch einen freien Boulevardjournalisten aus Köln in der Hinterhand. Der kennt mindestens so viele Promis wie Elena. Der würde sich in den mageren Zeiten über so einen Auftrag freuen. Ich rufe ihn gleich morgen an.«

Clara warf ihr einen Handkuss zu und atmete auf. »Wenn ich dich nicht hätte!«

»Trouvé!« Andrés hielt beim Hereinkommen eine Flasche Rotwein hoch. »Ein wirklich gutes Tröpfchen«, sagte er und griff nach dem Korkenzieher. »Wenn Wände erzählen könnten, hätten sie dort drüben einiges zu tun.«

»Sie werden sich freuen, dass ihr wieder zusammen seid«, stellte Ellen fest. »Und das tun wir auch.«

Britta lächelte bestätigend und schaute Andrés beim Entkorken der Flasche zu. »Aber nur noch einen kleinen Schluck. Zum Käse und auf euch.«

»Und zwar genau in dieser Reihenfolge«, spottete Clara fröhlich und wollte Andrés gerade ihr Glas hinhalten, als ihr Handy piepste.

»Na, das lasse ich jetzt«, sagte sie.

Aber Britta winkte ab. »Dann hast du sowieso keine Ruhe, schau also einfach nach.«

Clara klappte es nur schnell auf, aber dann blieb ihr Blick hängen, und sie las die Kurznachricht sogar zweimal.

»Das fliegende Rätsel ist gelöst!« Sie warf Britta einen ungläubigen Blick zu. »So schnell? Eigentlich kaum zu glauben.«

»Ruf an, dann weißt du es«, Britta lehnte sich etwas vor, »und ich auch.«

»Das was?«, fragte Andrés nach, aber Ellen schüttelte nur kurz den Kopf.

»Noch eine Geschichte«, sagte sie, »aber dann wird es ein langer Abend!«

»Das kürzen wir ab«, sagte Clara sofort. »Tina soll mir nur die Fakten schildern.«

Während ihr Handy wählte, winkte Andrés Britta kurz zu. »Ich bin dann schon drüben«, sagte er und verschwand leise aus der Tür.

»Jetzt bin ich super gespannt!« Clara schaltete auf Mithören, und als Tina zu erzählen begann, wollten sie es kaum glauben.

»Luisa!«, staunte Britta. »Bizarr. Darauf wäre ich nie gekommen!«

»Und was passiert jetzt mit ihr?«, wollte Clara wissen.

Tina lachte. »Ganz im Ernst haben wir uns überlegt, ob wir das nicht weiterführen sollen. Ist doch witzig! Es gibt noch so viele offizielle Seiten, die nicht beglückt worden sind, und Luisa als nackter Rauschgoldengel an Ostern um den Dom, sei ehrlich, das hat doch was!«

»Zumindest wäre es eine gerechte Strafe für ihren Vater«, grinste Clara. »Aber wenn Sven es herausgefunden hat, werden es die Spezialisten der Polizei auch bald haben, dann gibt es richtig Ärger.«

»Tja, sie hat alles über die E-Mail-Adresse der Weight Watchers abgewickelt, da müssen die dann erst noch suchen, wer genau es war.«

»Und Sven?«

»Die Erfolgsmeldung habe ich Friedrich direkt weitergegeben«, sagte Tina. »Und er will ihm tatsächlich ein Angebot machen. Ist das nicht genial?«

»Noch genialer aber ist, dass Andrés und ich wieder zusammen sind und er gerade in unserem Apartment den Champagner kalt stellt.«

»Wow! Das ist die Meldung des Tages!« Die Freude war Tinas Stimme anzuhören. »Dann Gratulation, und den Rest bekakeln wir morgen!«

Als Clara das Handy zuklappte, schaute sie Ellen an. »Ich glaube, jetzt kannst du mir Katie doch abnehmen.«

»Das meine ich auch«, bestätigte Britta. »Wir tragen sie zu mir ins Bett, da hat sie die letzten Tage sowieso geschlafen, und morgen gibt es ein ausgedehntes Plauderstündchen beim Frühstück.«

»Haltet ihr das so lange aus?«, wollte Clara grinsend wissen.

»Gemeinsam sind wir stark«, entgegnete Britta und klopfte Ellen auf die Schultern.

Als Clara in ihrem Apartment war, blieb sie in der Wohnzimmertür stehen. Flackernde Lichter empfingen sie, und ihre Augen mussten sich erst an das Dämmerlicht gewöhnen. Offensichtlich hatte Andrés alle Kerzen, die er hatte finden können, angezündet und dazu ein Klavierkonzert von Chopin aufgelegt, das nun den Raum und ihr Herz durchflutete. Sie genoss den Moment und überlegte dann. Wo konnte er sein? Im Badezimmer? Im Schlafzimmer?

Schließlich ging sie vorsichtig in den Raum hinein. Schritt für Schritt, um nicht versehentlich eine der Kerzen umzustoßen. In der Mitte des Raumes entdeckte sie Andrés. Er saß in einem Sessel und sah sie an. Mit zwei Gläsern Champagner in den Händen erhob er sich und kam auf sie zu.

»Es ist so schön, dass du wieder da bist«, sagte er und reichte ihr ein Glas. Sie schaute ihn an und horchte in sich hinein. Es fühlte sich alles gut an, ihre Sinne waren wach, ihr Herz klopfte aufgeregt. Sie sehnte sich danach, seine Haut zu berühren.

»Es ist so schön, verliebt zu sein«, entgegnete sie und küsste ihn.

Danksagung

Das leckere und schnörkellose Menü auf den Seiten 69 und 70 wurde von Heino Huber kreiert, vom *Gault Millau* mit zwei Hauben und 1998 mit dem Titel »Koch des Jahres« ausgezeichnet. Wer Appetit auf seine feine, natürliche Küche bekommen hat: Hotel und Restaurant Deuring Schlössle, Bregenz. Und für leidenschaftliche Hobbyköche: Heino Huber, *Der kleine Huber. Die moderne Küche für jeden Tag*, Pichler Verlag, Wien 2008.

Und hinter Sven Römers Hackermentalität steckt das Know-how von Informatiker Herbert Fleischmann. Dank auch ihm.